Heidi Hohner
Schluchtenscheißer

PIPER

Zu diesem Buch

Ludwig Lämmermeier, von allen nur Lucky genannt, wäre gern Polizist geworden. Aber da sie ihn noch während der Ausbildung rausgeworfen haben, arbeitet er nun in seinem beschaulichen Heimatdorf als Polizeireporter für die Chiemseewoche. Nicht, dass es da viel zu berichten gäbe, ist doch Geröllharting einer sichersten Orte Bayerns. Doch just am 1. Mai stirbt der Ferkelzüchter Harald Ammetsbichler im Waxing Studio Gmahde Wiesn. Eindeutig Herzversagen, wie der Arzt schnell feststellt. Doch Lucky glaubt nicht an einen natürlichen Tod und forscht auf eigene Faust nach. Schon bald stößt er auf geheime Liebschaften, einen Skandal in der Schweinezucht und auf die hinreißende Tierschützerin Fritzi Morgenstern, die ihm derart den Kopf verdreht, dass seine Ermittlungen aus dem Ruder zu laufen drohen …

Heidi Hohner musste als Chefredakteurin von MTV feststellen, dass Stars, Glamour und 70-Stunden-Wochen auf Dauer nicht selig machen. Sie kehrte reumütig in die oberbayerische Heimat zurück, fing noch einmal ganz von vorne an und lebt inzwischen mit ihrem Mann und drei kleinen Söhnen auf der Fraueninsel im Chiemsee.

Heidi Hohner

Schluchtenscheißer

Ein Fall für Lucky Lämmermeier

PIPER
München Berlin Zürich

Von Heidi Hohner liegen im Piper Verlag vor:
Erst der Sex, dann das Vergnügen
Zipfelklatscher
Betthupferl
Einer links, einer rechts, einen fallen lassen
Schluchtenscheißer

FSC
www.fsc.org
MIX
Papier aus verantwortungsvollen Quellen
FSC® C083411

Originalausgabe
November 2016

Umschlaggestaltung: bürosüd, München
Umschlagabbildung: Felbert + Eickenberg/Getty images
Satz: Satz für Satz, Wangen im Allgäu
Gesetzt aus der Berling
Druck und Bindung: CPI books GmbH, Leck
Printed in Germany ISBN 978-3-492-30679-9

Da kann ich unmöglich kommen. Weil ich um die Zeit immer daheim bin. Gerhard Polt

1

Am Wochenende hätte es in Geröllharting beinahe eine Leiche gegeben.

Aber leider nur beinahe.

»Der Herzstillstand vom Hausberglift ist über den Berg!«, ruft meine Kollegin Walburga Angerer und lehnt sich an den Türrahmen von meinem Büro. Als hätte ich sie hergebeten. Hab ich aber nicht.

»Über den Berg? Ich dachte, das heißt: über den Jordan?«, frage ich und schau von meinen Recherchen hoch, Thema »Plötzlicher Herztod«.

»Ach, Lämmermeier, Sie wieder. Nein, im Gegenteil! Der Herr Käsner hat im Sankt Ignaz in Rosenheim angerufen. Und die Ärzte haben gesagt, diese Frau Heilmüller aus Rosenheim ist außer Lebensgefahr. Und zwar, weil der Günter von der Liftstation sie reanimiert hat, gleich nachdem sie in der Gondel zusammengebrochen ist!«

Da sieht man gleich den großen Unterschied zwischen der Angerer und mir: Sie liebt nämlich gute Nachrichten. Ich nicht.

»Wollen Sie damit sagen, Frau Kollegin, dass jetzt die Leiche keine Leiche mehr ist, sondern aus dem Gröbsten raus? Und das habe nicht ich herausgefunden, sondern der Herr Käsner, der bei Ihnen in der Abteilung Praktikant ist?«

Weil ich nämlich gar keinen Praktikanten habe, als Ein-Mann-Abteilung. Und obwohl mir die Mama immer sagt, ich soll froh sein, dass ich eine Arbeit habe, so schön nah von daheim, halte ich der Angerer meine Visitenkarte hin.

»Was steht da? *Chiemseewoche Presse GmbH*, Lucky Lämmermeier. Und dann nicht Redakteur für Garten und Dorfleben, sondern: Po-li-zei-re-por-ter!«

Die Angerer gratuliert mir dazu, dass ich so eine aufregende Stellung habe bei unserer schönen Geröllhartinger Regionalzeitung. Und fragt mich dann zuckersüß, ob ich denn weiß, wer die Titelstory von heute geschrieben hat. Dabei liegt die heutige Zeitung vor mir auf dem Schreibtisch, und neben dem Artikel »Richtfest für die neue Mehrzweckhalle« ist ein kleines Foto von einer Frau mit schattigem Gesicht und sehr kurzen Haaren abgedruckt. Und das ist, wie unschwer zu erkennen, die Angerer höchstpersönlich.

Wenigstens kommt der Attila an und stellt sich auf die Hinterbeine, damit ich ihm die Ohren durchzwiebeln kann. Wir mögen uns nämlich, der Attila und ich, was man von seinem Frauchen und mir nicht behaupten kann. Die dreht sich um und geht weg. Und ich sehe leider erst jetzt, dass hinter ihr der Chef gestanden hat – und es ist nicht so, dass der Chef eine halbe Portion ist. Und jetzt steht er da, und zwar mit den Lauschern weit offen.

»Spielen Sie sich nicht so auf, Lämmermeier! Fahren Sie lieber ins Krankenhaus und finden heraus, wann der Herzstillstand wieder entlassen wird!«

Er nimmt sich einen Kugelschreiber von meinem Schreibtisch und rührt damit in seinem Kaffee herum.

»Und dann berichten Sie, wie diese, diese …«, er schaut auf den Zettel, den die Angerer mir auf den Schreibtisch gelegt hat, »… diese Kräuterhexe dem Günter von der Liftstation ein paar Pralinen überreicht. Am besten oben auf dem Hausberg, mit Gipfelkreuz im Hintergrund.«

»Genau das mache ich. Und am nächsten Tag schreibe ich: Der Günter hat sich an den Mon Cheri überfressen, aber ansonsten ist alles wunderbar.«

»Dass Sie immer so negativ sein müssen, Lämmermeier!«

Der Chef wirft den Stift zurück auf meinen Tisch.

»Titeln Sie doch einfach: ›Der Lebensretter von der roten Gondel‹, ›Schutzengel im Einsatz‹ oder etwas Ähnliches.«

»Das sind keine Schlagzeilen, das sind Kitschpostkarten«, murmle ich.

»Ach, und noch was, bevor Sie nach Rosenheim fahren.« Der Chef wedelt mit einem rosa Flyer. »Schauen Sie am Marktplatz vorbei. Da ist nämlich heute Eröffnung!«

Ich nehm den Flyer ungern, denn Informationen auf rosa Papier bedeuten meistens nichts Gutes. Jedenfalls nicht für einen Polizeireporter wie mich.

»*Gmahde Wiesn*, Gutschein für einmal Bikinizone, Wert: zwanzig Euro. Was soll das sein?«, frage ich misstrauisch.

»Ein Waxing-Studio! Ganz was Neues hier in der Gegend. Da machen Sie mir einen flotten Sechszeiler, ja?«

»Die Eröffnung von so einem Beautyschmarrn fällt nicht in mein Ressort. Das betrifft eindeutig die Abteilung Garten und Dorfleben!«

»Ich bitte Sie, Lämmermeier. Die Frau Angerer und Herr Käsner haben mehr als genug zu tun, jetzt vor dem 1. Mai. Was man von Ihnen nicht behaupten kann, Lämmermeier.«

»Was kann ich dafür, wenn in diesem Scheißkaff nie etwas Gescheites passiert?« Das sage ich zwar so leise, dass es der Chef es nicht versteht, aber gesagt werden muss es trotzdem, und nehme mir die alte Strickjacke mit den Hirschhornknöpfen von der Stuhllehne, die mir die Mama heute früh nachgetragen hat, wegen der Eisheiligen.

Die Sonne scheint durch die gläserne Eingangstür und wirft

die Schatten der Klebebuchstaben auf die Spitzen meiner Cowboystiefel: *Chiemseewoche Presse GmbH*, spiegelverkehrt. Ich schaue kurz darauf, um mich zu sammeln.

»Geht's los?«, fragt mich die Gitti vom Empfang, ich nicke und starte durch.

Die Jolly steht mit dem Heck zur Hauswand, und ich muss zum Losfahren nicht wenden. Bei Sekunde fünf lande ich mit Powerslide auf der Hausbergstraße und biege nach ein paar Hundert Metern rechts ab. Weil ich in den Haarnadelkurven Richtung Panoramagaststätte in den Ersten runterschalte, schaffe ich die Strecke bis nach Hause unter viereinhalb Minuten. Trotz der sechshundert Höhenmeter.

Der Milchreis ist schon fertig, genau wie ich ihn mag: ohne Rosinen, aber mit einem Stück Zitronenschale. Die Mama bringt ihn mir in den Biergarten, wegen tipptopp Frühlingswetter – fast zu warm für die Jahreszeit und mit einem Stich ins Schwüle.

Nach dem Essen poliere ich der Jolly noch schnell ein paar tote Fliegen weg von dem grünen Streifen an der Seite. Und weil ich es heute einfach mal nicht eilig habe, bügle ich der Mama noch die Schürzen, zwei fürs Dirndl, zwei zum Bedienen. Beim Huberwirt wohnen ist für uns beide nämlich eine feine Sache. Die Mama hat es nicht weit zur Arbeit, und ich habe es nicht weit zur Mama. Danach mache mich auf den Weg zum See.

»Servus, Uwe!«, brülle ich aus dem Fenster und drehe im Kreisverkehr nach dem Ortsschild noch eine Runde mehr, vorbei an den drei Wegweisern nach Osten, Süden und Norden. Traunstein, Salzburg, Rosenheim. Da sieht man gleich, wo unser Geröllharting liegt, mitten im Bermudadreieck der Sommerfrische.

»Lucky, wohin geht die Reise?«, schreit der Mann mit der schwarzen Wollmütze und der orangefarbenen Latzhose zurück und winkt aus dem Blumenbeet in der Mitte vom Kreisel.

»In die Mittagspause.«

Der Uwe schaut kurz auf die Uhr und streckt den Daumen nach oben. »Respekt! Heute Abend dann bei mir, ja?«

Nach zwei weiteren Runden im Kreisverkehr habe ich mit unserem Gemeindediener geklärt, welchen *Tatort* wir uns später mit dem Highspeedinternet vom Uwe aus dem Netz holen wollen, und biege ab, die einzige Ausfahrt ohne Wegweiser. Es ist eigentlich ein schöner Tag, links von mir leuchten die Berge in der Sonne, silbern wie die Schultersterne von einem Polizeihauptkommissar. Rechter Hand ziehen sich die Felder grün und gelb bis zum Chiemsee, dazwischen immer mal wieder ein Bauernhof, seit dem Wochenende mit roten Geranien an den Balkonen.

Die Straße gabelt sich nach ein paar Minuten und führt zwischen ein paar dünnen Birken zum See hinunter. Ich fahre ein kurzes Stück am Ufer entlang und rolle mit der Jolly zum Wasser.

Mit einem Ratsch fährt der Fahrersitz in die hinterste Position, damit ich die Füße auf das Armaturenbrett legen kann. Ich klebe zwei extralange Zigarettenpapiere zu einem L zusammen und drücke beim Soundsystem der Jolly auf Play und Repeat. Die Bläser setzen ein. Weil man unmöglich den Eröffnungssong der Blues Brothers dreimal hintereinander hören kann, ohne Luftsaxophon zu spielen, will ich gerade zum Solo ansetzen. Aber leider bekomme ich Besuch.

»Servus, Steff«, sage ich und versuche etwas zu spät, den Joint nach unten zu halten.

»Lucky, was macht du denn hier?«

»Stress in der Arbeit.« Ich drehe die Musik ein bisschen leiser.

»Ah. Sieht man gleich«, bemerkt der Steff.

»Wusste gar nicht, dass du noch hierher an den See kommst. Hast dich gut eingearbeitet?« Direkt höflich klingt die Frage – für meine Verhältnisse. Also für das Verhältnis vom Bruckner Steff und mir. Der poliert erst einmal einen unsichtbaren Fleck an meinem Außenspiegel weg, bevor er antwortet.

»Na ja, weißt du, in München war schon mehr los bei der Polizei. Aber wenn die Babsi hier einen Job kriegt, war doch klar, dass ich mich nach Geröllharting versetzen lasse.«

»Hast du denn für heute schon frei?«

»Frei? Nein. Ja, doch. Ich, wir, äh, die Babsi hatte einen Arzttermin in Traunstein. Und danach wollt ich irgendwie an den See. Wie früher.«

Das Wort »Arzttermin« sagt er so, dass ich auf seine Hand schauen muss, die immer noch auf dem Außenspiegel liegt, und auf den Ehering daran.

»Was ist denn mit der Babsi?«, frage ich und schaue wieder geradeaus. »Kann der Doktor Sprengel seine Sprechstundenhilfe nicht selber untersuchen?«

Weil – er hat schon recht, der Steff. Hier am See war früher unser Lieblingsplatz. Bis ich der Babsi nähergekommen bin. Und dann die Babsi dem Steff nähergekommen ist. Und der Steff in der Polizeischule genommen worden ist und ich nicht. Und dann keiner von uns mehr irgendwohin gegangen ist mit dem anderen.

»Eigentlich nicht. Sie ist ja auch gar nicht richtig krank.« Ich sage nichts, und der Steff druckst ein bisschen herum. »Es ist nur so, also, wir kriegen ein Baby.«

Das haut bei mir ganz schön rein, und ich nehme schnell noch einen Zug. Und noch einen. Dann führe ich die Hand vor den Mund und schreie in ein unsichtbares Funkgerät.

»Achtung, Schnullerfahndung!«

Der Steff lacht nicht und meint, ich solle vorsichtig sein im Umgang mit Genussmitteln. Ich sage ihm maximal lässig, dass ich alles unter Kontrolle habe und sowieso erst einmal ein Schläfchen halten werde. Der Steff steigt in seinen Passat, ich stelle mir die Blues Brothers auf Nickerchen-Lautstärke und schließe die Augen.

Als ich wieder aufwache, ist es fast fünf. Über dem Hausberg ist der Himmel schwarz, und am Ufer entlang blinken die orangefarbenen Lichter der Sturmwarnung.

»Richtig unheilschwanger«, berichte ich der Jolly und hänge mich übers Lenkrad, um die dunklen Wolken besser sehen zu können.

Und auf einmal hebt sich meine Stimmung schlagartig, denn unheilschwanger, das ist gut.

2

Ich nehme mir vor, die Sache mit dem Herzstillstand später telefonisch zu regeln und mir zuerst das Waxing-Studio vorzunehmen. Die Jolly stelle ich auf dem Behindertenparkplatz direkt am Brunnen vor der Antoniussäule ab und mache mir erst einmal ein Bild der Lage. Der Valentino steht vor seiner Eisdiele, schaut in den Himmel und räumt dann den Mülleimer in Form einer hüfthohen Eiswaffel nach drinnen. Ich winke ihm zu, damit er weiß, dass ich später noch vorbeikomme.

Das Haus, in dem bis vor Kurzem die Landmetzgerei Moser war, steht gegenüber vom Valentino auf der anderen Seite vom Marktplatz. Die Gulaschsuppendosen sind aus der Auslage verschwunden, und die Scheibe ist neuerdings abgeklebt. *Gmahde Wiesn,* steht in großen Buchstaben auf der rosa Folie, und kleiner darunter: *Waxing-Studio, Inhaberin: Maria Perez*.

Ich beschließe, erst einmal in Ruhe alles von außen zu fotografieren. Weil mich aber links im Bild ein gelber Sonnenschirm stört, lasse ich die Kamera wieder sinken. Die Blonde, die gerade einen zweiten Schirm vom anderen wegrückt, damit eine bedruckte Plane dazwischen straff gespannt wird, habe ich noch nie hier gesehen.

»Tiere leiden auch in deiner Nähe. Initiative gegen Massentierhaltung« steht auf dem Banner, und auf einer Stelltafel vor einem Bistrotisch hängt ein Poster mit ein paar federlosen Hühnern mit aufgerissenen Glupschaugen. Das hätte der alte Moser sicher nicht vor seiner Metzgerei geduldet wegen Umsatzrückgang bei der Geflügelwurst, was aber wegen der jungen Frau schade gewesen wäre. Sehr schade.

Das nächste Foto vom Waxing-Studio rutscht mir irgendwie nach links, und so sehe ich im Display, wie die Blonde auf mich zukommt, mit Klemmbrett und strahlendem Lächeln. Ihre Haare schweben um das Gesicht herum wie Zuckerwatte, und ihre Knie schauen unter einem absolut frühlingshaften Frühlingsrock heraus. Die will sicher mit mir reden. Aber mit der Angerer streiten ist eins, und mit so einer jungen Frau etwas zu tun zu haben ist etwas ganz anderes.

»Hast du einen Moment Zeit?« Sie duzt mich gleich, ich dagegen habe eine ziemliche Ladehemmung und kann nur nicken. Sie spricht alle Wörter und Endungen schön deutlich aus, was sie aber sagt, kommt irgendwie nicht bei mir an. Das geht, zuhören, ohne zuzuhören. Ich schau nur auf die blonden Locken, die bei jedem Wort mitwippen, und als sie mir fünf Minuten später die Hand hinstreckt, weiß ich zwar immer noch nicht, wie sie heißt, bin aber Mitglied im Verein *Tiere sind Familie e.V.*

Im Waxing-Studio riecht es wie beim Huberwirt in der Weihnachtsbäckerei, wenn die Backbleche mit Bienenwachs eingelassen werden. Die Maria Perez ist eine kleine, dralle Person mit dunklen Kulleraugen, die mir gleich ein »Herzlich willkommen!« entgegenzwitschert und total aus dem Häuschen ist, weil ich von der Presse bin.

»Schön geworden, nicht?«, flötet sie und führt mich herum. Es hat sich wirklich so ziemlich alles verändert. Nicht dass ich noch die Fleischtheke vom Moser erwartet habe, doch das *Gmahde Wiesn* sieht vor lauter Ambiente gar nicht mehr aus wie ein richtiger Laden. Hinter einer geschwungenen weißen Theke mit rosa Neonröhren biegt die Maria Perez mit mir nach hinten ab in ein diskretes Nirgendwo. Sie zieht einen Vorhang zurück und will mir die Behandlungskabine zeigen, aber für sechs Zeilen muss ich nun wirklich nicht zu sehr ins Detail gehen.

Die Perez erklärt mir trotzdem, dass sie eine echte brasilianische Depiladora ist, und als ich sie frage, was denn der Pfarrer dazu sagt, muss sie lachen und sagt, eine Depiladora, das ist eine Waxing-Expertin, und nur die Brasilianerinnen können das richtig, mit viel Schwung und wenig Schmerz.

»Und warum sprechen Sie so gut Deutsch, Frau Perez?«

»Ich war in São Paulo auf der deutschen Schule, weil das die beste in unserem Viertel war«, sagt sie und zeigt mir die kleine Küche mit einem Spülbecken und zwei Kochplatten, auf denen ein Topf steht. »Da ist das heiße Wachs drin«, erklärt sie mir und dass sie niemals das Rezept dafür hergeben würde, weil die heiße Pampe nicht auf der Haut kleben darf, an den Haaren aber schon.

»Und da hatten Sie einen bayerischen Lehrer, auf Ihrer deutschen Schule? Oder wem ist der Name *Gmahde Wiesn* eingefallen?«

Die Perez sagt: nein, alles ist auf ihrem Mist gewachsen, und führt mich nach hinten, und ich muss beim Hinterhergehen zwangsläufig auf ihre Rückseite in dem strammen Kittel starren, bei dem man an den kleinen Röllchen genau sieht, wo darunter die Unterwäsche anfängt und wo sie aufhört.

Das schaut ganz interessant aus. Meine Nervosität hält sich diesbezüglich aber in Grenzen, weil es seit der Tierschützerin bei den Frauen heute optisch nur noch bergab gehen kann. Ich nehme mir daher vor, zur erneuten Kontaktaufnahme noch einmal zu der Frau von *Tiere sind Familie* hinüberzuschlendern, und verlasse das *Gmahde Wiesn,* ohne eine weitere Frage gestellt zu haben.

Leider hat sich schon einer vorgedrängelt, denn am Infostand steht ein stämmiger Mann, zwei Köpfe größer als die Tierschützerin, die Schultern doppelt so breit. Er kommt bunt, aber ziemlich elegant daher, sein Gesicht jedoch kann ich nicht sehen, weil er mir den Rücken zudreht. Ich stehe kurz herum, während die beiden diskutieren, und schaue dann lieber beim Valentino vorbei, zum Abkühlen und für die Nerven.

Ein paar Minuten später hat mein Strohhalm die letzten Tropfen vom Bananenshake aus dem Glas geröchelt, und ich lege dem Valentino vier Euro auf die Theke.

»*Grazie,* Luigi«, sagt er, ohne mich anzusehen.

»Prego!«, entgegne ich, denn nach so vielen Jahren als Stammgast spreche ich natürlich so gut wie fließend Italienisch, und folge seinem Blick Richtung Tierschutzstand.

»Bella, eh?«

»Mhm«, mache ich. »Kennst du sie?«

»*No*«, schüttelt der Eisdielenbesitzer den Kopf und küsst die gespitzten Finger seiner linken Hand. »Wohnt hier ganz neu, in oberste Stock. Ist neue *ragazza, bellissima!*«

Anscheinend leistet die neue *ragazza* volle Überzeugungsarbeit, denn sie diskutiert immer noch mit dem Eleganten.

»Und ihn?«

»Kenne ich nicht. Aber Hose hellblau, Sakko gelb? *Mamma mia*. Ist Mann oder Wellensittich?«

Leider ruft ausgerechnet jetzt der Chef an und will mich wegen einer dringenden Angelegenheit bei der Abendkonferenz dabeihaben, obwohl ich finde, dass ich mit dem Waxing-Studio und dem wiederauferstandenen Herzstillstand schon genug gute Nachrichten auf dem Buckel habe. Ich nehme mir einmal Himbeervanille mit auf den Weg und gehe zur Jolly zurück. In der Luft steht so eine Elektrizität, und als ich mich noch einmal nach der Tierschützerin und dem Typen mit dem gelben Sakko umdrehe, stellt es mir die Haare auf, als würde ich in Plastikschlappen über einen Polyesterteppich laufen.

3

Im großen Konferenzzimmer der *Chiemseewoch*e sitzt schon die Redaktion zusammen und wartet auf mich. Die Gitti hat mir sogar einen Kaffee hingestellt, vor den leeren Stuhl rechts vom Chef. Ich nehme Platz und freue mich direkt, weil da sonst immer nur die Angerer sitzen darf.

Der Chef macht eine Pause, um mir beim Hinsetzen zuzusehen. Ich mache eine Handbewegung, dass er ruhig weitersprechen darf, so ein Aufheben muss er jetzt auch wieder nicht machen. Macht er aber. Er streckt sogar die Hand aus, um mir höchstpersönlich die Kaffeetasse wieder wegzunehmen, und sagt: »Der Platz ist nicht für Sie, sondern für die Frau Bürgermeister!«

Als ich das höre, schaue ich ganz automatisch auf das Foto, das neben dem Geröllhartinger Stadtplan an der Wand hängt. Es zeigt eine Frau, Typ eiserne Lady, im Lodenkostüm und mit einer Nase, die aus dem Gesicht heraussticht, als würde sie einen Bus früher erwischen wollen. Bevor ich fragen kann, was unsere Bürgermeisterin bei der Themenkonferenz einer unabhängigen Regionalzeitung zu suchen hat, rauscht sie auch schon herein, der Ramsauer, Geröllhartinger Pressesprecher und ihre rechte Hand, hinterher, und beide stellen sich direkt hinter mich.

Jetzt kann ich gar nicht mehr aufstehen, selbst wenn ich wollte, obwohl mich der Chef anschaut, als würde er mich am liebsten in seinen Kaffee rühren.

»Meine Herren, die Damen, ich gehe gleich einmal in medias res.«

Die Frau Bürgermeister klappt die Mappe auf, die ihr der Pressefuzzi aus dem Rathaus hinhält.

»In Zusammenarbeit mit der Polizei Oberbayern und dem Statistischen Bundesamt verleiht …«

Ich drehe mich um, weil mich was im Nacken kitzelt. Vor meinen Augen baumelt das Charivari, das die Frau Bürgermeister sich über den Trachtenrock geschnallt hat. In der Mitte hängt, in Silber gefasst, der Unterkiefer eines kleinen Raubtiers. Ich drehe mich schnell wieder nach vorne und höre, wie ihre Stimme nach oben geht und verkündet: »… das Bayerische Staatsministerium für Wirtschaft und Tourismus unserer Marktstadt Geröllharting den Titel: Der sicherste Ort Oberbayerns!«

Kurze Stille, dann stürmischer Beifall von allen Seiten. Der Ramsauer kämmt sich mit der Hand die Haare nach vorne, die ihm der liebe Gott noch am Kopf gelassen hat, und darf den Rest erzählen. »Keine Diebstähle, keine Einbrüche, keine

Trickbetrüger. Geröllharting ist die Nummer eins in puncto Bürgerwohl!«

In drei Wochen, sagt er und gibt in der Stirnmitte noch einmal extra Druck auf die Strähnen, wird es bereits so weit sein und unser schöner Ort eine Urkunde erhalten in maximal festlichem Rahmen.

»Großartig!«, ruft der Chef. »Da ist natürlich das Thema mit drin, dass wir das in unserer Heimatpresse ganz groß aufhängen.«

»Ganz wunderbare Idee!« Die Frau Bürgermeister legt mir die Hand auf die Schulter. »Die Walburga und der Wiggerl machen die Berichterstattung, ausgemacht. Die offizielle Verleihung der Urkunde findet in circa drei Wochen am 18. Mai in einem Festzelt auf dem Marktplatz statt.«

Eigentlich darf nur meine Mama Wiggerl zu mir sagen, aber der Chef gibt mir einen Tritt unter dem Tisch, und ich beschließe, mich zu beschweren, wenn die Frau Bürgermeister weg ist.

»Wie kann es sein, dass ich von diesem Preis noch nie gehört habe?«, frage ich stattdessen.

»Weil er zum ersten Mal verliehen wird.«

»Und warum wird er schon so bald verliehen?«, fragt jetzt die Angerer. »Wir könnten doch sonst den ganzen Sommer darauf hinschreiben!«

»Freuen Sie sich lieber darüber, dann greift das in der Hochsaison noch für den Fremdenverkehr. Das ist doch wunderbar. Ganz gleich, wo man heutzutage hinfährt, fliegt einem etwas um die Ohren. Das Böse ist immer und überall – nur bei uns in Geröllharting nicht!«

Leider bin ich mir nicht so sicher, was so eine Auszeichnung für mich und meinen Berufsstand bedeutet, und als die Konferenz vorbei ist, klatsche ich nicht wie die anderen. Ich bleibe lieber noch eine Weile sitzen und ziehe mir die morgige Ausgabe vom Stapel in der Mitte des Konferenztisches her. »Die Maikäfer sind zurück« steht als Schlagzeile direkt unter den blauen Buchstaben der *Chiemseewoche*, und natürlich ist schon wieder das Foto von der Angerer daneben. Erst auf der dritten Seite finde ich einen Artikel von mir.

Nur ein Maßkrug weniger

Aus Sicht der Polizei war das diesjährige Frühlingsfest wieder eine sehr gelungene Veranstaltung. »Die gute Sicherheitslage der vergangenen Jahre konnte auch heuer wieder fortgesetzt werden«, so Einsatzleiter Stefan Bruckner. Die meisten Besucher beherzigten die Präventionshinweise der Polizei und hielten ihre Siebensachen zusammen. Auch das Phänomen Maßkrugdiebstahl verliert weiter an Bedeutung, es musste nur ein Fall aufgenommen werden. LL

Nichts als positive Bilanzen also in puncto Verbrechensstatistik, und das werden wir jetzt bald auch noch amtlich haben. Und so hänge ich meinen düsteren Gedanken nach, reibe mir den Bauch, weil es mich in der Nabelgegend so zwickt, und trinke den Kaffee von der Frau Bürgermeister aus.

Als das Zwicken langsam unangenehm wird, gehe ich eine Tür weiter, um Druck abzulassen. Der Chef steht am Pissoir und lässt gemütlich laufen. Er wirft mir einen kurzen Blick zu.

»Warum sind Sie eigentlich in so einer desolaten Stimmung, Lämmermeier?«, fragt er mich und sieht wieder nach vorne.

»Da fragen Sie mich? Ich war heute in einem Waxing-Studio, als Polizeireporter! Und jetzt werden wir auch noch der Sicherste Ort Oberbayerns.«

»Ich würde sagen, da ist das Thema mit drin, dass ein guter Journalist aus allem eine gute Story machen kann«, sinniert der Chef und betrachtet weiter die lindgrün gekachelte Wand vor ihm. »Wenn Ihnen unsere Themen nicht gefallen, dann schauen Sie sich halt woanders um. Zeitungen gibt es ja genug. Wobei Sie keine journalistische Ausbildung genossen haben, da könnte es schon schwer werden, nicht wahr? Aber hier bei der *Chiemseewoche*, Lämmermeier, da brauche ich Sie in Zukunft eher bei der Frau Angerer in der Abteilung. Basta. Was nutzt Ihnen ein eigenes Ressort, wenn Sie darin nichts zu tun haben?«

»Das sagen Sie jetzt, Chef!«, rufe ich. »Aber mich zwickt es überall. Ich weiß einfach, dass bald etwas passieren wird, bei dem Sie einen Polizeireporter brauchen können. Ich habe das sozusagen im Urin.«

»Im Urin, soso. Bilden Sie sich nichts ein, Lämmermeier, das ist der viele Kaffee.« Der Chef schüttelt ab und zieht den Reißverschluss mit einem energischen Ruck hoch.

»Wissen Sie, ich habe Sie damals angestellt, weil ich Ihre Frau Mutter sehr schätze. Und die hat zu mir gesagt, wenn ich *Polizeireporter* in Ihren Vertrag schreibe, dann kommen Sie eher darüber hinweg, dass es mit dem Gesetzeshüter nichts geworden ist. Aber das war's auch schon mit der Existenzberechtigung Ihrer Arbeitsstelle. Daher arbeiten Sie entweder ab sofort Hand in Hand mit der Frau Angerer zusammen und beweisen mir, dass Sie zu einer Regionalzeitung im Sichersten Ort Oberbayerns passen. Oder ich werfe Sie hinaus. Und Sie können schauen, wie Sie das dann Ihrer Mutter erklären. So einfach ist das.«

Und dann knallt er die Tür zu, und ich zucke zusammen und fabriziere eine Riesensauerei an der Wand über dem Pissbecken.

Die Wolken hängen immer noch schwefelgelb und schwarz

in den Bergen, und auf dem Weg nach Hause haut es ein Gewitter vom Himmel, dass die Blütenblätter von den Kastanien nur so durch die Luft fliegen. Ich parke die Jolly daher lieber nicht vor dem Biergarten, sondern auf der anderen Straßenseite. Der Uwe schickt mir eine SMS, wo ich bleibe, aber ich schalte das Handy aus und werfe mich aufs Bett, ohne zu antworten.

4

Am nächsten Morgen steht die Jolly blitzblank da, von der Frühsonne getrocknet, und ich kann direkt losfahren. Das ist allerdings das Beste an meinem Start in diesen Dienstag, denn in der Redaktionskonferenz überkommt mich das ganz große Gähnen, als meine neue Chefin mich begeistert zutextet.

»Wie schön, dass Sie jetzt offiziell bei uns in der Abteilung sind. Als Erstes, hab ich mir gedacht, übernehmen Sie für unsere Rubrik ›Natur des Jahres‹ den Artikel über die Kleine Moosjungfer! Klingt doch hübsch, nicht? Sie ist, falls Sie das nicht wissen, zur Libelle des Jahres gewählt worden.«

Während die Angerer mit mir redet, beobachte ich durchs Fenster, wie unser Praktikant auf seinem Mofa in den Hof gefahren kommt. Zwischen der Jolly und dem VW-Bus der Angerer schlingert der Karl kurz, als ob ihn etwas erschreckt hätte.

»Herr Lämmermeier, haben Sie mich verstanden?«

Der Käsner Karl kriegt kaum den Verschluss seines Helms auf, so wie er daran herumzerrt. Und ich überlege, warum ein so ein gemütlicher Typ wie der Karl sein Mofa mitten im Hof aufbockt und Richtung Redaktion rennt. Vielleicht kann ich der Angerer gleich die Kleine Moosjungfer vor die Füße werfen, weil endlich etwas Schlimmes passiert ist? Tatsächlich stürzt der Karl direkt in den Konferenzraum. Er sieht sich kurz um, entdeckt mich und schreit: »Herr Lämmermeier, haben Sie Ihr Auto schon gesehen?«

»Logisch«, meine ich leicht verwirrt und zeige auf die Jolly, die wie immer mit dem Heck zur Druckerei auf ihrem Parkplatz steht, bereit zum Einsatz. »Ich bin doch vorhin hierhergefahren.«

»Aber haben Sie auch die Beifahrerseite gesehen?«, keucht der Karl, und das Entsetzen steht ihm ins Gesicht geschrieben.

Keine Minute später stehen der Chef, die Angerer, der Karl und ich vor der Jolly. Ich muss mich auf der Motorhaube abstützen, und der Chef legt mir mitfühlend die Hand auf den rechten Arm.

»Das wird es doch nicht gewesen sein, was Sie im Urin gehabt haben?«

Denn vom grünen Streifen an der Beifahrerseite der Jolly ist nichts mehr zu sehen. Auf rotem Hintergrund hat jemand einen unregelmäßigen schwarzen Kreis gesprüht und das ganze Kunstwerk dann mit einem großen X durchgestrichen. Ich schlage die Hände vors Gesicht.

»Was ist passiert?«, fragt die Gitti, weil sie immer ein bisschen braucht, bis sie hinterhergestöckelt ist. Ich nehme die Hände wieder runter. Das Graffiti ist immer noch da.

»Oioioi«, quietscht die Gitti. »Heiliger Antonius, hilf!«

Über die sechsundsechzig Sekunden persönliche Bestzeit bis zum Marktplatz kann ich mich unter diesen Umständen nicht freuen. Ich mache mich sofort auf den Weg zu dem einstöckigen Haus in der Kirchgasse, das von den Dachbalken bis zum Kellerschacht mit verblichener Bauernmalerei tätowiert ist: unsere Polizeiwache.

»Ich muss eine Anzeige aufgeben!«, rufe ich der *Bild*-Zeitung zu, die mir entgegenschaut.

Der Steff macht keine Anstalten, sich von seinem dunkelbraunen Drehstuhl zu erheben, sondern gibt nur ein schmatzendes Geräusch von sich, als er sich mit der Zunge am Eckzahn herumsaugt.

»Schon. Aber ich bin allein auf der Wache«, meint er dann und saugt weiter. Muss ein ziemlich flachsiger Speck sein, den er da auf seiner Brettljause vor sich stehen hat. »Der Chef und die Karin sind beim Blitzermarathon auf der B10. Wenn's dir so pressiert, dann musst du nach Rosenheim fahren, da haben sie mehr Beamte.«

Ich halte ihm trotzdem das Handyfoto von der armen Jolly hin und meine, er muss sofort eine Großfahndung nach dem Täter in die Wege leiten. Der Steff schaut eine Weile auf seine gefalteten Hände. Danach steht er auf und verschwindet im Büro mit dem Türschild *Polizeihauptkommissar Alfons Döblinger. Dienststellenleitung.*

»Hör zu, Lucky, der Chef findet das persönlich auch ganz schlimm, was mit deinem Auto passiert ist«, sagt der Steff, als er wieder herauskommt. »Aber weißt du, was er mich noch gefragt hat? An was du gerade schreibst!«

»An einem Herzstillstand, einem wiederauferstandenen. Und an der Libelle des Jahres.«

»Aha. Und da bist du nicht zufällig noch auf der Suche nach etwas, was ein bisschen krimineller klingt?«, fragt mich der Steff, zieht seine Uniformjacke aus und pflanzt sich wieder auf seinen Stuhl.

»Echt jetzt, Steff, ich kann auch gleich direkt bei der Staatsanwaltschaft anrufen und …«

Aber unser Geröllhartinger Ordnungshüter unterbricht mich. »Zum Thema Staatsanwaltschaft kann ich nur sagen, dass ich dir von der Frau Zirngibl ausrichten soll, dass sie dich niemals wieder zum Doktor Kastner durchstellen wird. Sie hat gesagt, seitdem du so einen Aufstand gemacht hast wegen den zwei Euro, die angeblich aus dem Antoniusbrunnen getaucht worden sind, wird dich keiner mehr ernst nehmen.«

Ich sehe mir den Steff an und überlege, ob ich ihm glauben soll. Und rufe zum Faktencheck gleich mal in Rosenheim an.

»Staatsanwaltschaft Rosenheim, Zirngibl.«

»Den Herrn Doktor Kastner müsste ich sprechen. Es geht um einen Fall von Vandalismus.«

»Wen darf ich melden?«

»*Chiemseewoche*, Lämmermeier.«

»Hach«, sagt die Zirngibl. »Sie sind das. Da haben Sie leider Pech. Obwohl Sie sicher wieder ein rechtes Kapitalverbrechen beobachtet haben, gell. Aber gerade ist er zur Tür heraus, unser Herr Doktor Kastner. Und seinen Mantel hat er auch dabeigehabt. Der kommt heute nicht mehr rein, das kann ich Ihnen gleich sagen.«

Als ich auflege, grinst der Steff, als hätte er eines von diesen Internetfilmchen gesehen, bei denen der Pfarrer bei der Trauung rücklings in den Swimmingpool fällt.

»Ich sag's jetzt einfach noch einmal, Lucky, wir werden die Sache weiter im Auge behalten, aber sehen momentan keinen erhöhten Handlungsbedarf.«

Ich drehe mich vor der Tür noch einmal um und rufe in die Polizeistation hinein: »Wenn ich hier sitzen würde, würde hier nicht so ein Schlendrian herrschen!«

»Ist schon recht, Lucky. Wenn's dich halt nur genommen hätten bei der Polizei«, nickt der Steff und drückt auf den Summer, damit ich die Wache verlassen kann.

»Grüß Gott, die Herren«, sagt eine tiefe Stimme am Eingang. Sie gehört ganz unverkennbar einem groß gewachsenen Herrn im dunklen Anzug und weißem Kragen.

»Herr Pfarrer!« Der Steff hebt auf einmal doch den Hintern vom Stuhl. »Was kann ich für Sie tun?«

»Ich will mich nicht vordrängeln«, meint unser Hochwürden. »Der Ludwig war zuerst da. Was ist denn passiert?«

Ich schwenke mein Handy. »Jemand hat mein Auto mit einem Graffiti verziert!«

»Wie bitte?«, fragt der Herr Pfarrer. »Meins auch!«

Unser Herr Pfarrer hat Furchen im Gesicht wie ein alter Hackstock, der vor einem Schuppen in der Sonne steht, aber seine Beine sind so schnell wie die von einem jungen Haflinger. Er ist als Erster bei den beiden Autos.

»Das ist der gleiche Täter, gleiches Motiv, eindeutig«, sage ich, weil der priesterliche Kleinwagen nicht besser aussieht als die arme Jolly. »Aber wer tut so etwas, Hochwürden? Und vor allem – was soll das darstellen?«

»Das war sicher nur ein Dummejungenstreich.«

»Ein Dummejungenstreich?«

Ich weiß nicht, ob das die richtige Bezeichnung ist für etwas, was mir so nahegeht.

»Tststs«, macht der Steff, nachdem er um die beiden beschmierten Autos herumspaziert ist. »Da kann der Herr Pfarrer direkt froh, sein, dass er so ein Hustenguadl fährt, auf dem hat der Vandale nicht so viel Platz gehabt. Da schreib ich jetzt erst einmal ein Protokoll.«

»Gibt's nichts Dringenderes zu tun? Sogar ich weiß, wo bei euch in der Wache der Spusi-Koffer steht.«

Der Steff atmet so tief ein, dass die Knöpfe sein beiges Hemd gerade noch zusammenhalten, zieht sich einen Schritt Richtung Antoniusbrunnen zurück und winkt mich zu sich.

»Lucky, was jetzt passiert, entscheide schon noch ich. Und ich schreib jetzt erst einmal ein Protokoll. Und dann wird man schon sehen.«

»Aber was willst du denn da noch sehen? Das ist Körperverletzung!«

Das weiß ich jetzt selber, dass das nicht stimmt, aber es rutscht mir so heraus, weil mir die Jolly einfach so nahesteht. Wie eine Lebensgefährtin, sozusagen.

»Vielleicht gibt es irgendwo noch ähnliche Fälle.«

»Nein, bisher bist nur du betroffen und der Herr Pfarrer. Und weißt du, was interessant ist?«

Der Steff kommt mir so nahe, dass ich riechen kann, dass er wieder mit dem Rauchen angefangen hat.

»Das letzte Mal, als was vom Herrn Pfarrer angesprüht worden ist, war das die Friedhofsmauer!«

Es ist ziemlich unfair, dass der Steff wieder mit der alten Geschichte anfängt. Saublöd, wenn Polizeireporter und Polizist sich zu gut von früher kennen.

»Damals ist keine Anzeige erhoben worden. Da waren wir sechzehn, und du weißt auch, dass ich mich nicht daran erinnern kann.«

»Weil du nach einem Bier schon so blau warst wie der Chiemsee im August. Jedenfalls, bis du gereihert hast wie ein Wasserfall«, grinst der Steff. »Zeugen gab's ja genug. Die haben alle gestaunt, dass ausgerechnet du so gut nackerte Weiber malen kannst. Vielleicht überlegst du dir, ob du das heute Nacht nicht selber warst, nur damit du endlich was zum Schreiben hast!«

Der Steff sagt das mit sehr fester Stimme. Aber als ich nach ein paar Sekunden immer noch nichts erwidert habe und nach ein paar weiteren immer noch nichts, blinzelt er doch ein bisschen. Als der Herr Pfarrer näher kommt und beschwörend seine Hände hebt, weiß ich, dass ich es geschafft habe, maximale Mordlust in meinen Blick zu legen.

5

Nach diesem Vorfall sehe ich mich nicht mehr in der Lage, mich mit der Kleinen Moosjungfer zu beschäftigen, verbringe den restlichen Tag am See und fahre dann direkt heim zum Huberwirt.

Am Tresen versenkt die Mama gerade eine halbe Zitronenscheibe in einem frisch gezapften Weißbier und stellt es dem Ramsauer hin.

»Mensch, Rosi, jetzt muss dein Lucky sich auch endlich eine Lederhose zulegen, für die große Party zur Verleihung!«, ruft ihr der Ramsauer über den Tisch zu und macht mir auf der Bank Platz. »Was sagt dein Sohn eigentlich dazu, dass wir im Sichersten Ort Oberbayerns leben?«

Die Frage kommt mir gerade recht, und ich frage, ob ich mit der besprühten Jolly in die Hausbergstube fahren soll oder sie mir auch so endlich glauben, dass das Böse immer und überall ist. »Da ist jetzt das Thema mit drin, Lämmermeier, dass wir natürlich Ihre Aufregung verstehen«, meint der Chef, der auch am Stammtisch sitzt und mit seinem Bierdeckel spielt. »Aber es macht keinen Sinn, deshalb jetzt den guten Ruf unseres Ortes zu besudeln. Sie wissen ja noch nicht einmal eindeutig, ob Ihr Auto auch in Geröllharting beschmiert worden ist. Das kann ja auch außerhalb des Landkreises passiert sein.«

»Ich habe es doch die ganze Nacht nicht wegbewegt!«

»Und dafür haben Sie Zeugen? Denn da ist jetzt das Thema mit drin, Lämmermeier, dass Sie öfter mal irgendwohin fahren und auch eine Weile brauchen, bis Sie wieder da sind.«

Er trinkt in aller Ruhe einen Schluck Bier.

»Ich würde den Vandalismus an Ihrer Stelle nicht zu sehr an

die große Glocke hängen, denn es ist schon so, dass Sie in Sachen Graffiti durchaus eine Vergangenheit haben.«

»Ich würde niemals mein eigenes Auto beschädigen, das habe ich schon dem Herrn Bruckner gesagt!«

»Ist ja gut, ich will Ihnen keine Sabotage unterstellen, Lämmermeier. Aber jetzt beruhigen Sie sich erst einmal. Und Ihr Artikel zur Libelle des Jahres, der steht ja auch noch aus. Oder wollen Sie in Ihrer neuen Abteilung gleich mal einen Fehlstart hinlegen?«

Auf diese Frage hin reicht es mir, ich proste in die Runde und genehmige mir einen Schluck und gleich noch einen. Das Weißbier vom Ramsauer schmeckt erstklassig, und ich winke der Mama, sie soll mir ein eigenes bringen. Weil sie das nicht tut, steh ich auf und zapfe mir selber eins. Es rinnt mir durch die Kehle wie Wasser einen Gebirgsbach. Nach dem ersten Weißbier informiere ich den Chef darüber, dass in der Sache Sicherster Ort Oberbayerns das letzte Wort noch nicht gesprochen ist. Nach dem nächsten Bier muss ich mir schon die Hand vor den Mund halten, trotzdem sage ich allen, dass ich zwei große Allergien habe, und die erste wäre die Abteilung Garten & Dorfleben und die zweite das Tragen von Lederhosen. Dann spricht die Mama ein Machtwort und schickt mich ins Bett.

»Kinder ohne Ehe und Ehe ohne Kinder, da ist nicht viel Freud dahinter!«, gibt der Ramsauer seinen Senf dazu, und es ist ihm völlig wurscht, dass ich ihn oben auf der Treppe noch hören kann. Auch die Mama redet nicht unbedingt leise.

»Manchmal weiß ich nicht, was ich mit einem Buben machen soll, der kein Bier verträgt. Die Hebamme hat mich schon gewarnt. Rosi, hat sie damals gesagt, wenn das Kind heut noch kommt, wo der Mond im Zwilling steht, das gibt Probleme.«

»Hättest halt den Erzeuger von deinem Ludwig damals

nicht in dein Zimmer gelassen.« Anscheinend hat sich der Huberwirt jetzt auch noch mit an den Tisch gesetzt. »Aber Rosi, was soll man sagen, bist ja selber gestraft genug.«

Und dann klicken sie ihre Biergläser aneinander, während ich Gas gebe, um es rechtzeitig aufs Häusl zu schaffen.

Als mir nicht mehr ganz so schlecht ist, gehe ich zurück auf mein Zimmer und wasche mir das Gesicht mit kaltem Wasser. Wenn mein Vater dem Kerl ähnlich war, der mir aus dem Alibert entgegenschaut, hat er nicht nur eine Bierallergie gehabt, sondern muss auch ein ziemlicher Spargeltarzan gewesen sein. Ich strecke meinem Spiegelbild den Mittelfinger entgegen und hau mich direkt in die Federn.

Am nächsten Morgen fühle ich mich wie ein Sofakissen, das die Mama mit der Handkante in Form gebracht hat. Trotzdem machen sich die Jolly und ich sofort auf den Weg zum Marktplatz. Ermittlungen kennen schließlich keinen Feiertag.

Kein Mensch ist zu sehen, so früh am 1. Mai. Weil ich aber weiß, dass der Herr Pfarrer immer schon um halb neun in der Kirche ist, finde ich sein Auto in der Kirchgasse Ecke Ganghofer. Ich gehe vor der hochwürdigen Reisschüssel in die Knie und hebe mit der Rasierklinge vorsichtig ein Stück roter Farbe vom Graffiti ab.

»Servus, Lucky! Was wird das, wenn's fertig ist?«

Mich reißt es wie mit einem kapitalen Ischias, als ein Streifenwagen langsam an mir vorbeirollt. Der Steff hängt aus dem Fahrerfenster.

»Spinnst du?«, schreie ich ihn an. »Mich so erschrecken! Ich hätt mich sonst wie schneiden können!«

»Ich frage mich nur, was du mit dem Auto vom Herrn Pfarrer machst?«, wiederholt der Steff und steigt aus.

»Es ist nicht das, wonach es aussieht.« Ich richte mich auf.

»Natürlich nicht. Darf ich trotzdem mal in dein Auto schauen?«

»Auf keinen Fall!«, erwidere ich, aber der Steff hat schon den Kofferraumdeckel von der Jolly in den Polizistenfingern.

»Ja, leck«, sagt er, »ein Karton mit Spraydosen. Gehören die dir?«

»Freilich. Hab ich gestern im Hagebau geholt zwecks Farbvergleich. Weil ich wissen will, ob die Farbe vom Graffiti aus unserem Baumarkt stammt. Spurensicherung, verstehst du?«

»Aha«, sagt der Steff.

»Aha«, sagt auch der Herr Pfarrer, stellt sich neben den Steff und sieht mich nachdenklich an.

Ich sag dem Steff, er soll aufhören Unschuldige zu verdächtigen, sondern sich lieber um Bürger kümmern, die ein Problem haben. So wie ich.

Oder wie die Frau, die gerade barfuß und im weißen Kittel auf dem Marktplatz auftaucht.

»*Ajuda! Ajuda!*«, schreit sie in einer solchen Stimmlage, dass Polizist und Pfarrer sich sofort umdrehen und im Schweinsgalopp zu ihr laufen. Mein erster Gedanke ist natürlich, dass hier ein weiterer Fall von Autovandalismus vorliegt. Aber als alle zusammen im *Gmahde Wiesn* verschwinden, fällt bei mir der Groschen, dass es die Depiladora ist, die da gerade um Hilfe gerufen hat.

Ich hole den Steff ein, als er den pinken Vorhang der Behandlungskabine aufzieht.

»Stabile Seitenlage!«, schreit er direkt in mein Ohr, weil ich quasi an seinem Gesicht klebe, um ihm über die Schulter zu spähen.

»Nein, dafür ist es zu spät«, höre ich den Herrn Pfarrer keuchen. »Kein Puls, keine Atmung.«

Daraufhin zieht der Steff sein Handy aus der Gürteltasche und macht kehrt. Ich habe freien Blick auf das, was sich da in der Behandlungskabine abspielt.

Auf dem Boden vor der Edelstahlliege liegt eine große nackte Puppe, wie sie beim Gaissmayer im Schaufenster herumstehen, wenn er von Sommer- auf Wintertrachten umstellt. Weil ich mich frage, warum der Herr Pfarrer bei einer Schaufensterfigur eine Herzdruckmassage beginnt, drücke ich den Lichtschalter rechts von mir. Eine Neonröhre flackert auf, und ich verstehe, warum das männliche Individuum auf dem Boden aussieht wie aus Plastik. Sein Körper ist nämlich absolut glatt. An Brust, Beinen, Körpermitte – die im Moment nicht vitaler aussieht als ein Beilagensalat vom Huberwirt – flimmert kein einziges Körperhaar. Dafür ist die Haut dort mit winzigen roten Punkten überzogen, kaum zu sehen, die tiefen Kratzer an den Oberarmen dafür umso mehr. Eine Schaufensterfigur mit Lackschaden.

»Ist der Mann hier Kunde?«

Niemand antwortet mir, obwohl die Maria Perez neben mir steht, die gespreizten Finger vors Gesicht geschlagen.

»Und warum sieht er aus, als wäre er in den Himbeeren gewesen?«

Der Herr Pfarrer zieht dem Nackten den Unterkiefer nach unten zwecks Beatmung, und in dem Moment, als er sich über das reglose Gesicht beugt, öffnen sich die Augen darin. Und bleiben offen stehen.

Die Perez macht ein Geräusch wie der Attila, wenn man zu fest an der Leine zieht, legt eine Hand auf den Bauch, die andere an den Mund und stürzt aus der Behandlungskabine.

»Eins, zwei, eins, zwei …«, pumpt und zählt unser Pfarrer weiter, und ich finde, dass Hochwürden das ganz hervorragend macht. Allerdings pfuscht er seinem Vorgesetzten damit eindeutig ins Handwerk. Denn als ich meine Hand auf das glatte Männerbein lege, fühlt es sich zwar noch warm an, aber es kriecht mir ein Gefühl den Arm hoch, als würde mir jemand mit einer kalten Stahlspitze an den Knochen entlangfahren.

Im selben Moment löst unser Pfarrer seine Hände und schlägt ein Kreuz.

»Ich fürchte, Ludwig«, meint er ziemlich außer Atem, »für den Herrn Ammetsbichler können wir auf dieser Welt nichts mehr tun.«

Der kalte Schauer kriecht mir in die Schulter, von der Halswirbelsäule in den Kopf hinein und greift mir als eisige Klammer von Ohr zu Ohr. Ich stecke meine Hand schnell in die warme Hosentasche und sehe den Herrn Pfarrer an.

»Da wird einem ganz kalt, gell?«, meint er.

»Ja«, sage ich und muss schlucken.

»Wenn der Tod ins Zimmer tritt, frieren auch die, die nur danebenstehen.«

In dem leblosen Gesicht am Boden fallen die Wangen ein, als würde jemand das Fleisch abtragen. Die Lippen sind so dunkel angelaufen, dass der klaffende Mund noch tiefer aussieht. Ich massiere automatisch meine Oberarme, um mich zu wärmen.

Ja, der Tod ist da.

Und zwar ziemlich plötzlich.

Vor meinem inneren Auge taucht eine Schlagzeile auf, noch etwas unscharf.

»Sie wissen, wer das ist?«, frage ich leise den Herrn Pfarrer.

»Aber ja. Dieser arme Sünder ist der Mann von der Ammetsbichler Liesl. Harald Ammetsbichler. Ich habe ihn das letzte Mal gesehen, als ich seine Kinder getauft habe. Und das ist jetzt sicher fünf Jahre her.«

»Aber Herr Pfarrer, wie kann einer so plötzlich sterben?«

Statt einer Antwort beginnt der Herr Pfarrer zu beten.

»Nachlass, Nachlass, Nachlass aller Sünde schenke dir Gott, der Allmächtige, Amen. Dein erbarme sich Gott, der Allmächtige, dir vergebe er alle deine Sünden!«

Ich frage mich, ob er bei jedem Totengebet einen solchen Nachdruck auf den Sündennachlass legt. Oder ob da vielleicht mit inbegriffen ist, dass der Verstorbene ein paar Hobbys hatte, die ein paar mehr Vaterunser an der Himmelspforte erfordern.

Auch im Sucher sieht der Ammetsbichler außerordentlich tot aus, und ich fotografiere hinter dem Rücken vom Herrn Pfarrer mit dem Handy das Zimmer: die Leiche, die blank polierte Liege und den Hocker, auf dem eine hellblaue Hose mit goldener Gürtelschnalle und ein gelbes Sakko liegen, ordentlich übereinandergelegt.

Und auf einmal weiß ich: Ich habe diesen Mann noch am Montag auf dem Marktplatz gesehen.

Und zwar am Tierschutzstand.

Und da hat er nicht den Eindruck gemacht, als würde er die Woche nicht überleben.

6

Die Maria Perez liegt kreidebleich auf dem Sofa, die Arme über dem Magen verschränkt, mit einer pinken Decke über den Beinen. Ich winke den Steff zu mir.

»Wie geht es ihr?«

»Ihr ist übel, sie hat einen Schock. Der Arzt soll sie nachher untersuchen.«

»Und wann willst du den Tatort absichern?«

»Was für einen Tatort?«, fragt der Steff.

»Na, das *Gmahde Wiesn*! So wie es aussieht, hat hier jemand eine Spezialbehandlung bekommen und sie nicht überlebt!«

»Wer sagt das?«

»Ich! Warum hat denn die Frau Perez nicht gleich den Notarzt gerufen, sondern ist erst einmal auf den Marktplatz gerannt? Dann hätte man den Mann sicher noch retten können!«

Der Steff schaut mich kurz an, schnauft, geht zur Depiladora zurück, kniet sich neben sie und fragt sie etwas.

»Ganz einfach.« Er kommt zurück und steckt sich das herausgerutschte Hemd hinten wieder in die Hose. »Sie weiß die Nummer nicht, sie ist doch noch nicht so lange in Deutschland, und im ersten Schock ist sie ihr nicht mehr eingefallen.«

»Aber …«, ich zeige auf die Perez, »die ist unter ihrem Kittel nackt!«

»Mensch, Lucky«, sagt der Steff, »das ist ja interessant, was dir alles auffällt.«

»Das sieht man doch! Röllchenfrei! Da zeichnet sich nichts ab, verstehst du?«

»Ach so, wenn du meinst, dass dich das was angeht. Aber ich glaub jetzt nicht, dass du der richtige Experte bist, gell. Unterwäschetechnisch, meine ich.«

»Wie meinst du das?«

»Mei, man redet ja bloß. Weil dir seit der Babsi die Hasen auch nicht unbedingt auf der Matratze herumspringen.«

Ich finde, dass irgendwelche Hasen nichts damit zu tun haben, dass wir hier einen außergewöhnlichen Todesfall haben, und die Babsi schon gar nicht, und gehe lieber nach dem Notarzt Ausschau halten. Am Vordereingang kommt mir allerdings immer noch kein Sanitäter entgegen, sondern ausgerechnet der Ramsauer.

»Gehen Sie in Gottes Namen wieder hinein, Lämmermeier«, grantelt er mich an und drängt mich mit seinem breiten Bauch zurück ins Waxing-Studio. »Bevor noch jemand denkt, hier ist etwas passiert!«

»Wie meinen Sie das?«, entgegne ich. »Natürlich ist was passiert. Da drinnen liegt eine Leiche!«

Der Ramsauer wirft mir einen finsteren Blick zu und ruft dem Steff zu: »Sie haben hoffentlich dem Sanker gesagt, er soll im Hinterhof parken!«

Der Steff nickt, ohne den Blick von der Depiladora zu wenden. Der Ramsauer schaut sich um, bis er den Herrn Pfarrer entdeckt.

»Einen schönen Gruß von der Frau Bürgermeister und wie es denn mit der Maiandacht aussieht«, sagt er dann ganz jovial. »Die Leute sitzen schon in der Kirche.«

Der Herr Pfarrer macht sich sofort auf den Weg, um sich um seine Schäfchen zu kümmern, und der Ramsauer hat vollen Blick in die Behandlungskabine.

»Liegt der Bauer tot im Zimmer, lebt er nimmer«, kommentiert er den Anblick vom toten Ammetsbichler.

»Bauer?«, frage ich. »Seit wann trägt ein Landwirt Hosen mit einer goldenen Gürtelschnalle?«

»Na ja, Bauer im großen Stil eben. Der Herr Ammetsbichler hat sicher nicht so schlecht verdient mit seiner *Alpensau GmbH*. Da ist schon ein Gucci-Gürtel drin bei so einem Ferkelmastbetrieb.«

»Ach. *Alpensau*? Und GmbH auch noch? Der hatte bestimmt eine Menge Feinde, so als Unternehmer.«

Der Ramsauer dreht sich ganz langsam zu mir und schaut mich an wie einen blauen Fleck, von dem man nicht genau weiß, wie man ihn sich zugezogen hat.

»Wissen Sie was, Lämmermeier«, sagt er dann, »besser, Sie gehen jetzt ganz schnell heim.«

»Aber ich bin von der Presse, ich darf solche Fragen stellen!«

»Genau diese Presse hat heute garantiert etwas anderes zu berichten, weil später schließlich der Maibaum aufgestellt wird. Bruckner, kommen Sie einmal her! Erklären Sie dem Herrn Lämmermeier, dass er hier nichts mehr verloren hat!«, ruft der Ramsauer den Steff zu Hilfe.

»Der Herr Ramsauer hat recht«, meint der Steff. »Du hast ja gar keinen Bezug zu dem Toten.«

»Wenn der Ramsauer bleibt, dann bleibe ich auch.«

Die Lederjacke vom Steff knarzt ein wenig, als er durch geschickte Atemtechnik den breitesten Teil seines Körpers vom Bauch in den Brustkorb verlagert.

»Ist ja gut, du musst hier nicht den Grizzly spielen. Bin ja schon weg«, entgegne ich, und das Körperfett vom Steff verteilt sich wieder dahin, wo es hingehört. Ist sowieso ein Skandal, dass man mit zu viel auf den Rippen bei der Polizei arbeiten darf, mit zu wenig aber nicht.

Ich werfe schnell einen Blick auf mein Telefon, es sind achtzehn Minuten vergangen, seit wir das Waxing-Studio betreten haben, und der Notarzt ist immer noch nicht da. »Vorher allerdings brauche ich kurz dein Handy. Mein Akku ist leer.«

Der Steff zögert.

»Bitte. Ich muss die Mama anrufen, dass ich zum Mittagessen heimkomme. Damit sie mir einen Milchreis macht.«

Der Steff rückt tatsächlich sein Telefon heraus. Die Tür zum Hinterhof steht offen, und ich gehe draußen schnell die gewählten Rufnummern vom Steff durch.

»Ja, Mama, bis gleich!«, schreie ich dann ins stumme Telefon und gebe es dem Steff zurück. Und während endlich ein Krankenwagen ohne Blaulicht heranrollt, bin ich mir sicher: In dieser tödlichen Angelegenheit ist das letzte Wort noch nicht gesprochen.

7

»Mord im Waxing-Studio? Mensch, Lämmermeier, da ist das Thema mit drin, dass mit Ihnen die Fantasie ganz gewaltig durchgeht.« Der Chef sitzt an seinem Schreibtisch und scheint nicht besonders erfreut, mich in der Redaktion zu sehen. »Wollen Sie den guten Ruf unserer Gemeinde für eine bloße Spekulation riskieren?«

»Äh – ja«, antworte ich wahrheitsgemäß. »Das Verbrechen hat Einzug gehalten in unserem schönen Ort, das kann jetzt keiner mehr von der Hand weisen. Und wenn wir die Story morgen bringen, dann sind wir die Ersten!«

Ich versuche, nicht zu begeistert zu klingen, aber ich will natürlich, dass der Chef mir in die Augen sieht und sagt: »Gestern haben Sie es noch gesagt, Lämmermeier, dass etwas in der Luft liegt. Gehen Sie hin und schreiben Sie Ihren Artikel für die Titelseite. Ich bitte Sie vielmals um Entschuldigung und werde nie wieder behaupten, dass mit Ihrem Gefühl etwas nicht stimmt.«

Aber anscheinend braucht der Chef ein wenig länger, um sich überzeugen zu lassen.

»Und wer sagt Ihnen, dass dieser arme Mitbürger umgebracht worden ist?«

»Mein Gefühl! Und Sie werden es gleich bestätigt bekommen, weil nämlich jeden Moment die Diagnose vom Notarzt kommen wird. Den der Steff übrigens erst angerufen hat, nachdem er den Ramsauer verständigt hat. Das geht doch nicht. Ich muss doch als Polizist zuerst den Arzt rufen und nicht den Pressefuzzi.«

»Eine Verschwörungstheorie also auch noch. Lämmermeier, Lämmermeier.« Der Chef rührt mit seinem Lineal im Kaffee.

»Aber ich will Ihren Eifer gar nicht dämpfen, vielleicht haben Sie ja recht. Schauen wir doch mal, was der Herr Ramsauer dazu sagt.«

»Na freilich, sicher, klar. Der Herr Lämmermeier? Ja, der steht vor mir«, nickt er eine halbe Minute später, den Hörer am Ohr.

»Schauen Sie, Lämmermeier, wie ich mir gedacht habe«, sagt er und legt das Telefon auf die Station, als wäre es ein rohes Ei. »Der Notarzt ist gerade dabei, den Totenschein auszustellen. Der Herr Ammetsbichler ist an Herzversagen gestorben. Rhythmusstörungen, Kammerflimmern, Herzstillstand. Tragisch, aber kann vorkommen.«

Ich lege mich halb auf den Schreibtisch vom Chef. »Herzversagen? Glaube ich nicht! Und selbst wenn – ist das nicht auch eine gute Story? Ein vermögender Unternehmer und verheiratet obendrein. Und der stirbt nackt im Waxing-Studio, und die Depiladora dazu sieht aus, als hätte sie mit ihm einiges mehr gemacht als nur die Haare entfernt. Jede andere Zeitung würde doch bei so etwas Purzelbäume schlagen.«

»Aber wir nicht. Unsere *Chiemseewoche* ist nicht so ein Skandalblatt, so ein käsiges. Den plötzlichen Herztod eines angesehenen Bürgers müssen wir nicht an die große Glocke hängen.«

Der Chef reibt mit einem karierten Taschentuch ein paar Kaffeetropfen weg und sieht mich dabei so an, dass ich mich einen Schritt zurückziehe.

»Der Mann hatte Familie! Und da ist natürlich das Thema mit drin, dass sich die weiterhin in Geröllharting wohlfühlen soll. Und das Unternehmen natürlich auch. Die *Alpensau* ist laut dem Herrn Ramsauer durchaus ein wirtschaftlicher Faktor, gewerbesteuermäßig.«

Er zaubert eine Flasche Geröllhartinger Hirschbrand aus seiner Schreibtischschublade. »So, Lämmermeier, und jetzt zu Ihnen«, sagt er und bohrt seinen Kaffee bis oben hin mit Hochprozentigem auf. »Bis Anfang nächster Woche können Sie sich gerne etwas überlegen, ich will da gar nicht so sein. Einen Nachruf zur Beisetzung. Der ehrenhafte Unternehmer und Geröllhartinger Bürger Harald Ammetsbichler ist heute zu Grabe getragen worden, Rhabarber, Rhabarber, Sie wissen schon.«

Direkt Tränen hat er jetzt in den Augen, wobei das auch der Hirsch sein kann, weil der eher nach Brandbeschleuniger riecht als nach Edelbrand.

»Beisetzung? Sie meinen, das Begräbnis wird schon in ein paar Tagen sein?«

»Ja, so etwas müssen Sie doch wissen, Lämmermeier, dass wir hier in Bayern die Leute nicht einfach so herumliegen lassen. Spätestens nach drei, vier Tagen wird begraben, bayerisches Bestattungsgesetz. Und jetzt gehen Sie zur Frau Angerer und helfen ihr. Es gibt heute viel zu tun.«

Der Chef schweigt einen Moment, in dem man ganz entfernt das Scheppern einer Blaskapelle hören kann, und schaut durch mich hindurch.

»Kammerflimmern. Menschenskinder. So schnell kann's gehen. Da ist gleich das Thema mit drin, dass ich im Sommer mit meiner Angelika vielleicht doch in die USA fahren sollte. Hollywood, Grand Canyon, et cetera, et cetera. Man weiß nie, wie lange man noch hat.«

Ich will noch etwas sagen, aber der Chef bekommt ein verschlossenes Gesicht wie ein Geizkragen, dem ein Bettler den Hut hinhält, und ich zapfe mir lieber einen Schokomokka am Empfang. Weil ich so eine Schwäche verspüre, um den Magen herum und in den Beinen, setze ich mich eine Weile zum Nachdenken an den Schreibtisch. Diese Leiche hat eindeutig Potenzial. Allerdings muss ich zugeben: Wenn der Tote im Waxing-Studio ein Geschenk des Himmels ist, dann ist der Chef ein Geschenk vom Konkurrenzunternehmen. Und deswegen werde ich meine Titelstory nur kriegen, wenn ich ihm mit Beweisen komme.

8

»Frau Angerer?«

Meine Kollegin steht am Fenster und schaut auf die Wand von der Druckerei, als wäre sie das schönste Alpenpanorama, und dreht sich erst um, als ich sie vorsichtig anspreche.

»Entschuldigung? Frau Angerer, die Prozession zum Maibaumaufstellen hat angefangen. Höchste Zeit, dass wir dort vor Ort sind.«

»Ah, Lämmermeier, Sie sind's. Sie sehen noch blasser aus als sonst. Sind Sie krank?« Wenn die Angerer die Augenbrauen zusammenzieht, sieht es aus, als ob sich zwei Eichhörnchen umarmen. »Der Chef hat mir erzählt, Sie waren bei dem Todesfall im Waxing-Studio mit dabei. Haben Sie den Mann denn sterben sehen?«

»Ja, schon.« Ich bücke mich zum Attila, damit die Angerer nicht sieht, dass mir auf einmal unter der Jeans die Kniescheiben rauf- und runtergehen wie damals, als ich den Abstieg vom Hausberg in einer Stunde fünfundvierzig geschafft habe – das hatte etwas mit der Babsi zu tun, und ich bin seitdem nie wieder auf den Hausberg gegangen.

»Jetzt sagen Sie bloß, der Herr Polizeireporter hat vorher noch nie einen Toten gesehen. Attila, aus!« Sie scheucht den Hund wieder unter den Tisch. »Was sagen denn die Ärzte?«

»Kammerflimmern und deswegen plötzlicher Herzstillstand, meint der Notarzt. Der Chef sagt, wir sollen uns mit der Berichterstattung zurückhalten, aus Rücksicht auf die Familie.«

»Ah. Da mag er recht haben.«

Es wundert mich überhaupt nicht, dass unsere Spezialistin für Garten & Dorfleben auf der gleichen Linie fährt wie der Chef. Und tue ebenfalls so, als würde mich das alles nicht mehr interessieren.

»Ich wollte Ihnen nur sagen, also, ich muss das jetzt erst einmal verdauen. Wenn der Karl und Sie zum Maibaumaufstellen gehen, könnte ich zum Beispiel in der Zwischenzeit über die Felder fahren und nachsehen, wie weit die Natur schon ist. Fotos von ein paar Frühlingsblumen, das wäre doch eine gute Sache.«

»Das ist eine wirklich schöne Idee«, sagt die Angerer. »Ich weiß es zu schätzen, dass Sie sich Gedanken im Sinne Ihrer neuen Abteilung gemacht haben.«

»Passt schon. Wissen Sie, nach dem Erlebnis heute kann ich ganz gut etwas frische Luft brauchen«, antworte ich und mache mich sofort vom Acker.

Ich fahre in einer gemäßigten Geschwindigkeit, die meinen ganzen Monatsschnitt ruiniert, aber wer unauffällig ermitteln will, muss andere Prioritäten setzen.

Am Hintereingang des Waxing-Studios begegnet mir ein kleiner, untersetzter Herr, und ich will sofort von ihm wissen, weshalb jetzt doch die Gerichtsmedizin geholt worden ist.

»Ich bin von der Presse und habe ein Recht auf Information«, füge ich hinzu und strecke dem Knödel mit Füßen meine Visitenkarte hin. »Lämmermeier, *Chiemseewoche!*«

»Letzte Ruhe Frohberger, habe die Ehre«, nuschelt der Mann mit ausdruckslosem Vollmondgesicht. »Aber mia gram bloß ei, mia schnein ned auf.«

»Wie, Sie schneiden nicht auf, sondern graben nur ein – sind Sie schon der Bestatter?«

»Ei freilich. Und jetzt gehen Sie bittschön auf die Seite, damit wir unsere Arbeit machen können.«

»Und wann wird der Ammetsbichler obduziert, wenn er jetzt schon zum Bestatter kommt?«, frage ich den Steff, nachdem der Frohberger hinter dem Vorhang der Waxing-Kabine verschwunden ist.

»Einen Schmarrn wird er, bei einer natürlichen Todesursache«, antwortet er und sieht nicht besonders glücklich aus, mich schon wieder zu sehen.

»Tschuldigen S' die Frage«, unterbricht uns der Bestatter und streckt seinen Kopf hinter dem pinken Vorhang vor. »Aber ist der scho nackert kumma?«

»Natürlich ist der Herr Ammetsbichler nicht nackt hier hereingekommen«, antworte ich und zeige ihm, wo die Klamotten vom Ammetsbichler liegen. Der Ferkelzüchter ist inzwischen mit einer schwarzen Plane zugedeckt wie ein Spargelbeet im April, und ich bin eigentlich ganz froh, dem Toten nicht noch einmal ins Antlitz schauen zu müssen.

»Herr Döblinger, gut, dass Sie kommen!«, rufe ich, als die grauen Haare vom Dienststellenleiter im Fenster vom Hintereingang auftauchen. »Sie müssen hier mal eine Ansage machen. Sagen nicht die Bestimmungen, dass der Tote vier Stunden lang liegen gelassen werden muss und der Notarzt nicht allein den Tod feststellen darf?«

»Sie sind mir ganz ein Spitzfindiger, Lämmermeier, aber wenn in vier Stunden der Marktplatz gesteckt voll ist zum Tanz in den Mai, braucht der Leichenwagen auch nicht umeinanderfahren, das bringt die Leute bloß durcheinander!«, ruft der Ramsauer von hinten.

»Aber warum kommt extra der Dienststellenleiter, wenn

alles mit rechten Dingen zugeht? Sie verschweigen mir doch etwas!«

»Der Herr Döblinger ist nicht wegen dem Ammetsbichler gekommen.« Der Ramsauer kämmt sich die Haare nach vorn und klebt sie an der Stirn fest. »Sondern wegen Ihnen! Weil ich mir schon gedacht habe, dass Sie nichts Besseres zu tun haben werden, als gleich wieder hierherzufahren und herumzuschnüffeln. Aber wir haben hier einen plötzlichen Herztod, schwarz auf weiß. Und wenn Sie das nicht glauben wollen, dann muss Ihnen der Herr Döblinger das eben erklären.«

»Also, ich hätte es vielleicht eher so ausgedrückt, dass ich geholt worden bin, um dem Verstorbenen ein ruhiges Geleit zu garantieren«, erwidert der Silberrücken der Geröllhartinger Polizei. »Aber wenn der Herr Ramsauer das jetzt so in den Raum stellt: Ich bin schon auch hier, weil er und der Herr Bruckner mich darüber informiert haben, dass Sie einen ganz schönen Alarm …«

Der Döblinger kann nicht weiterreden, weil der Herr Pfarrer von seiner Maiandacht zurück ist. Und sich mit einem ziemlichen Schwung zwischen mich, den Ramsauer und die zwei Gesetzeshüter schiebt.

»Ich tät doch alle zusammen sehr bitten, die Stimmen zu senken. Immerhin haben wir hier einen Todesfall. Wie geht es denn der Witwe?«

Der Steff zuckt zusammen und sagt doch tatsächlich, dass er die Frau, oder besser gesagt, die Witwe Ammetsbichler noch gar nicht informiert hat, weil er sich um die Frau Perez kümmern musste. Weil die doch einen sauberen Schock erlitten hat, dass ihr einer beim Waxing unter den Fingern weggestorben ist.

Bei so viel Inkompetenz geht mir gleich wieder die Hutschnur hoch, aber der Herr Pfarrer hebt seine Hand, die aus dem zu kurzen Ärmel seines schwarzen Anzugs herausschaut wie eine Schaufel, und meint, dass er das übernehmen kann, weil er der Familie sowieso als Seelsorger zur Seite stehen wird.

»Gut, Herr Pfarrer. Ich muss ja auch noch das Protokoll schreiben wegen Ihrem Auto. Da hat übrigens die Karin angerufen und gemeint, dass die Spraydosen vom Herrn Lämmermeier alle neu sind. Unbenutzt.«

Es ist mir durchaus eine Genugtuung, dass ich somit als Autovandale nicht infrage komme.

»Jedenfalls nicht mit *diesen* Dos...«, sagt der Steff, aber der Herr Pfarrer schneidet ihm das Wort ab.

»Schluss jetzt. Ein Protokoll wegen dem Auto vom Ludwig schreiben Sie auch. Und ich nehme genau diesen Ludwig jetzt ein Stück mit, und zwar, damit Ruhe einkehrt. Das sind wir dem Toten schuldig.«

Der Herr Pfarrer hat eine Art, bei der einem der Widerspruch in der Kehle stecken bleibt. Der hätte auch einen guten Almöhi abgegeben, einmal winken und dann gehen die Schäfchen linksrum oder rechtsrum. Sogar der Ramsauer schaut kurz verlegen auf seine Haferlschuhe, und ich folge dem Herrn Pfarrer zu seinem Auto. Davor werfe ich aber der Depiladora noch einen Blick zu. Neben ihr sitzt der Notarzt und misst ihren Blutdruck. In meinen Augen ist sie nach wie vor eine höchst verdächtige Person.

9

Es gibt zwei Ampeln in ganz Geröllharting, eine vor der Brücke über die Stein und eine vor der großen Kreuzung vor dem Rewe und dem Hagebau. Und über beide rauscht der Herr

Pfarrer, obwohl sie dunkelrot sind. Er fährt nämlich, wie er redet: mit Gottvertrauen und sehr geradeaus.

»Fahren Sie jetzt zum Hof von den Ammetsbichlers?«

»Ja.«

»Kann ich mitkommen?«

Leider lässt sich der Herr Pfarrer nicht überzeugen, dass ich wegen dem täglichen Umgang mit der Mama ein solides psychotherapeutisches Grundwissen aufweise, und liefert mich beim Huberwirt ab. Die Mama wischt draußen unter den Kastanien die Blütenblätter von den Tischen. Als sie uns sieht, wirft sie erschrocken den Putzlumpen in den Eimer.

»Wiggerl«, ruft sie, »du hast doch nicht wieder was angestellt?«

»Nein, Rosi, nichts hat er«, beruhigt der Herr Pfarrer sie, erklärt ihr, wo wir herkommen und dass der Ammetsbichler tot ist. »Und jetzt hat der Ludwig einen Schock.«

»Ich habe keinen Schock. Ich bin nur außer mir, weil in unserer Mitte eventuell ein Mord passiert ist und das außer mir keiner wahrhaben will!«

Die Mama und der Herr Pfarrer wechseln einen Blick.

»Ist gut, Wiggerl, natürlich. Siehst du, Rosi, einen Schock hat er.«

»Rosi, der Leberkäs für Tisch zwei!«, brüllt der Huberwirt aus der Wirtschaft und haut auf die Glocke in der Durchreiche.

Die Mama dreht sich um und schwingt sich wie gewünscht Richtung Küche, und ich bin beinahe froh, dass der Huberwirt so ein Despot ist.

Als die Mama nach ihrer Schicht um zehn nach zehn nach oben kommt, liege ich in meiner Hängematte, in Strickjacke und zwei Jogginghosen übereinander.

»Ich hab das Malefiz schon aufgebaut«, ruft die Mama von

meiner Zimmertür aus. »Weißt, wo ich doch morgen freihab, da können wir's heut richtig krachen lassen.«

Da kann ich jetzt nicht Nein sagen, wobei das Gute daran ist, dass ich mit der Mama nie was reden muss, wenn ich nicht will. Und sie mir einen heißen Kakao mit hochgebracht hat.

»Hast ein bisserl geschlafen?«, fragt sie.

Ich würfle eine Sechs und behalte für mich, dass ich kein Auge zugetan habe, weil ich immer den Ammetsbichler vor mir gesehen habe, wie er an der Schwelle zu den ewigen Jagdgründen Augen und Mund ein letztes Mal aufreißt.

»Hast du ihn denn gekannt, den Herrn Ammetsbichler?«, frage ich nach einer Weile und stelle der Mama ein Steinchen direkt vors Häusl.

»Nein. Ich hab zwar damals mitgekriegt, dass die Liesl einen gefunden hat zum Heiraten. Aber zur Hochzeit war ich nicht eingeladen.« Die Mama nimmt mir den Würfel weg. »Ich hätt ihnen gleich sagen können, dass eine Ehe, die am Neumond geschlossen wird, nicht harmonisch werden kann.«

»War sie denn wirklich nicht harmonisch?«

»Mei, Kinder haben s' schon gekriegt. Zwillinge, vor vier, fünf Jahren. Aber irgendwie hat man sonst nichts mehr mitgekriegt. Die Liesl, das war eigentlich eine ganz Stille, die Mama früh verstorben. Als junge Frau hat sie immer ihren Vater hier abgeholt nach zu viel Obstler. Und weil das Leben halt nicht einfach ist für eine Schüchterne vom Einödhof, hab ich mir immer gedacht, die Liesl, das wird einmal eine alte Jungfer.«

»Aber dann hat sie diesen Harry kennengelernt.«

»Auch ein blindes Huhn findet halt einmal ein blindes Huhn«, sagt die Mama, würfelt eine Sechs und räumt zwei Steinchen hintereinander aus dem Weg. Ich frage sie lieber nicht, ob sie aus Triumph die Augenbrauen hochzieht oder weil sie mich auch für ein blindes Huhn hält.

»Und dann war auf einmal die Hochzeit, und ich denk mir, dass der alte Ammetsbichler froh war, dass die Liesl einen gefunden hat.«

»Aber der Harry, der war doch nicht unbedingt der zurückhaltende Typ?«

»Vielleicht hat der Beppo da einiges draufgelegt, wenn er die Liesl nimmt. Aber das weiß ich leider nicht, weil der Beppo und seine Tochter, die haben sich auf einmal nicht mehr sehen lassen.«

»Wobei der Harry Ammetsbichler nicht so auf mich gewirkt hat, als würde er sich verstecken.«

»Er vielleicht nicht«, meint die Mama »Aber die Liesl, die hab ich nie mehr irgendwo gesehen nach der Hochzeit.«

»Hat sie denn mal einer besucht?«

»Nein«, erwidert die Mama und schmeißt mein vorderes Männchen mit ein bisschen zu viel Schwung. »Wenn eine sich so eingräbt, dann soll man sie lassen. Das geht mich dann nichts an.«

»Und warum hat der Harry den Namen seiner Frau angenommen? Das ist doch eher ungewöhnlich für so einen selbstbewussten Unternehmer.«

»Ja und?«, meint die Mama genervt, weil sie es nämlich gar nicht mag, wenn sie etwas nicht weiß. »Ist halt ein schöner Name, Ammetsbichler.«

»Also Mama, heute bist du aber nicht gerade top informiert. Da brauch ich dich gar nicht fragen, ob den einer umgebracht haben könnte, den Ammetsbichler, oder?«

Die Mama schaut giftig und knallt mir ein weiteres Steinchen direkt vor die Nase.

»Ich weiß nicht, Bub, woher du deine Fantasie hast. Sicher, weil du mit diesem Uwe umeinanderziehst. Da kommst du nur auf dumme Gedanken.«

»Ach geh, Mama, was du immer hast. Der Uwe ist Gemeindediener und macht eine Menge fürs Allgemeinwohl. Wir treffen uns doch immer nur zum *Tatort*-Schauen. Aber wir zwei, du und ich, wir könnten morgen doch mal auf den Hof fahren«, schlage ich vor. »Die Ammetsbichlerin fragen, wie es ihr so geht. Weil sie ja vielleicht nicht nur einen Seelsorger braucht, sondern auch eine patente Frau, die mal nach ihr schaut.«

Die Mama würfelt eine Eins, direkt ins Ziel.

»Ich meine, so eine wie dich. Da doch ihre Mutter nicht mehr lebt in einer so schweren Stunde.«

Schade, dass der Herr Pfarrer nicht hören kann, wie schnell die Mama jetzt Ja sagt, nachdem er es mir vorher nicht geglaubt hat, das mit meiner psychologischen Begabung.

10

Am nächsten Morgen hat der Bergwind aus meiner Hängematte ein dickes Seil gedreht, aber die Mama meint, der Föhn wird bald zusammenbrechen, das merkt sie direkt im dritten Lendenwirbel. Zur *Alpensau* will sie später trotzdem fahren. Sie ruft sogar für mich bei der *Chiemseewoche* an, dass ich nicht komme, weil ich mich noch von meinem Schock erholen muss. Weil aber nirgendwo steht, dass ich das nur daheim tun darf, fahre ich mit dem Klapprad von der Mama zum *Gmahde Wiesn*, die Jolly holen.

Der Valentino schmeißt gleich den Mixer an, als er mich sieht, aber wegen des Zeitdrucks trinke ich meinen Bananenshake im Stehen mit Blick über den Marktplatz. Über der milchigen Verkleidung des Waxing-Studios sehe ich eine Lampe brennen.

»Arbeitet die Perez heute schon wieder?«

Der Valentino sagt *sì* und dass die Depiladora gerade für eine Kundin einen Eiskaffee geholt hat.

»*Caffè freddo con panna e gelato!* Das trinkst du in *Sicilia* nie vor sechzehn Uhr.«

Beim Reden zuckt er die ganze Zeit mit dem Kopf nach links und verzieht den Mund, bis ich seinen goldenen Eckzahn sehen kann. Ich kann aber nicht darauf achten, weil ich den Tatort weiter observieren muss.

»Weißt du eigentlich, wem das Haus gehört, in dem das Studio ist?«

»Dem Mann mit Fleisch.«

»Du meinst, immer noch dem Metzger?«

»Alte Moser. Ja. War Eigentum. Warum sonst konnte der so lange Geschäft halten? Hätte doch schon vor fünf Jahren müsse mache zu.«

Der Valentino erklärt mir, dass er hingegen so einen Haufen Pacht zahlt für seine Eisdiele, dass er auch bald müsse mache zu, wenn dieser Sommer nicht ein ganz hervorragend schöner wird mit viel Touristen mit Lust auf Eis bis in den November hinein.

»Geht's dir nicht gut, Valle?«, frage ich, weil er dabei immer noch diese Gesichtsgymnastik macht.

»Könntest du das für mich entsorgen bitte, Valentino?«, höre ich auf einmal eine Frauenstimme direkt neben mir, und jemand stellt einen kleinen Plastikbecher auf die Theke. »Ich habe den Eimer für den Plastikmüll nicht gefunden.«

Der Valentino hört auf zu zucken, weil er mir nicht klarmachen konnte, dass die Tierschützerin von neulich auch im Café sitzt, und versenkt den Becher in der Mülleimerwaffel. Weil seiner Meinung nach Recycling total überschätzt ist und in den Händen der Mafia.

»Du trennst hier keinen Müll? Aber dann verwende doch wenigstens Pappbecher. Oder Porzellan!«

»*Madonna mia!* Meine Frau und Tochter sind in *Sicilia*. Niemand hilft mir hier und spült ab umsonst. Plastik ist gut, weil macht keine Arbeit, und Arbeit kostet Geld«, meint der Valentino, und ich starre von oben auf den blonden Kopf und bin auf einen Schlag so bewegungsunfähig, als hätte mich einer in einen Kübel mit Beton gestellt.

»Also, ich nehme immer ein Eis in der Waffel. Oder ein Glas Sch… mit einem Scheiß… ich meine, einem Eisshake.«

Das findet die Tierschützerin eine Superlösung, und dann sagt sie noch, sie ist die Fritzi und zieht in die Wohnung neben der Eisdiele ein. Und dass heute ein ganz wunderbarer Tag ist mit dem schönen Alpenwetter und ihr ganz schön heiß. Sie wickelt sich einen Haufen Stoff von den Schultern und stopft ihn in ihre Umhängetasche. Weil sie die Zuckerwatte heute zu einem Pferdeschwanz gebunden hat, schaue ich mir eine Weile die Stelle an, wo der Hals in die flaumigen Haare übergeht, und keiner sagt mehr was. Weil mir keine gescheite Überleitung einfällt, frage ich dann einfach direkt: »Ich muss was wissen wegen dem Mann, mit dem du dich letztens unterhalten hast. Groß, braun gebrannt, gelbes Sakko. Kurz nachdem ich Mitglied geworden bin.«

Die Fritzi schaut zu mir hoch, was blöd ist, weil ich ihren Hals nicht mehr so gut sehe.

»Muss das jetzt gleich sein? Ich muss heute mit dem Stand nach Traunstein.«

»Schon, ich bin nämlich von der Presse und schreibe einen Nachruf. Wegen seines Ablebens gestern.«

»Weswegen bitte?«

»Wegen seines Ablebens. Er ist gestern nämlich verstorben. Kammerflimmern, Herzversagen, zack bumm«, sage ich nicht besonders geschmeidig und sehe aus dem Augenwinkel, wie der Valentino sich die Haare rauft.

Die Fritzi schaudert und zieht ihren Schal wieder aus der Tasche.

»Das ist der Tod. Dass dir jetzt kalt ist, meine ich«, erkläre ich, denn damit kenne ich mich jetzt aus. »Tut mir leid, dass ich dich erschreckt habe. Kanntest du ihn denn?«

»Nein, ich hatte den vorher noch nie gesehen. Aber so etwas hat niemand verdient.«

»Hm, ihr habt euch aber recht lang unterhalten. Ist der Herr Ammetsbichler bei euch auch Mitglied geworden?«

»Aber nein.« Sie sieht weiterhin so aus, als wäre sie gerade aus einem Horrorfilm gekommen. »Der fand es nur irgendwie nicht gut, dass wir in Geröllharting einen Stand aufgebaut haben.«

»Du wusstest also gar nicht, dass ihm ein Ferkelmastbetrieb gehört, die *Alpensau*?«

»*Alpensau* sagt mir nichts. Massentierhaltung kann der jedenfalls nicht betreiben.« Sie beißt sich auf die Unterlippe. »Ich meine, betrieben haben. Wenn es den Tieren gut geht, haben wir den Stall nicht auf dem Radar. Und ich bin ja gerade erst hierhergezogen.«

»Hast du denn gesehen, wohin er nach eurem Gespräch gegangen ist? Ist er weiter ins Waxing-Studio?«

»Nein, hat nur kurz in der Tür mit der jungen Frau gesprochen, mit den dunklen Haaren. Ist sie nicht Brasilianerin?«

»Korrekt«, antworte ich und hole eine Visitenkarte heraus, auf der *Ludwig Lämmermeier, Kriminalhauptkommissar* steht. »Außerdem ist sie Hauptverdächtige in einem Mordfall. Und ich muss dich jetzt bitten, als Zeugin mit mir aufs Präsidium zu kommen!«

»*Luigi!* Hallo!« Der Valentino wedelt mit seinem Eisportionierer vor meinem Gesicht herum. »Die *signorina* hat dich etwas gefragt.«

»Ja?«

»Ist ja auch egal, ob sie Brasilianerin ist oder nicht«, fährt die Fritzi fort. »Aber sag mal, das musst du alles wissen, nur für deinen Nachruf? Wie heißt deine Zeitung gleich noch einmal?«

Auf der anderen Seite der Fußgängerzone geht die Tür vom *Gmahde Wiesn* auf. Knapp über dem Boden erscheint eine Hundeschnauze, schwarzbraun und leicht angegraut. So wenig durchblutet kann mein Gehirn gar nicht sein, dass ich nicht erkenne, dass es sich dabei um das vordere Ende vom Attila handelt. Und weil da, wo Attila ist, die Walburga nicht weit sein kann, gehe ich schnell in die Hocke.

»Alles klar?« Die Fritzi blickt verwundert auf mich herunter. »Ich kann mich des Eindrucks nicht erwehren, dass du dich vor jemanden verstecken willst.«

Schon wieder fällt mir auf, wie wunderbar diese Fritzi daherredet. Der durchschnittliche Geröllhartinger kann sich nämlich eher selten *»eines Eindrucks nicht erwehren«*. Der sagt höchstens: *»Ja verreck!«* Oder wenn's hochkommt: *»Bist du deppert?«*

»Das ist meine Abteilungsleiterin, und sie darf mich nicht sehen. Ich bin heute nämlich krankgemeldet.«

Obwohl der Marktplatz zum größten Teil im Schatten liegt, sieht es aus, als würde der Angerer die Sonne ins Gesicht scheinen. Sie marschiert an der Eisdiele vorbei und schwingt ihren grünen Jutebeutel mit der Aufschrift »Gartencenter Bernau« wie eine Designerhandtasche.

»Weil ich mit meiner Mama einen Ausflug machen will.«

»Und dafür machst du blau? Du bist ja putzig.«

Und dann greift mir die Fritzi in die Haare, wuschelt mir über den Kopf und marschiert aus der Tür.

»Putzig? *Luigi!* Du bist eine hoffnungslose Fall!« Der Valentino streckt seine Hände Richtung Himmel und schüttelt sie. »Du hast nicht einmal gefragt, wann du siehst sie wieder.«

Wo er recht hat, hat er recht, der Valentino, und auf einmal bin ich meinerseits auch nicht mehr besonders sonnig gestimmt. Ich knalle ihm mein Glas hin und gehe die Jolly holen.

11

Die Mama hat sich für den Besuch bei der frischgebackenen Witwe Ammetsbichler in Schale geschmissen und sieht top aus in ihrem dunkelblauen Sonntagsdirndl mit der roten Schürze. Sie muss vorher noch einkaufen, sagt sie, weil sie den Kleinen etwas mitbringen will, und zwar Katzenzungen, die mögen alle Kinder. Beim Edeka sagen sie allerdings: Katzenzungen führen sie nicht mehr, weil das eine Süßigkeit aus dem vorigen Jahrhundert ist, und der Marktleiter muss kommen und die Mama beruhigen. Wir bekommen aus dem Ramschregal vor der Kasse zwei bunte Plastikfiguren mit Kaugummi, einmal SpongeBob und einmal Hello Kitty. Zahlen müssen wir nur eine davon, Hauptsache, wir verlassen den Laden.

Der Weg zum Ferkelmastbetrieb *Alpensau GmbH* ist nicht ausgeschildert, aber die Mama weiß, dass es zum Einödhof der Ammetsbichlers Richtung Torfmuseum geht und dann links ins Steintal hinein zu einem Weiler namens Nebelöd. Es kommen uns zwei Laster ohne Aufschrift entgegen, aber die Straße ist so breit, dass wir nicht ausweichen müssen. Wir fahren mindestens drei Kilometer durchs Hochmoor, bis wir den Giebel einer lang gestreckten Halle näher kommen sehen.

»Wie auf dem Mars«, sagt die Mama und zeigt auf die zwei silbernen Tanks hinter der Halle.

»Oder wie in Beverly Hills«, entgegne ich und zeige auf eine Villa mit pyramidenförmigem Dach, die aussieht, als wäre sie aus Versehen in dieses schattige Alpental hineingeplumpst. Wir lassen die Jolly auf einem fast leeren Parkplatz stehen, neben einem schwarzen Geländewagen und einem verdreckten dunkelblauen Kleinbus.

Auf den Marmorstufen zur Haustür bleibt die Mama stehen und schaut an der Fassade hoch. »Lilablassblau. Mei, wem's gefällt. Und gut riechen, würd ich mal sagen, tut es hier in der Gegend nicht.«

Sie drückt die Klingel und will sich die Schürze noch einmal binden. Aber die Tür öffnet sich so schnell, als hätte jemand dahinter gewartet.

»Liesl?«

»Rosi? Ach. Kommt's rein.« Die Ammetsbichlerin seufzt mehr, als dass sie redet, und will uns ins Haus lassen.

Aber die Mama und ich stehen unschlüssig herum, weil wir nämlich nicht an ihr vorbeikönnen.

»Ach so, ja. Ich geh vor.«

Schwerfällig geht die Liesl in ein Wohnzimmer, das hauptsächlich aus einer Sofalandschaft und einem Fernseher besteht. Sie trägt etwas Flatterndes in Schwarz, und als sie sich mit einem Ächzen niederlässt, sieht sie aus wie eine überdimensionale Fledermaus.

»Wir wollten mal nach dir schauen, Liesl«, sagt meine Mama munter. »Weißt noch? Als ich dich das letzte Mal beim Huberwirt gesehen habe, da hast du den Beppo abgeholt, weil beim Schafkopf der Obstler mit ihm durchgegangen ist.«

»Ach ja, der Beppo, der ist draußen«, sagt die Ammetsbichlerin und macht mit ihrer schwammigen Hand eine Bewegung, matt wie ihre Stimme. Die Mama hat schon erzählt, dass sie so schüchtern gewesen sein soll. Aber nicht, dass sie dermaßen, sagen wir mal, füllig gewesen ist.

»Und die Kinder?«

»Die spielen oben. Die haben das alles noch gar nicht richtig verstanden.«

Als ich mich vorstelle, sieht sie mich mit verweinten Augen nur kurz an und dann schnell wieder auf den Boden.

»Ach, du bist der Lucky? Du warst doch dabei, als der Harald …«

Sie versinkt wieder in Schweigen und starrt auf den Bildschirm, auf dem *Tom & Jerry* läuft, ohne Ton. Ich hocke mich vorsichtig auf die weiche Kante der Couch und kippe sofort in eine ziemliche Schräglage. Mit einem Rudern rette ich mich aus dem Treibsand der Kissenlandschaft und auf den Couchtisch. Kein Wunder, dass die Liesl anscheinend in den letzten Jahren aus diesem Sofa nicht viel weggekommen ist.

»Ja, genau. Ich war dabei, als er gestorben ist.«

Ich warte darauf, dass seine Witwe dazu etwas wissen will. Todeskampf, Schmerzen, letzte Worte – das sind doch Sachen, die mich als Hinterbliebene interessieren, oder?

»Tragisch, so ein plötzlicher Tod«, ergänze ich dann ungefragt. »Dabei hat er noch ein paar Tage vorher so einen gesunden Eindruck gemacht. War er denn krank?«

»Keine Ahnung. So etwas hätte er mir nie erzählt.«

»Warum nicht? Habt ihr nicht geredet miteinander?«, fragt die Mama.

»Doch, schon. Aber er hätte nie was gesagt, was mir Sorgen gemacht hätte. Der Harald war immer wahnsinnig besorgt um mich. Einfach lieb.«

Die Liesl zerknüllt etwas in der Hand, und ich frage mich, wie es sich hier so lebt, mit diesen futuristischen Schweineställen vor der Tür.

»Ich tät gern mal zu den Kindern schauen«, sagt die Mama ein bisschen zu fröhlich in die Stille hinein.

»Ach ja, geh nur. Wenn es dir nichts ausmacht, bleib ich hier. Ich bin inzwischen zu … also, das Treppensteigen ist mir zu viel.«

Wir sehen der Mama nach, wie sie mit den Süßigkeiten in der Hand die Stufen hochgeht. An der Treppe hängen ein Foto von den Stallungen und eines, auf dem ich von Weitem einen Mann in schwarzem Anzug und eine Frau in einer weißen Wolke erkennen kann. Ich stehe auf, um es mir näher anzusehen.

»Schön. Hast du denn dein Hochzeitskleid noch?«

Die Liesl nickt und streckt ihre Hand aus, damit ich ihr aufhelfe. Ich gehe fast in die Knie, als sie sich kurz an mich lehnt, und folge ihr in das letzte Zimmer hinten im Gang. Es ist ein Schlafzimmer mit einem begehbaren Schrank, der allein fast so groß ist wie die Küche vom Huberwirt. Die Liesl schnauft darin herum, bis sie das Gesuchte findet.

»Das ist aus einer Zeit, da war ich noch schlanker. Ach ja. Aber seit der Geburt von den Zwillingen …«

Ich sehe ehrlich gesagt nicht so viel Unterschied zwischen dem Hochzeitskleid und dem von heute: Für mich ist das eine ein weißes und das andere eine schwarzes Zweimannzelt, und ich bin auch nicht hierhergefahren, um Kleidergrößen mit der Liesl zu besprechen.

»Wart ihr eigentlich gerade noch im Urlaub?«

»Nein, ich fahre nicht so gern irgendwohin. Warum?«

»Weil dein Mann so braun war.«

»Dem Harald, dem war es halt wichtig, dass er gut aussieht. Der war viel im Solarium!«

»Ah. In Geröllharting?«

»Nein, in Salzburg. Wir, also er, haben uns immer mehr nach Österreich orientiert als an den Chiemsee.«

»Ah. Darum hat man euch wahrscheinlich so selten gesehen im Ort?«

»Ja, er wollte mich immer eher nach Salzburg mitnehmen, ins Konzert oder zum Einkaufen. Aber ich bin nie mitgegangen.«

Die Ammetsbichler Liesl nimmt sich eine Praline aus der Schale auf dem Nachttisch. Sie wickelt sie aus und stopft sich die Goldfolie in die linke Faust, in der sie, wie ich jetzt sehe, kein Taschentuch hat, sondern einen Knödel aus Schokoladenpapier.

»Aber in der letzten Zeit, da hat er schon mehr gemacht in Geröllharting, oder?«

»Wie kommst du da jetzt drauf?«

»Nun ja, also, zum Zeitpunkt seines, ähm, Ablebens, da war er ja schließlich nicht in Salzburg, sondern bei uns im Ort.«

»Also, wenn du damit das Waxing-Studio meinst, warum soll der Harald da nicht hingehen, wenn es so ein Angebot gibt? Er war schließlich eine gepflegte Erscheinung.«

Auf dem Nachttisch steht ein weiteres Hochzeitsbild, und ich nehme es hoch.

»Und wie war sein Mädchenname? Oder wie sagt man beim Mann? Junggesellenname?«

Liesl ist jetzt nicht mehr so wächsern wie zuvor, als sie meiner Mutter und mir die Tür geöffnet hat.

»Das ist doch jetzt nicht wichtig! Der Harald war ein guter Mann!«

Ich stelle das Foto wieder hin und denke mir, dass der tote Bauer vielleicht einen untragbaren Namen hatte wie meine Grundschullehrerin, die Frau Watschenbaum.

»Ich wollte ja immer Kinder. Und ich habe eigentlich gedacht, dass ich nie einen finden werde, der einer wie mir welche macht!«

»Und der Harald, wollte der auch immer eine Familie? Oder warum habt ihr zwei zusammengefunden?«

»Er hat immer gesagt, er wollte in die Berge, schon sein ganzes Leben. Und dann hat das halt gepasst, weil ich, ich hatte ja den Hof, und eine gescheite Mitgift hatte ich auch.«

»Hatte er denn Feinde? Jemand, der ihm Böses wollte?«, frage ich weiter.

»Ob er Feinde hatte? Sag einmal«, faucht die Liesl und klingt auf einmal gar nicht mehr so schüchtern, »bist du nicht der, der unbedingt Polizist werden wollte?«

Ich zucke vorsichtig mit den Schultern.

»Polizist, ich? Ach, na ja. Das ist schon lange her.«

Die Witwe Ammetsbichler funkelt mich aus kleinen, rot geäderten Augen an. »Schweinsäuglein«, denke ich und dass ich sie eigentlich noch nach der Ferkelzucht fragen wollte. Aber weil es eher danach aussieht, als würde die Liesl mir gar nichts mehr zeigen wollen, lasse ich sie lieber im Schlafzimmer zurück und laufe die Treppe hoch. Ein Knirps mit großen blauen Augen und energischem Kinn sitzt auf einem Bobbycar und fährt gerade eine SpongeBobfigur zu Hackschnitzeln, und ein kleines Mädchen versperrt mir den Weg mit einem zischenden Laserschwert. Ich fühle mich ein wenig gestresst, weil ich Kinder zwar ganz süß finde, aber vor allem von Weitem.

»Habt ihr die Tante Rosi gesehen?«

»Die alte Oma ist wieder runter«, sagt der Knirps, und ich bin froh, dass die Mama das jetzt nicht gehört hat. Ich lege unten noch meine Visitenkarte in die lila Glasschale neben dem Eingang und gehe die Mama suchen.

Im Windschatten der Villa steht ein kleines Haus mit grünen Fensterläden und Schindeldach und davor am Hackstock ein alter Mann, von dem die Zwillinge eindeutig ihr Profil geerbt haben. Und die Mama hält in aller Ruhe ein Schwätzchen mit ihm.

»Hat s' dich rausgeschmissen, die Liesl?«, fragt der Beppo statt einer Begrüßung und schwingt sein Beil. Seine krummen Beine stecken in glänzenden lila Leggings. Er sieht aus wie eine Dragqueen auf Landurlaub.

»Ja, schon irgendwie«, gebe ich zu, und der alte Bauer haut das Beil ins nächste Holz.

»Hast was gegen den Harald gesagt?«

»Nicht direkt. Ich hab deine Tochter nur gefragt, ob er Feinde hatte.«

»Der Harald, Feinde? Wieso willst du das wissen? Bist du von der Bullerei?«

»Wieso, hatte er denn Feinde?«, gebe ich zurück, weil ich jetzt endlich einmal eine Antwort auf meine schöne Ermittlerfrage bekommen will.

»Hat der Teufel Feinde?«, grunzt der Beppo, und ich springe zu spät einen Schritt zurück, um einem Holzscheit im Tiefflug auszuweichen.

»Du meinst, er war nicht besonders beliebt?« Ich reibe mir das Schienbein.

»Also, wenn du mich fragst, den Kerl hätt ruhig schon früher wer umbringen können.«

Ich kann kaum glauben, dass endlich noch jemand einen Mord für möglich hält.

Die Mama dagegen ist ziemlich entsetzt. »Aber Beppo! Wer hätte denn deinen Schwiegersohn umbringen wollen?«

»Ja, ich halt!«, sagt er. »Aber anscheinend war wer anders schneller.«

Ich finde, dass das Gespräch eine sehr interessante Wendung nimmt, aber ausgerechnet jetzt kommen die Zwillinge aus dem Haus gelaufen.

»Sag mal, Beppo, die *Alpensau* hat ja angeblich ganz schön was abgeworfen. Kannst du mir eigentlich den Betrieb zeigen?«, frage ich schnell noch, aber der Beppo verzieht das Gesicht, als hätte er in eine faule Nuss gebissen.

»Den Betrieb? Mit dem Geschäft vom Harry hab ich nichts zu tun! Ich wohn in meinem Zimmer im Austraghäusl, und Almosen hab ich noch nie genommen von meinem Schwiegersohn. Das Geld für den Schmuser und die Aussteuer für die Liesl, dafür hätt ich mir lieber einen Mähdrescher kaufen sollen, das wär besser gewesen für die Liesl.«

Den letzten Satz habe ich kaum mehr verstanden, weil die Kleine sich an ihn hinhängt und schreit: »Opa, Traktor fahren!«

»Bulldog heißt das«, verbessert der Alte sie, aber seine Augen leuchten. Mit den Enkelkindern um ihn herum ist mit ihm nichts mehr anzufangen, und ich gehe mit der Mama zurück zum Parkplatz.

»Die armen Kinder«, seufzt die Mama. »So ohne Papa.«

»Ach, ich bin auch ohne Vater aufgewachsen, und aus mir ist auch etwas geworden.«

Da sagt die Mama jetzt nichts, sondern rückt sich ganz konzentriert die Maiglöckchen zurecht, die sie sich in den Ausschnitt gesteckt hat.

»Aber der Beppo, ich meine, seine Leggings?«, frage ich sie. »Ist der noch ganz elastisch im Oberstübchen?«

»Er hat doch gesagt, dass er vom Geld von der Schweinezucht nichts wollte. Und Rente kriegt so ein Einödbauer nicht viel. Der trägt eben vor lauter Stolz lieber die Sachen von der Liesl auf.«

Neben der Jolly bleibe ich stehen und schaue zu der lang

gestreckten Halle hinüber. Ich lasse den Türgriff wieder los und sage der Mama, sie soll kurz warten. Auch wenn sie sich wundert, warum ausgerechnet ich mich auf einmal für einen Schweinestall interessiere. Mach ich aber, allerdings nur von außen, weil die Tür zur Halle keine Klinke hat, sondern nur ein Display mit ein paar Knöpfen.

»Kann ich helfen?«

Der Typ, der neben mir auftaucht, ist ein ziemlicher Schrank. Ich betrachte seinen grauen Kittel und sage ihm, dass er mir als Knecht durchaus helfen kann, weil ich nämlich der Lucky bin und ein Freund von der Liesl. Und die hat gesagt, wir dürfen uns ein bisschen umschauen auf dem Hof.

»Ich bin Juri. Und wir sind keine Knechte, sondern Tierwirte«, sagt der Mann mit einem »r«, mit dem man einen Baum zersägen könnte. Die Tür geht von innen auf, zwei weitere Graukittel kommen heraus, nicken ihm zu und grüßen ihn. Anscheinend ist er einer der Wichtigeren hier.

»Und, Juri, darf ich jetzt in den Stall?«

»Okay«, knurrt er. »Aber nur in die Schleuse.«

Schleuse ist okay für mich. Weil ich da mit so wenig Landleben wie möglich in Kontakt komme. Der Juri schiebt die dicken Plastikstreifen nach dem weiß gekachelten Vorraum zur Seite und zeigt die Halle entlang.

»Hier, bitte. Dahinten, wo es rot leuchtet, sind die Abferkelbuchten. Und daneben Spielzonen für die Ferkel. Der Kindergarten, sozusagen. Und da rechts Aufzucht eins und Aufzucht zwei. Und da links die Boxen für die trächtigen Mädels.«

»Ganz schön viel Platz.« Ich bin direkt ein bisschen beeindruckt. »Sieht ja aus wie Wellness für Schweine.«

»Ist es auch«, sagt der Juri und lässt die Vorhangstreifen wieder zufallen. »Fünfhundertfünfzig Tiere in so einer Riesenhalle, das ist wie Urlaub in der Hohen Tatra.«

»Ach, da steckst du«, unterbricht uns die Mama und hält sich die Nase zu. »Kommst du? Ich muss nämlich los, wenn ich von meinem freien Tag noch was haben will.«

Sie hängt sich ein, bis es mich auf die Seite biegt wie eine alte Kiefer an der Felswand, und ich geleite sie zurück zur Jolly. Der Juri kommt mit.

»Wie kommen denn die Leute hierher, die hier arbeiten? Wo doch nur zwei Autos auf dem Parkplatz stehen«, fragt die Mama ihn, und ich bin beinahe stolz auf sie und ihren Ermittlerblick.

»Arbeitest du hier, wohnst du hier«, erklärt uns der Juri.

»Ah«, frage ich, »seid ihr Saisonarbeiter?«

»Ja. Elf Monate arbeiten, ein Monat frei.«

»Aber wo wohnt ihr?« Ich sehe mich um. »Doch nicht im Austraghäusl?«

»Aber ja, da, im kleinen Haus. Drei Zimmer für uns, ein Zimmer für Beppo.«

»Aha.«

Ich stelle mir einen Haufen Russen vor, die mit Wodkagläsern vor sich um ein Malefizbrett herumsitzen.

»Und was macht man so am Feierabend in Nebelöd, wenn ihr alle kein Auto habt?«

»Schafkopf und Obstler mit Beppo. Ist ein guter Mann.«

»Und euer Chef – war das auch ein guter Mann?«

»Aber ja!«

Juri deutet auf den Kleinbus. »Freitags hat Harald uns immer nach Salzburg mitgenommen. Auch wenn der Beppo das nicht gut gefunden hat, wegen der Chefin. Aber wir sind trotzdem mit, weil …« Er greift in die Tasche vorne an seinem Kittel und gibt mir ein Streichholzbriefchen. »… ist eben eine gute Adresse! Sag Bescheid, wenn du da hinfährst, ich komm gerne mit«, flüstert er und will noch mehr sagen, blickt aber zur Mama und geht ihr die Autotür aufhalten. Die freut sich und lässt sich helfen.

Die beschmierte Seite der Jolly sieht aus wie eine schlimme Narbe, und mich packt sofort das schlechte Gewissen, dass ich mich nicht weiter darum gekümmert habe. Der Juri zieht ganz schön die Augenbrauen hoch, als er das sieht, und sagt, wenn ich mein Graffitiproblem angehen will, soll ich zu ihm kommen, sein Bruder arbeitet in einer Lackiererei in Wasserburg. Ich meine, darauf komme ich auf jeden Fall zurück.

Wir fahren in den Ort. Ich setze die Mama beim Valentino ab und verspreche ihr, in einer halben Stunde wieder zurück zu sein.

12

Der Uwe wohnt in dem alten Haus über dem Trachten-Gaissmayer, nur ein paar Schritte von der Eisdiele entfernt, und ich parke mit Warnblinker und Presseausweis in der Fußgängerzone, weil ich keine Zeit verlieren will.

»Wo biste denn die ganze Zeit gewesen?«, fragt der Geröllhartinger Gemeindediener und schiebt den Kabelsalat auf seiner Couch zur Seite.

»Ermitteln!«

Ich ziehe den Kopf ein, damit ich ihn mir nicht an den Dachbalken anhaue, und steige über die Computerbauteile, die am Boden herumliegen.

»Haste rausgefunden, wer die Münze aus dem Brunnen geklaut hat?«

Ich bringe den Uwe schnellstens auf den neuesten Stand: dass die Brunnensache total *yesterday* ist und dass Geröllharting der Sicherste Ort Oberbayerns werden soll trotz Autorandale und einer Leiche im Waxing-Studio. Der Uwe wird so blass, dass seine Mütze gleich noch ein Stück schwärzer aussieht.

»Du meinst … ein paar Schritte von hier ist jemand umgebracht worden? Hör mal, Digger, ich bin hier, um meinen grünen Daumen auszuleben, und nicht, um mich zu fürchten.«

Ich beruhige ihn und sage, ich habe noch keinen Hinweis darauf erkennen können, dass es sich bei dem Täter um einen Serienmörder handeln könnte.

»Aber wie«, Uwe zupft nervös an seiner Mütze herum, »wie soll denn der Mann überhaupt getötet worden sein?«

Ich erkläre ihm, dass man das Verbrechen nicht immer sofort an der Oberfläche schwimmen sieht, sondern dass das bei einem geborenen Polizisten wie mir eine Frage des Gefühls ist. Und dass die Frage nach der Todesursache tatsächlich eine von vielen Fragen ist und er mir helfen wird, die Antworten darauf zu finden.

»Aber warum sollte ich das machen?«, fragt mich der Uwe.

»Weil hier ein Mörder unterwegs ist! Und irgendjemand muss ihn ja erwischen.«

Uwe erwidert nichts, sondern prüft in aller Ruhe, ob die Batterien in der Fernbedienung auch richtig eingesetzt sind. Anscheinend kann ich nicht von jedem erwarten, so einen Drang zur Wahrheitsfindung zu verspüren wie ich.

»Okay, okay. Und weil ich dir zwanzig Euro die Stunde dafür zahle!«

»Fünfundzwanzig«, sagt Uwe und klickt die Fernbedienung wieder zu.

Beim Valentino ist der Mama der Schaum von ihrem Cappuccino zusammengefallen, und Valentino räumt ein paar Tassen ein bisschen zu laut ins Regal.

»Alles klar?«, frage ich vorsichtig.

»*Madonna mia,* eine Mondmilli will sie! Eine *latte di luna,* in meine *cappu*!«, zetert Valentino los.

»Bei Vollmond gemolken, oder was?«, frage ich die Mama. »Aber sonst trinkst du deinen Kaffee ja auch mit einer Bärenmarke und nicht mit einer Mondmarke!«

»Ja und? Ist das zu viel verlangt, wenn ich an meinem freien Tag im Einklang mit dem Mondkalender leben will?«, meint die Mama pikiert und schaut auf den wunderbar schaumigen Shake, den mir der Valentino hinstellt. »Bei abnehmendem Mond im Stier sollte man eh nicht so viele Milchprodukte zu sich nehmen. Das mag der Darm gar nicht.«

»Aber ein Bier am Morgen, das mag er schon, der Darm?«, frage ich, weil sich ausgerechnet der Ramsauer über den Marktplatz zu uns herschiebt. Der Mann ist wie ein Heißluftballon im Spätsommer. Immer wenn man aufschaut, sieht man einen, von der figürlichen Ähnlichkeit ganz zu schweigen.

Der Ramsauer und die Mama bestellen sich ein Radler für die Mama und ein Pils für den Ramsauer, und die Mama erzählt ihm brühwarm, dass wir gerade von der Ammetsbichler Liesl kommen.

»Nur, um nach der Witwe zu sehen. Wir haben ja als Gemeinde eine gewisse Verantwortung, wenn eine so plötzlich ohne Mann dasteht«, füge ich schnell hinzu, bevor es wieder heißt, dass ich meine Nase in Sachen stecke, die mich nichts angehen. »Und ich soll ja für den Ammetsbichler auch einen Nachruf schreiben. Ich bin mir nur nicht sicher – war die Ehe jetzt glücklich oder nicht? Wenn man nach dem Beppo geht, eher nein.«

»Aber die Liesl hat in den höchsten Tönen von ihrem Harald geredet«, meint die Mama.

»Ja, aber wird man als Frau so dick, wenn der Mann so lieb ist?«

»Was tut das denn für den Nachruf zur Sache, ob der Ammetsbichler glücklich verheiratet war?«, will der Ramsauer wissen. »Meine Ramona hat fünfundvierzig Pfund mehr drauf als damals, als ich sie geheiratet habe. Und ich kann nur sagen – das ist auch gut so!«

Die Mama und ich wechseln einen Blick, aber die Sache ist natürlich die, dass wir zwei uns nicht wirklich darin auskennen, was in einer Ehe normal ist und was nicht. Weil wir die Einzigen sind, mit denen wir es bisher länger ausgehalten haben.

»Na gut. Aber was mich trotzdem noch interessieren würde – warum hat der Ammetsbichler eigentlich den Namen seiner Frau angenommen?«

»Mei, ist halt ein schöner Name, Ammetsbichler«, sagt der Ramsauer und bestellt sich gleich noch ein Pils.

Weil ich ja heute offiziell krank bin, lege ich nicht so viel Wert auf die Gesellschaft von jemandem, bei dem Herumtratschen quasi im Arbeitsvertrag steht. Ich gehe lieber zurück zum Uwe, um nachzusehen, wie weit er mit seinen Recherchen ist.

»Am Heiratsvermittler bin ich noch dran. Gibt nicht mehr so viele, die das machen, läuft ja sonst inzwischen alles per Onlinedating.«

Uwe rutscht für mich ein Stück auf dem Sofa beiseite, damit ich auch auf seinen fetten Flachbildschirm schauen kann.

»Dann habe ich noch etwas gefunden.«

Aber ich lege ihm schnell die Hand auf den Arm. »Warte, geh noch mal zurück! Klick mal auf dieses Werbebanner!«

Ganz oben auf der Webseite unserer Zeitung ist ein Foto der alten Geröllhartinger Mehrzweckhalle zu sehen, nur dass der Flachbau plötzlich hellblau ist und ein neues Ziegeldach hat. »Freie Schule Chiemgau« steht darüber und: »Das Team«. Auf den ersten Blick sehen die fünf Mitglieder völlig uninteressant aus. Doch dann sehe ich genauer hin, denn eine der Lehrerinnen hat eine blonde Wolke um den Kopf, und ich habe sie heute schon einmal gesehen. Und zwar beim Valentino.

»Fritzi Morgenstern« lese ich mir den Namen laut vor und packe den Arm vom Uwe in Anbetracht dieser Neuigkeit etwas zu fest. Denn so wie es aussieht, ist die Elfe nicht nur Tierschützerin, sondern wird als Lehrerin in Geröllharting mehr zu tun haben, als vorübergehend an einem Infostand herumzustehen. Uwe zieht seinen Arm unter meiner Hand weg.

»Findest du die gut, oder was? Stimmt, die ist echt Zucker! Aber niemals deine Kragenweite!«

»Wie meinst du das? Meine Exfreundin sieht saugut aus und ist medizinisch-technische Assistentin!«

»Wie du schon sagst: Exfreundin. Und außerdem – willste noch mal auf die Schule gehen oder dir lieber ansehen, was ich herausgefunden habe?«

Er hat recht. Ich zwicke zweimal die Augen zusammen, reiße sie wieder auf und konzentriere mich dann auf die Ermittlungsergebnisse. Die kurze Meldung, die der Uwe auf der Onlineseite der *Chiemseewoche* aufgerufen hat, ist im »Vermischten« versteckt.

42-jähriger Unternehmer verstirbt unerwartet

Einem plötzlichen Herztod erlag der Geröllhartinger Unternehmer und Besitzer der Alpensau GmbH Harald Ammetsbichler gestern während einer Kosmetikbehandlung. Der angesehene Unternehmer hinterlässt eine Frau und zwei Kinder. (kk)

»Lämmermeier, Sie hören sich schon viel besser an!«, dröhnt der Chef am Telefon, und ich muss mich sehr beherrschen, ihn nicht mit den Ausdrücken zu bedenken, wegen denen ich als kleiner Bub nie bei den Schafkopfrunden zuschauen durfte.

»Herr Kämmerer, wie kommt der Artikel über den Ammetsbichler in die Ausgabe? Ich dachte, gestern war schon Redaktionsschluss?«

»Ach, Sie meinen den kleinen Nachruf auf Ihr angebliches Mordopfer? Ja, ist doch schön, dass wir das noch mit reinnehmen konnten, gell! Da ist das Thema mit drin, dass sich da bei der Deadline in allerletzter Sekunde noch ein Zeitfenster aufgetan hat. Den Nachruf, den müssen Sie jetzt auch nicht mehr schreiben, es ist alles gesagt, was zu sagen ist. Der Kollege Käsner hat das astrein recherchiert. Schließlich hat er sein Handwerk auf der Journalistenschule gelernt.«

Im Gegensatz zu Ihnen, Lämmermeier. Das sagt der Chef zwar nicht, aber es liegt verdammt in der Luft.

»Nun gut, dann ist das Thema Ammetsbichler erst einmal für mich erledigt«, rede ich daher dem Chef ein. »Kein Problem. Ich komme morgen wieder und stehe Ihnen und der Frau Angerer selbstverständlich zur Verfügung.«

»Wer glaubt dir das denn bisher mit dem Mord?«, fragt mich Uwe, nachdem ich aufgelegt habe. »Dein Chef schon mal nicht. Und die Polizei anscheinend auch nicht, sonst würdest du nicht hier sitzen.«

»Du.«

»Wieso ich?«

»Weil ich dir fünfundzwanzig Euro die Stunde dafür zahle. Und der Beppo denkt auch, dass sein Schwiegersohn umgebracht worden ist. Oder wünscht es ihm zumindest.«

»Aber wünschen heißt noch nicht umbringen!«

»Ich glaube auch nicht, dass er etwas damit zu tun hat, sonst würde er nicht so schnell zugeben, dass er den Ammetsbichler nicht gemocht hat. Und diese Liesl, die sieht nicht so aus, als könnte sie ungesehen irgendwo ein und aus gehen. Ich finde eher, dass wir uns die Perez näher ansehen sollten.«

»Ist das die Waxerin?«

»Wie bitte?«

»Na die Tussi, die ihm die Haare ausgerissen hat – wie heißt die denn?«

»Offizielle Berufsbezeichnung ist Depiladora.«

Ich stehe auf und stecke den Kopf durchs Dachfenster. Ich kann zwar den Marktplatz nicht sehen, aber hören, dass die Mama und der Ramsauer ihr Bierkränzchen noch nicht beendet haben.

»Ah. Die Depiladonna dann eben. Zu der hab ich auch was herausgefunden! Das Haus vom Waxing-Studio gehört nicht mehr dem alten Moser. Rate mal, an wen er es verkauft hat!«

Ich tauche schnell wieder aus dem Fensterrahmen.

»An Maria Perez? Die sah nicht so aus, als hätte sie sich das leisten können. Die hat noch nicht mal eine Kaffeemaschine in ihrem Studio.«

»Sie hat keinen Cent für das Studio ausgegeben! Der Ammetsbichler hat es ihr geschenkt! Der Moser hat an den Ammetsbichler verkauft, und am gleichen Tag wurde ein dauerhaftes Nutzungsrecht eingetragen – für die Depiladonna!«

Ich bin ziemlich beeindruckt.

»Hast du dich in den Gemeindecomputer gehackt, in so kurzer Zeit?«

»So ähnlich«, erklärt er mir. »Ich habe die Maria Probstl aus dem Grundbuchamt angerufen, der schneide ich zweimal im Jahr unter der Hand den Liguster. Analoges Hacking also. Mit rein menschlichen Ressourcen.«

»Und was passiert mit so einem Nutzungsrecht, wenn der Eigentümer stirbt?«

»Nix. Wenn die Immobilie den Besitzer wechselt, bleibt es trotzdem bestehen«, meint der Uwe und legt die Füße auf den Couchtisch.

»Aha! Wer sagt denn also, dass die Perez den Ammetsbichler nicht loswerden wollte, jetzt, da sie das Studio in der Tasche hatte? Schließlich hat sie erst Hilfe geholt, als es zu spät war. Irgendetwas muss sie mit ihm angestellt haben, sonst wäre sein Herz nicht stehen geblieben!«

»Sex als Tatwaffe?«

Der Uwe lacht nicht wie die Männer hier ein kollerndes *Wuahohohoho*, sondern ein schallendes *Wähähähöhä*, und ich muss warten, bis er sich wieder gefangen hat.

»Wer weiß? Jedenfalls ist sie eine höchst verdächtige Person. Erst so katholisch tun und dann verheiratete Männer zu Tode waxen.«

»Da muss ich ehrlich sagen, dass ich deine Fantasie ganz schön unterschätzt habe! Woher willste denn so sicher sein, dass die zwei was miteinander hatten?«

Ich erzähle ihm von meiner Röllchentheorie und dass das Studio so verdächtig aufgeräumt war.

»Und wenn jemand vor deinen Augen stirbt, räumt man doch nicht auf, bevor man den Notarzt ruft.«

»Manche Leute schon«, meint der Uwe und nimmt mein Handy, um meine Fotos auf seinen Computer zu spielen. »Meine ostpreußische Urgroßmutter zum Beispiel …«

Das erste Foto ist eine Nahaufnahme vom toten Ammetsbichler.

»Ah!«, schreit der Uwe und hält sich die Pranken vor die Augen. »Tu das weg!«

»Nein, da musst du jetzt durch. Ich frage mich immer noch,

ob es normal ist, dass jemand nach einem Herzstillstand so blaue Lippen hat. Und das da – das sieht doch so aus, als hätte ihm jemand die Oberarme zerkratzt!«

Ich schaue den Uwe an, der sich gerade die Ärmel nach unten krempelt, weil es ihn anscheinend auf einmal friert.

»Du könntest da mal als Kunde hingehen und dir das alles genauer ansehen. Für fünfundzwanzig Euro die Stunde sollte das eigentlich drin sein!«

»Niemals. Du willst schließlich ermitteln. Ich bin hier nur das *brain* im Hintergrund.«

Er lehnt sich nach vorne, weil ihn nun doch etwas interessiert. »Aber hier hat sie beim Aufräumen was vergessen. Da, unter der Liege.«

»Die rosa Plastiktüte? Die sind normalerweise in den Mülleimern. Ist ja alles rosa. Müllbeutel, Sofa …«

Wegen akuter Reizüberflutung kann ich den Gedanken nicht weiter verfolgen. Ich habe nämlich gerade eine SMS bekommen.

lieber ludwig, ich war vorher nicht so nett. würd mich gern entschuldigen. magst auf einen kaffee vorbeikommen?

Ich rufe die Liesl sofort zurück und frage sie, wie es ihr geht.

»Geht schon«, sagt sie, »ich reiß mich wegen den Kindern zusammen. Ich wollte … ich wollte nur sagen, dass deine Mama und du die Einzigen gewesen seid, die nach mir geschaut haben. Und ich war so unfreundlich. Das tut mir leid.«

Ich nehme ihre Entschuldigung an. Aber bevor ich auflege, meint sie: »Ich, also, eigentlich wollte ich dich um einen Gefallen bitten. Kannst du morgen früh mit mir zum Bestatter gehen? Mit dem Papa will ich nicht gehen, der freut sich doch nur die ganze Zeit, dass der Harald tot ist.«

»Zum Bestatter?«

Ich muss mich von den Fotos wegdrehen, damit ich mich auf das Gespräch konzentrieren kann.

»Ja. Ich schaff das nicht allein, aber ich muss doch noch eine Urne aussuchen.«

»Urne? Wieso Urne?«

»Na, wegen der Einäscherung.«

»Du willst deinen Mann einäschern lassen? Niemals!«, rufe ich wenig einfühlsam.

»Was passt dir denn daran nicht?«

»Weil, also, wenn das was ist, dann kann man ihn nicht mehr ausgraben!«

»Warum, um alles in der Welt, sollten wir ihn ausgraben wollen?«

Die Stimme von der Liesl hat auf einmal so etwas Hysterisches, und ich meine nur schnell: »Ach, das hab ich nur so gesagt, weil ich persönlich, ich könnte das nie tun. Ich meine, mich verbrennen lassen.«

»Aber der Harald, der wollte immer gut aussehen! Und in einem Sarg verrotten, das hätte ihm sicher nicht gefallen.«

Ich lege auf. Und habe das Gefühl, als würde mir gleich die letzte Gondel davonfahren.

»Der Ammetsbichler wird eingeäschert, und wir haben noch nichts in der Hand. Uwe, das dauert alles viel zu lang.«

»Und das aus deinem Mund«, sagt der Uwe und langt hinters Sofa.

»Was soll das denn schon wieder heißen?«

»Na ja, du gehst deinen Job ja sonst eher locker an.«

»Meine Arbeit ist kein Job, das ist eine Übergangsphase. Bis ich allen bewiesen habe, dass man auch bei der *Chiemseewoche* einen Polizeireporter brauchen kann.«

Als mir der Uwe das Mundstück von seiner Wasserpfeife hinhält, beschließe ich trotzdem, es für heute gut sein zu lassen. Schließlich muss man die Kuh auf die Weide schicken, damit sie Milch gibt.

13

Als der Hausberglift am nächsten Morgen ratternd den Betrieb aufnimmt, fühle ich mich ganz offiziell von meinem Schock genesen und fahre in die Redaktion, um in der Konferenz einen guten Eindruck zu machen.

»*Die Kleine Moosjungfer, die ab Mitte Mai wieder von ihrer Kinderstube in den Moorgewässern unterwegs zum See sein wird, ist mit ihrer schwarz-gelben Zeichnung eine filigrane Schönheit unter den Libellen …*«

Die Angerer schaut von meinem Artikel hoch.

»*Filigrane Schönheit unter den Libellen*«, wiederholt sie. »Ich wusste gar nicht, dass Sie so eine poetische Ader haben.«

Der Chef nickt.

»Da ist das Thema mit drin, Lämmermeier, dass Sie anscheinend ganz viele Talente haben, die noch nicht ans Tageslicht durften.«

»Danke, Chef«, meine ich und suche nach einem Grund, damit ich gleich wieder aus dem Haus kann. »Und ich habe mir auch gedacht, dass man jetzt im Frühling vielleicht eine Reihe über die größten Betriebe hier in der Gegend machen sollte.«

»Ich weiß nicht. Die größten Betriebe?«, meint die Angerer. »Wir sind ja nicht die *Wirtschaftswoche*.«

»Auch gut.« Ich überlege kurz. »Dann vielleicht über die kleinsten und traditionellsten? Die Einödhöfe hier und was aus ihnen geworden ist?«

»Großartig, lieber Kollege, das machen wir!«

»Lieber Kollege« hat der Chef noch nie zu mir gesagt. Unsere Redaktionskonferenz geht in ungewohnter Harmonie zu Ende. Als ich danach am Zimmer von der Angerer vorbeikomme, winkt sie mich zu sich.

»Haben Sie nicht noch etwas für mich?« , fragt sie. Als ich sie anschaue wie ein unbekanntes Flugobjekt, meint sie: »Na, der Frühling, Lämmermeier. Sie wollten den Frühling suchen gehen.«

Ich drehe der Angerer ein Handyfoto von den Tulpen am Antoniusbrunnen als Frühlingsboten an. Dabei fällt mir auf, warum ihr Gesicht neuerdings aussieht, als würde sie die ganze Zeit in der Sonne stehen: Der Damenbart ist weg, und über der Nasenwurzel stoßen die Augenbrauen nicht mehr zusammen. Anscheinend hat die Depiladora gestern ganze Arbeit geleistet.

Die Angerer meint noch, dass sie es gut findet, dass ich inzwischen einer gemeinsamen Zusammenarbeit mehr abgewinnen kann, und ich entschuldige mich für den restlichen Tag wegen dringender Recherche außer Haus.

Der Steff braucht eine halbe Ewigkeit, bis er mir die Tür der Wache öffnet.

»Gibt's was Dringendes? Ich muss jetzt nämlich los, Verkehrskontrolle in der unteren Hausbergstraße.«

»Schon«, meine ich und zücke ganz offiziell meinen Presseausweis. »Ich wollte wissen, welcher zweite Arzt den toten Ammetsbichler untersucht hat.«

»Unser Doktor Sprengel. Neben dem Notarzt, was eigentlich auch gereicht hätte. Aber nachdem ein besorgter Bürger anonym beim diensthabenden Staatsanwalt angerufen hat, hat sich die Leiche noch ein zweiter Arzt angeschaut.«

Der Steff sieht mich streng an, aber ich mache ein Pokerface wie beim Malefiz, wenn ich meine Strategie von Alleingang auf Viererkette geändert habe, und frage den Steff, wie denn der Sprengel bei der Todesursache so sicher sein kann, ohne Obduktion. Der Steff zuckt die Schultern.

»Das sieht man als Arzt. Wahrscheinlich war der Ammetsbichler bei ihm Patient.«

»Sicher? Kannst du die Babsi fragen, ob sie schnell in der Akte nachschaut?«

Der Steff blickt mich an, als hätte ich ihm gesagt, dass ich von seinem Baby Patenonkel werden will.

»Kann ich echt nicht machen. Arztgeheimnis.«

Ich versuche, mich an den Blick von der Mama zu erinnern, wenn bei Vollmond ihr dritter Lendenwirbel zwickt.

»Erst spannst du mir die Freundin aus, und dann willst du sie nicht einmal fragen, ob …«

»Ich hab sie dir nicht ausgespannt«, unterbricht er mich und bläst sich auf wie ein Ochsenfrosch. Als er aber sieht, dass Dienststellenleiter Döblinger uns von seinem Büro aus beobachtet, lässt er die Luft wieder aus seinen Backen und grunzt: »Okay. Ich frag sie. Aber dann gehst du, denn ich muss in die verkehrsberuhigte Zone.«

»Und das ist dir nicht zu blöd, den ganzen Tag Verkehrssünder aufzuschreiben?«

Der Steff seufzt. »Soll ich die Babsi fragen oder nicht?«

»Sollst du!«, versichere ich ihm, aber als er am Telefon erst »Hallo Schatzi!« sagt und dann »Ich bin's, dein Mauser«, mache ich ihm ein Zeichen, dass er mich anrufen soll, und fliehe zum Valentino.

Ich bin mit Himbeervanille noch nicht ganz durch, als der Steff sich meldet.

»Kammerflimmern. Schwarz auf weiß.«

»Hm.«

»Lucky? Hallo? Bist du jetzt zufrieden, ja oder nein?«

»Ich finde, das klingt alles viel zu einfach«, meine ich und schaue zum heiligen Antonius hoch. »Der Ammetsbichler sah noch ein paar Tage vor dem Todesfall aus wie das blühende Leben. Und noch nicht einmal ein Prozent der Männer unter fünfzig stirbt an einem plötzlichen Herztod. Bei den Frauen sind es noch weniger. Das habe ich nämlich recherchiert, als ich gedacht habe, unsere Kräuterhexe vom Hausberglift kommt nicht wieder aus dem Reich der Toten zurück. Da muss doch jemand nachgeholfen haben, schon rein statistisch!«

»Lucky, zwei Ärzte haben unabhängig voneinander bescheinigt, dass der Ammetsbichler an Herzversagen gestorben ist. Da gibt es weder für dich noch für mich weiter etwas zu tun. Und – und das sag ich jetzt einfach mal so, das bedeutet auch, dass du nicht beim Staatsanwalt anrufen musst.«

»Aber du vielleicht?«

»Ich habe keinen Grund dazu. Der Doktor Kastner wird bei der Sachlage niemals den Ammetsbichler obduzieren lassen.«

»Trotzdem«, sage ich.

»Zwei Ärzte und ein Herzstillstand«, wiederholt der Steff. »Glaub es einfach, Lucky.«

»Nein«, erwidere ich und lege auf. Und während das Gesicht vom Antonius in der Sonne aufblitzt, weil sich die Sonne über die Dächer vom Marktplatz geschoben hat, sag ich noch einmal laut zu ihm hinauf: »Nein, glaub ich nicht.«

14

Letzte Ruhe Frohberger hat ein kleines Büro in der Nähe vom Marktplatz, das eigentliche Bestattungsinstitut liegt aber draußen vor dem Ort. Auf halber Strecke dorthin überhole ich den Uwe, der mit seiner Kehrmaschine über die Landstraße heizt, dass die Reisigbesen in dem Gitterkorb hinter ihm nur so wackeln. Er ist sicher auf dem Weg nach Hause, wenn er es so eilig hat. Ich hupe ihn zweimal an, als ich ihn überhole, und fahre dann die Auffahrt zum Bestatter hoch.

Ich finde die Liesl und den Frohberger in einem Raum im Keller mit einem samtbedeckten Podest in der Mitte. Sie stehen vor einer länglichen Kiste aus hellem Holz, und die Stimmung ist der Umgebung angemessen: absolut unterirdisch.

»Der Sarg schaut ja aus wie vom Discounter! Eiche hätt es schon sein sollen!«

»Das geht nicht«, wehrt sich der Frohberger. »Unsere Eichenmodelle haben Eisenteile. Bei einer Feuerbestattung nehmen wir Stecksärge ohne Metallteile. Weil's wurscht is. Asche ist Asche.«

»Ich brauche das für mein Gefühl!«, brüllt die Liesl. »Ich habe meinen Mann verloren, und da sagen Sie, es ist egal, in welchem Sarg er eingeäschert wird?«

Auch wenn der Frohberger mich anschaut wie einen Sargnagel, gebe ich der Liesl total recht, dass das Fichtenmodell rein optisch durchaus vom IKEA sein könnte, und frage sie, ob sie unter diesen Umständen nicht doch lieber eine Erdbestattung in einer schönen Eiche in Erwägung ziehen möchte. Aber da ist bei der Liesl nichts zu machen, und sie gibt erst Ruhe, als der Frohberger mit ihr eine Urne ausgesucht hat, die wie ein

Weißbierglas vom König Ludwig aussieht, so viel Gold ist an ihr dran.

Danach bringe ich die Liesl nach draußen und gehe noch einmal zum Frohberger, um mich zu verabschieden. Er sieht ziemlich erschöpft aus.

»Das ist ja nicht so, dass Sie da eine Flatrate haben, und jeden Tag kommen automatisch drei Leichen rein. Das müssen Sie schon auch wirtschaftlich denken und nicht am Ende eine Eiche maßschreinern lassen fürs Krematorium, wenn Sie nicht wissen, ob da einer die Kosten dafür übernimmt!«, verteidigt er sich.

»Das ist alles ganz wunderbar, Herr Frohberger, ganz wunderbar. Wegen mir brauchen Sie sich nicht zu entschuldigen! Ein hartes Brot, Ihr Beruf, nicht wahr?«

Der Frohberger neigt den dicken Schädel.

»Und Sie sehen Sachen, die sonst keiner sieht. Und deshalb wollte ich Sie fragen …«, ich lege dem Frohberger einen brandneuen Fünfziger auf den Prospekt mit den Sargmodellen, »… ob Ihnen vielleicht was Ungewöhnliches aufgefallen ist?«

»An der Leich?«

Der Frohberger klappt den Prospekt mit einer ruhigen Bewegung hoch und lässt den Schein auf seinen Schoß gleiten.

»Ja. Der Tote hat ja ausgeschaut, als hätte er Heidelbeereis gegessen, so blau waren seine Lippen!«

Der Frohberger schabt mit den Fingerspitzen ganz leicht auf der Tischkante hin und her, ein Geräusch, das mir eine Gänsehaut macht.

»Im Magen war aber nix. Kein Frühstück, ein Kaffee maximal, aber schwarz, kein Milchkaffee, weil das riecht man, nach gestöckelter Milch. So Lippen, die können schon mal blau sein bei einem Herztod.«

Der Frohberger kratzt noch einmal einen kurzen Moment

herum, dann fasst er in seinem Kugelkopf anscheinend einen Entschluss und beugt sich zu mir vor. »Aber eins kann ich Ihnen sagen, einen Spaß hat er nicht gehabt, beim Ableben.«

»Ist der Herr Ammetsbichler nicht kurz vor seinem Tod noch in den Genuss gekommen von …«, ich suche nach einem pietätvollen Begriff, »… körperlichen Liebesfreuden?«

»Ob er noch einen Lendenfrühling gehabt hat, meinen Sie? Das weiß ich nicht.« Der Frohberger sieht mich vorwurfsvoll an. »Das geht mich auch nichts an.«

»Und die Kratzer an den Oberarmen? War das keine Leidenschaft?«

»Nein, das waren seine eigenen Fingernägel. Denn der Herr Ammetsbichler, der muss saubere Schmerzen gehabt haben in seinen letzten Augenblicken. Das war auf jeden Fall ein Todeskampf vom Allerfeinsten!«

Der Frohberger legt die Hände auf den Tisch, sodass er die Daumen unter der Tischkante hat, und betrachtet seine Pratzen nachdenklich.

»Aber ich bin ja kein Pathologe. Wenn der Doktor Sprengel sagt, das war ein Herztod, dann schließ ich mich natürlich an. Da kennt er sich nämlich aus, der Doktor Sprengel.«

Schließlich, meint er, stirbt in Geröllharting praktisch jeder an Herzversagen. Außer vielleicht die Burger Marlene vorletzten Herbst, die ist mit einundneunzig in die Odelgrube gefallen, und da konnte der Sprengel nicht genau sagen, was vorher da gewesen war, die Grube oder der Herzstillstand. Ich kann mich gut an die Geschichte erinnern, die es damals beinahe auf die Titelseite geschafft hat, aber auch wieder nur beinahe.

»Aber der Ammetsbichler, der war ja viel jünger. Kann da nicht jemand nachgeholfen haben?«

»Weiß ich nicht.« Der Frohberger verschränkt die dicken

Finger ineinander, als würde er beten. »Ich habe Ihnen schon gesagt, was mir aufgefallen ist.«

Weder ein weiterer Fünfziger noch ein Hinweis darüber, was ungesühnte Verbrechen mit einem so schönen Ort wie unserem Geröllharting alles anstellen können, können den Frohberger aus seinem bockigen Schweigen holen.

Die Liesl und der Kleinbus sind nicht mehr zu sehen. Nebel hängt über dem Tal, in das sie wahrscheinlich auf dem Weg nach Hause hineingefahren ist. Nicht weit vom Frohberger rauscht die Stein Richtung Tal, und ich stell mich kurz auf die Brücke und zähle die fetten Forellen, die in der Strömung stehen. Einfach mal kurz was Lebendiges anschauen. Auch gut.

Als ich zur Jolly zurückgehe, kommt der Frohberger noch einmal aus seinem Institut.

»Damit Sie mich vielleicht weiterempfehlen, wenn Sie mal wieder mit einer Leich zu tun haben.«

Der Frohberger drückt mir etwas in die Hand und geht nicht wieder rein, sondern schaut in meine Richtung, aber haarscharf an mir vorbei. Ich schnuppere an dem Lufterfrischer in Sargform, Duftrichtung weiße Lilie, und frage: »Wollen Sie mir noch was sagen, Herr Frohberger?«

»Ja. Weil, wissen S'«, flüstert er. »Komisch ist das schon alles, mit dem Toten. Aber ich will halt auf keinen Fall, dass der Ammetsbichler in der Gerichtsmedizin landet. Dann wird er am Ende in Rosenheim feuerbestattet, und ich bin der Gelackmeierte. Weil die Leich, die gehört mir!«

Dann dreht er sich um und kugelt in sein Bestattungsinstitut zurück. Ich lege den Lufterfrischer in den Kofferraum, ganz unten zum Reserverad, und fahre erst einmal beim Waschpark hinterm Hagebau vorbei. Samtwäsche mit Unterbodenschutz, wie jede Woche.

15

Während die schaumigen Vliesstreifen an der Jolly herumklatschen, ruft mich der Uwe an. Weil die Waschanlage einen Lärm macht wie eine Horde Preisplattler, kann ich gerade so verstehen, dass er einen Termin für mich ausgemacht hat beim Valentino und ich sofort dorthin kommen soll, es betrifft den Ammetsbichler. Obwohl die Wolken sich noch in den Wassertropfen auf dem Lack spiegeln, poliere ich die Jolly nicht trocken. Wegen dem Termin und damit ich mir das Graffiti nicht ansehen muss.

»Luigi, tutto bene?«, ruft mir der Valentino entgegen. »Trinkst du deine Shake bei mir an der Bar, eh?«

»Keine Zeit. Bring ihn mir bitte an den Tisch!«

Denn da sitzt er auch schon, mein Termin. Uwe hat mir gesagt, woran ich ihn erkennen kann: an der Nelke am Revers seines dunkelblauen Anzugs. Der glänzt, als wäre er stolz darauf, aus Polyester zu sein, und die rabenschwarzen Koteletten meiner Verabredung ziehen sich wie schwarze Donnerkeile bis zu den Mundwinkeln. Haargenau so habe ich mir einen Schmuser vorgestellt.

»Ah, der Herr Lämmermeier«, begrüßt mich der Experte in Partnerschaftsangelegenheiten mit öliger Stimme und schüttelt meine Rechte mit beiden Händen, als würde er mir zum Erwerb eines Zuchtstiers gratulieren wollen. *»Landlbauer Liebe und Leben*. Ich freue mich, Sie als neuen Kunden begrüßen zu dürfen.«

Ich verberge meine Überraschung, indem ich bei meinem Shake erst einmal die Schaumkrone absauge. Das einzig

Dumme an den Shakes vom Valentino ist nämlich, dass man sich das Beste nicht bis zum Schluss aufheben kann, weil der Schaum nun mal oben schwimmt und nicht unten. Der Herr Landlbauer beobachtet mich dabei und wippt mit der Schuhspitze seines etwas mitgenommenen weißen Lederschuhs.

»Ich verstehe Sie vollkommen, Sie fühlen sich jetzt ein bisserl überrumpelt, gell, das ist oft so beim ersten Treffen. Sie sind auch nicht der Erste, der für den Erstkontakt einen Freund vorgeschickt hat. Aber Sie können sich hundertprozentig auf meine Diskrektion verlassen, das hab ich auch schon dem Herrn Uwe Selig gesagt.«

Weil ich immer noch nichts sage, legt er noch einen obendrauf.

»Und weil heute so schön die Sonne scheint, mach ich Ihnen ein super Angebot: das erste Date kostenfrei!«

»Danke«, lehne ich ab. »Aber das werde ich nicht nutzen, denn ich bin jetzt nicht direkt auf der Suche.«

»Sie sind nicht auf der Suche? Herr Lämmermeier, jetzt sag ich Ihnen was: Auch wenn wir das vielleicht nicht merken – wir sind immer auf der Suche.«

Als meine Hand kurz zum Handy zuckt, weil ich am liebsten den Uwe anrufen würde, warum er mich in eine so unkommode Situation bringt, zieht der Schmuser einfach mein Telefon zu sich heran.

»Sie denken sich jetzt, warum lad ich mir nicht eine App runter, und dann hab ich innerhalb einer Minute zwanzig paarungswillige Miezen im Umkreis von zwei Kilometern. Stimmt's, oder hab ich recht?«

Schwungvoll tippt mein Termin mit seiner elfenbeinfarbenen Zigarettenspitze auf meinem Handy herum.

»Aber wissen Sie, was der Herr Landlbauer hat und das Internet nicht? Hm?«

Ich könnte ihm auf Anhieb sagen, was das Internet im Gegensatz zu ihm besitzt. Nämlich ein kleines Kreuzchen oben in der Ecke, an dem man es wegklicken kann. Aber der Landlbauer haut sich an die Brust, dass es der Nelke die Blütenblätter nur so wegstaubt.

»Herz! Das ist es, was Sie bei mir kriegen. Sie wollen doch, und das sehe ich Ihnen an, Sie wollen doch ein Zuhause, ein gefühlsmäßiges. Sie suchen doch keine schnelle Bettgeschichte, das ist bei einem Mann von Ihrem Format doch gar nicht das Problem.«

Das mit dem Format hat noch keiner zu mir gesagt, aber es hört sich nicht schlecht an.

»Und ein Mann von Format, der braucht auch eine Frau von Format, und da, Lämmermeier, da sind Sie bei mir an der richtigen Adresse. Weil …«, die Spitzen seiner Koteletten zittern vor Begeisterung, »… schließlich muss die Dame ja auch Ihrer Frau Mutter gefallen, nicht wahr?«

Uwe hat anscheinend ganze Arbeit geleistet, den Landlbauer über meine privaten Angelegenheiten in Kenntnis zu setzen, und ich sehe mich in einem Anzug, dem von Schmuser nicht unähnlich, und mit einer ebensolchen rosa Nelke am Tisch vom Valentino sitzen und zusammen mit der Mama auf mein kostenloses erstes Date warten. Und mache dem Landlbauer sofort und sehr bestimmt klar, dass er es total vergessen kann, mir irgendetwas zu vermitteln. Aber dass ich als Journalist der *Chiemseewoche* gerade dabei bin, Menschen mit aussterbenden Berufen zu porträtieren.

Beim Wort »aussterbend« zuckt der Landlbauer zusammen.

»Jetzt schauen Sie nicht so leidend. Sie haben doch selbst gerade gesagt, das Internet macht Ihnen zu schaffen. Aber machen Sie sich keine Sorgen, sogar die kleine Moosjungfer war einmal vom Aussterben bedroht, und jetzt ist sie sogar Libelle des Jahres geworden!«

Mein Gegenüber fährt sich verwirrt durch die Schmalzlocke.

»Egal, vergessen Sie die Moosjungfer. Was ich sagen will, Herr Landlbauer, von so einem Artikel können Sie natürlich unglaublich profitieren.« Ich mache einen weiten Bogen mit der Hand. »Ich sehe die Überschrift schon vor mir: *Schmuser mit Herz – statt Apps und Kommerz.*«

Jetzt braucht es natürlich nichts mehr, um den Landlbauer zu überzeugen, und er signalisiert mir mit einem euphorischen Nicken seine Zustimmung.

»Am besten wäre es natürlich, Sie verraten mir ein paar Erfolgsgeschichten hier aus dem Umkreis.«

»Das kann ich Ihnen nicht sagen, die Diskretion, wissen Sie!«

»Na ja, vielleicht kann ich Ihnen da auf die Sprünge helfen. Die Liesl Ammetsbichler, die war doch einmal bei Ihnen in der Kartei?«

»Ammetsbichler, Ammetsbichler. Ja, jetzt weiß ich's wieder: Füllige vom Einödhof, Mutter früh verstorben, beim Vater aufgewachsen.«

»Wissen Sie noch, an wen Sie die junge Dame damals vermittelt haben?«

»Schon, aber wissen Sie«, der Landlbauer flüstert jetzt, »der Fall Ammetsbichler, das war was anderes, wissen Sie, da habe ich nicht vermittelt, da habe ich geliefert, sozusagen. Unbesehen.«

Dass Diskretion sein zweiter Vorname ist, gilt anscheinend nur fürs Vermitteln und nicht fürs Liefern.

»Der Herr, na, wie hat der denn noch gleich geheißen, der hat sich sozusagen eine Braut bei mir bestellt. Und obwohl ich ihm meine komplette Kartei gezeigt habe – und ich kann Ihnen sagen, da waren absolute Hochkaräter dabei, optisch und mitgiftmäßig –, hat er den Finger auf die Ammetsbichlerin gelegt und gesagt, die will ich und sonst keine. Was soll ich da machen? Sie müssen das verstehen, ich bin ja auch Geschäftsmann, wenn einer zu Ihnen kommt und sagt, ich zahl Ihnen das Doppelte für Ihren Ladenhüter, da sagen Sie doch nicht Nein. Hätte ja auch jederzeit sagen können, sie will ihn nicht, die Liesl, alt genug war sie ja.«

»Wieso? War der Interessent denn nicht geheuer, oder warum sagen Sie das jetzt so?«

»Ja mei«, druckst der Landlbauer herum. »Man redet ja bloß. Es war halt kein Hiesiger nicht, sagen wir's mal so.«

»Und wie er vor der Ehe geheißen hat, der Herr – wissen Sie das noch?«

»Nein. Und jetzt ist auch gut mit der Fragerei.«

Ich muss daraufhin dem Landlbauer sagen, dass ich sehr wohl will, dass er in seiner Kartei nachschaut. Und ich dafür bereit wäre zu vergessen, dass er anscheinend sowohl beim Bräutigam als auch beim Brautvater kassiert hat.

»Und was mich noch interessieren würde: Prüfen Sie denn Ihre Kandidaten, ich meine, polizeilich? Würden Sie mich jetzt auch nehmen, wenn ich …«

Ich sehe auf und bemerke einen dunkelblauen Kombi, der zwischen den Oleanderkübeln an der Grenze zur Fußgängerzone hält. Eine junge Frau in einem kurzen Jeansrock und einem rot-weiß geringelten T-Shirt steigt aus, die Haare eine wilde blonde Wolke.

»… Steck am Drecken hätte?«

»Steck am …?«, wiederholt der Landlbauer. »Sie meinen, so eine Art Beziehungs-Schufa? Ach, wissen Sie, bei meiner Menschenkenntnis brauch ich kein Führungszeugnis. Das seh ich auch so, dass Sie ein ganz ein Grübiger wären, gell, einer, der eine Frau auf Händen tragen würde.«

Er merkt, dass ich ihm nicht mehr so richtig zuhöre, und sieht mit mir zusammen zu, wie die Fritzi Sachen aus ihrem Volvo lädt. Sie zerrt eine blaue Tasche mit gelben Henkeln aus dem Kofferraum, legt sie auf einen Umzugskarton und tritt mit dem Fuß die Autotür zu. Allerdings reißt der Karton an den Seiten ein, als sie ihn hochheben will, und sie kommt nur ein paar Schritte weit. Ich will natürlich sofort zu ihr hin und helfen. Weil das mit dem Aufspringen aber wegen plötzlicher Bleischwere meiner Fortbewegungsorgane nur in meinem Kopf passiert, kommt mir der Besitzer vom Trachten Gaissmayer zuvor. Er ist ein Lederhosen tragendes Rumpelstilzchen, das aus seinem Laden geschossen kommt und den Karton vor seinem Laden wegzerrt.

»Willst du da stehen bleiben? Kannst du ned lesen oder ned Auto fahren? Frauen am Steuer, eine Katastrophe!«

Damit ist er allerdings bei der Fritzi an die Falsche geraten. Die Fritzi nickt schuldbewusst.

»Ich kann natürlich weder Lesen noch Autofahren. Ach, und wissen Sie übrigens, warum wir Frauen auch nicht einparken können?«

Der Trachtler keift: »Warum?«

»Weil die Männer uns weismachen wollen, dass so viel …«, sie hält Daumen und Zeigefinger ein winziges Stückchen auseinander und dem aufgebrachten Männchen direkt vor die Nase, »… zwanzig Zentimeter sind!«

Ich kann das Gesicht vom alten Gaissmayer leider nicht lange genießen, weil der Landlbauer mit seiner Zigarettenspitze auf die Fritzi Morgenstern zeigt.

»So eine, das ist eine ganz Moderne. Wenn Sie jetzt bei mir

Kunde wären, nicht wahr, dann tät ich zu Ihnen sagen, Herr Lämmermeier, bei der müssen Sie aufpassen. Manche jungen Frauen heutzutage, die haben das einfach nicht, dieses Warme. Denn kalt, kalt sind sie geworden!«

Er klopft sich abermals auf die Brust.

»Für Sie wär das nichts, denn Sie sind einer, der die alten Werte hochhält, stimmt's, oder hab ich recht?«

Ich will im Moment lieber etwas ganz anderes hochhalten und gebe dem Landlbauer die Hand und meine Visitenkarte, damit er sich verzupft. Weil die Fritzi nämlich auf uns zukommt.

»Wer war denn dein Freund?« Sie zeigt dem davonstolzierenden Landlbauer hinterher. Damit bringt sie mich natürlich in Erklärungsnot, schließlich kann ich unmöglich zugeben, dass ich mich mit einem Schmuser getroffen habe, wenn auch nur aus ermittlungstechnischen Gründen.

»Das war nur ein, ein, äh, Autohändler.«

»Ah, willst du dein Auto verkaufen?«

»Ja. Also, vielleicht.«

Das sage ich äußerst leise und habe dabei wegen der armen Jolly gar kein gutes Gefühl.

»Und, machst du heute wieder blau?«

Als ich sage, natürlich nicht, ich bin mittendrin in einem ziemlich vollen Arbeitstag, meint die Fritzi, das ist schade, weil sie nämlich so einen unglaublichen Hunger hat.

»Du bist doch von hier. Da weißt du sicher, wo ich hier etwas herzhaftes Vegetarisches zu essen bekommen kann.«

Ich habe den totalen Blackout, was für so ein zartes Fabelwesen eine vernünftige Mahlzeit sein könnte. Der Valentino hinter seiner Theke dagegen klingt, als ob man ihm schnell ein Asthmaspray aus der Apotheke holen sollte.

»Geht's?«, frage ich ihn.

»Bei mir schon.« Er keucht ein letztes Mal, bevor er mir erklärt: »Hast du gehört, Luigi? Die *signorina* hat Hunger.«

»Ich weiß«, antworte ich. »Ich bin ja nicht taub.«

»Hör zu, Luigi! Meine Kuseng hat Pizzeria in Rimsting. Kann ich anrufen und mache Reservierung *per due.*«

»Ach nein, Valli«, mischt sich die Fritzi ein, »keine Pizza. Das kann ich ja überall essen!«

»*Va bene.*« Valentino ist anscheinend beleidigt, dass die Fritzi nicht in die Familienpizzeria will, und knallt einem unschuldigen Tourikind eine Kugel Schlumpfeis total windschief auf die Waffel.

»Wenn du willst handfest, gehst du Panoramagaststätte Huberwirt«, grummelt er, nachdem er dem Kind die eins zwanzig abgeknöpft hat. »Kannst du gleich kennenlernen Mama von Luigi.«

Ich will sofort einwenden, dass ich nicht weiß, ob der Huberwirt überhaupt etwas Vegetarisches im Angebot hat, und dass die Aussicht auch nicht so toll ist, wie immer alle sagen. Aber die Fritzi lässt mich gar nicht ausreden. Sie lächelt sonnig und meint, ich soll sie in einer Stunde abholen.

»Muss man denn da reservieren, bei diesem Huberwirt?«

Ich schüttle den Kopf. Ausgeschlossen, dass ich bei der Mama anrufe und einen Tisch *per due* bestelle für mich und die Tierschutzelfe. Die winkt, als würde sie einen Schmetterling verscheuchen, sperrt die Haustür neben der Eisdiele auf, und ich muss eine Weile die zugefallene Tür betrachten, bis ich es zurück zum Auto schaffe.

»Ich soll sie in einer Stunde abholen«, erzähle ich der Jolly, aber die ist anscheinend beleidigt und stirbt beim Ausparken gleich zweimal ab. Sicher wegen meiner Notlüge mit dem Autohändler. Immerhin fällt mir dabei ein, dass ich sie sowieso noch stehen lassen kann. Weil ich noch zu meinem Ermittlungsassistenten muss, ihm die Leviten lesen, und ich steige wieder aus.

»Schon gut, schon gut«, meint der Uwe und setzt Teewasser auf. »Der Bestatter kann sich vorstellen, dass was nicht mit rechten Dingen zugegangen ist. Aber ich habe noch was anderes zu tun, als für dich den Detektiv zu spielen, Geld hin oder her.«

»Warum hast du dann den Landlbauer angerufen, wenn du keine Lust hast, mir zu helfen?«

»Weil ich gedacht habe, das kann dir auch privat nicht schaden.« Er stellt mir eine Tasse hin. »Oder geht mit der blonden Lehrerin irgendetwas vorwärts?«

»Du hast völlig recht.« Ich spucke den Tee zurück in die Tasse, weil er wie ein Stück feuchte Holzkohle schmeckt. »Das geht dich nichts an.«

Der Uwe lässt im Mordfall Ammetsbichler weiter die nötige Spritzigkeit vermissen und erklärt mir, dass Matetee der Whisky unter den Tees ist. »Aber das ist natürlich nichts für jemanden, der von Milchshakes lebt. Haste mal Feuer?«

Ich krame in meiner Hosentasche und gebe ihm die Streichhölzer, die mir der Juri bei der *Alpensau* in die Hand gedrückt hat.

»Wo hast du die denn her?« Der Uwe wendet das Briefchen hin und her und grinst, als hätte er das Christkind nackt gesehen.

»Die sind von dem Restaurant in Salzburg, in das der Ammetsbichler seine Arbeiter immer mitgenommen hat.«

»*Saunaclub Paradies*? Interessanter Name für ein Restaurant. Das nenn ich mal Mitarbeiterbindung.«

»Zeig mal! Das ist mir gar nicht aufgefallen!«

»Nee, natürlich nicht, weil du auf dem Auge blind bist. Aber ich nicht!«

Der Uwe steht auf, holt sich ein Handtuch aus dem Schrank und marschiert Richtung Nasszelle.

»Wohin willst du?«

»Na, wonach sieht's denn aus, Digger? Duschen natürlich!«

»Jetzt?«

»Ja, weil wir sofort in diesen Saunaclub fahren. Es ist höchste Zeit, dass ich dir helfe, dieses Verbrechen aufzudecken. Wir müssen jeder Spur nachgehen. Deine Worte!«

»Hm«, meine ich, »ein Saunaclub? Da ist der Ammetsbichler sicher immer ins Solarium gegangen.«

»Solarium?«

Ich höre den Uwe noch lachen, als das Wasser schon läuft.

Ich recherchiere in der Zwischenzeit und entdecke auf der Homepage vom *Saunaclub Paradies* eine Liste von Damen, alphabetisch aufgelistet, beginnend mit A wie Aphrodite. Als ich beim Buchstaben C (Carmen und Chantalle) bin, steht der Uwe geschniegelt und gebügelt neben mir, schiebt seine Mütze in die Stirn und mich Richtung Tür.

Der *Saunaclub Paradies* liegt jetzt nicht direkt in der schönen Salzburger Altstadt. Eher etwas am Rande. Er unterscheidet sich von den anderen fensterlosen Betonklötzen nur durch eine funzelige Lichterkette und ein Schild über der Eingangstür, auf dem die Silhouette einer Frau in einem Cocktailglas hockt und sich die Haare nach oben hebt.

»War ja klar, dass das Paradies in einem Gewerbegebiet liegt«, meint der Uwe bestens gelaunt und kämpft sich durch einen roten Samtvorhang nach innen.

»Tag, Mädels!«, ruft er und biegt die Brust nach vorne durch, als würde ihm jemand einen Besenstiel in den Rücken piksen.

Eine Lady, deren Stretchkleid aussieht wie eine Airbrushlackierung, führt ihn direkt zur Bar. Ich stehe ein bisschen herum, während drei weitere Damen auf einer roten Kunstledercouch miteinander flüstern. Schließlich löst sich eine aus der Gruppe, die aussieht wie Schneewittchen in Rente: lange blondierte Haare und eine dunkelbraune Haut, die sich an ihrem Hals in Falten legt wie ein alter Lederhandschuh.

»Magst eine Brause?«, fragt sie mich und stellt mir einen Piccolo hin, ohne meine Antwort abzuwarten.

»Macht fünfunddreißig Euro«, flötet sie. »Tät noch was dazukommen?«

Ich schiele zum Uwe. Aber der geht mit der Airbrushlackierten schon die Treppe hoch, und ich meine, ich habe eigentlich nur ein paar Fragen.

»Geh hörst, bist ein Kiberer? Oder ein Kriminaler?«, fragt das Schneewittchen, und ich sage ihr, dass ich nicht von der Polizei bin, aber so ähnlich, und lege ihr zwei Fünfzigeuroscheine hin. Und so kommt es, dass das Schneewittchen sich erst den Sekt reinkippt und ich ihr dann auf ein Zimmer folge, wo sie sich in aller Ruhe das Foto von der Sterbeanzeige vom Ammetsbichler vors Gesicht hält.

»Den kenn ich schon, das ist der Harry. Hat hier eine Zeit lang immer freitags für alle eine Runde geschmissen. Durchaus ein, zwei, drei Jahre lang.«

Dafür, dass der Harry so ein guter Stammkunde war, schaut sie wenig begeistert. »Mehr kann ich dir nicht sagen«, grunzt sie und gibt mir das Bild zurück. »Auf keinen Fall.«

»Ah«, meine ich, »und wer kann das? Mit wem, äh … war er denn immer bei der gleichen Dame Kunde?«

»Der ist immer zur Dolores. Bis sie weg ist von hier.«

»Und was war mit dieser Dolores?«

Das Salzburger Schneewittchen meint, das soll ich die Chefin fragen, aber die ist gerade im Termin, und wir hätten noch ein wenig Zeit.

»Weil du a Schüchterner bist, dös san mir die Liebsten.« Sie streckt die Hand aus, um mir die Haare zu zausen.

»Lucky!«, schreit es rettenderweise vor der Zimmertür. Als ich nachschaue, sehe ich den Uwe in Socken und Boxershorts auf dem Gang herumspringen.

»Guck dir das an!«

Er wedelt mit einem laminierten Blatt herum, das wie eine Speisekarte für Touristen aussieht, nur ist darauf kein Wiener Schnitzel abgebildet, sondern Damen unterschiedlichster Hautfarben und Kragenweiten. Ich weiß gar nicht, wo ich zuerst hinschauen soll, darauf oder auf den Uwe. Schließlich hatte ich keine Ahnung, dass mein Freund am ganzen Oberkörper mit einem farbigen Bild des Schreckens tätowiert ist. Er trägt nämlich einen riesigen Totenkopf auf seinem Brustkorb spazieren, aus dessen leeren Augenhöhlen Rosenzweige ranken.

»Da ist die Depiladonna drauf«, ruft er aufgeregt und deutet auf die Karte.

»So ein Schmarrn. Das ist die Dolores!«, meint das Schneewittchen. Ich nehme die Karte an mich, damit ich endlich etwas erkennen kann.

»Das kann nicht sein. Die Frau heißt Perez, Maria Perez.«

»Entschuldigung die Herren, haben wir hier ein Problem?«

Eine Leopardenbraut ist aufgetaucht, um einiges jünger als das Schneewittchen. Sie trägt den Kopf so hoch, dass man gleich sieht, dass sie hier das Sagen hat. Zwei weitere Scheine und ich gehe mit ihr durch eine schwarz gepolsterte Tür ins Zimmer gegenüber.

»Kennen Sie diesen Mann?«, frage ich auch sie. Aber die Chefin schnippt mit den langen Fingernägeln und fragt mich, ob sie aussieht wie eine Infosäule, und ich muss noch einmal in meine Hosentasche greifen. Für das viele Geld hätte ich der Jolly schon eine Eins-a-Lackierung besorgen können.

»Also«, meint die Chefin vom *Paradies* und steckt sich die Fünfziger mit einiger Mühe in die Stiefel, die bis zur Hüfte gehen und wie eine zweite Haut sitzen. »Dieser Harry war in der Tat Stammkunde bei der Dolores. Er stand nämlich auf Plastiktüte, und da war er bei ihr richtig. Ich hab sie schließlich auf der *Domina Academy* ausbilden lassen!«

Ich setze mich vorsichtig auf das Bett, das mit schwarzer Teichfolie überzogen ist und mich verdammt an die Folie erinnert, in die der Frohberger den toten Ammetsbichler eingewickelt hat.

»Tüte? Verstehe ich nicht.«

»Na, dieser Harry, der hatte im Moment der Glückseligkeit gern was über dem Gesicht. Die Lust, keine Luft mehr zu bekommen. Erotische Asphyxie, wie man in Fachkreisen sagt.«

Ich bin total beeindruckt und frage sie, woher sie solche Fremdwörter kennt.

»Weil sich das lohnt. Für einmal Tüte gibt es zweihundert extra.«

»Warum? So ein Beutel ist doch nichts wert!«

»Mensch, du bist mir vielleicht ein Herzchen. Wegen dem Risiko natürlich. Kennst du nicht die Story von dem englischen Abgeordneten? Darum ist es gut, dass die Jungs damit zu uns Expertinnen kommen.«

Die Leopardendame erzählt mir noch, dass die Dolores ein bürgerliches Leben anfangen und wegziehen wollte, um ein Geschäft aufzumachen. Ich meine, diesen Rest der Geschichte kenne ich, und weil die ganzen neuen Informationen bei mir erst einmal auf der Festplatte gespeichert werden müssen, habe ich keine weiteren Fragen mehr. Die Leopardendame legt mir den Fuß mit dem waffenscheinpflichtigen Absatz auf den Oberschenkel.

»Du hast aber für eine halbe Stunde gezahlt. Kannst dir noch was wünschen, Süßer.«

Ich wünsche mir nur, dass ich bald wieder daheim bin, und gehe meinen Freund Uwe suchen. Der hängt an der Bar herum und sieht ziemlich beglückt aus. Sein Hemd steht so weit auf, dass man die goldenen Locken von dem Totenschädel auf seiner Brust sehen kann, und das erinnert mich daran, dass ich mich nicht vom Schneewittchen verabschiedet habe. Ich lasse ihr noch ein Trinkgeld da, weil es gerade so gut gelaufen ist mit dem Ermitteln.

»Grüße an die Frau Ammetsbichler«, ruft mir ihre Chefin von oben nach. Als ich sie frage, wie sie das meint, zuckt sie nur die Schultern und verschwindet in ihrem Gummizimmer, und ich denk mir, dass die Leute echt einen komischen Humor haben, in so einem Gewerbegebiet.

16

»Wahnsinn!«, ruft der Uwe, als wir wieder in der Jolly sitzen. Weil sich das auf alles Mögliche beziehen kann, auf das Vorleben der Perez oder auf das, was die Airgebrushte mit ihm angestellt hat, hake ich lieber nicht nach, was er damit gemeint hat.

»Was ist eigentlich mit dir los?«, fragt er mich nach einer Weile Schweigen.

»Was soll sein?«

»Na, zwei Jungs waren miteinander im Puff – da muss man doch mal drüber reden.«

Er sieht mich an, als würde er eine komplizierte mathematische Formel vor sich haben.

»Oder haste der Leopardentrulla gar keinen unter die Hüfte gejubelt?«

Ich frage den Uwe, ob er lieber mit dem Zug fahren oder mich in Ruhe nachdenken lassen will. Mit dem Ergebnis, dass bis Geröllharting keiner mehr was sagt.

Zurück in seiner Wohnung, muss er für mich seinen Computer hochfahren, und ich öffne die Fotos, die ich am Todestag vom Ammetsbichler in der Waxing-Kabine gemacht habe.

»Hier ist die Liege, und darunter war doch … genau, da ist sie. Die rosa Mülltüte. Die hat die Depiladora beim Aufräumen übersehen. Wofür, frage ich dich, liegt sie da? Im Abfalleimer ist nämlich bereits eine.«

Ich wische ein bisschen herum, und der Mülleimer rechts unten ruckelt im Bild nach vorne.

»Vielleicht eine Einkaufstüte? So 'ne Depiladonna muss ja auch mal Brötchen holen gehen.«

»Das wäre naheliegend.« Doch jetzt komme ich mit meinen neuen Erkenntnissen. »Oder aber: Jemand hat hineingeatmet. Schon mal was von erotischer Asphyxie gehört?«

Der Uwe zieht die Augenbrauen hoch bis zum Mützenrand.

»Der Ammetsbichler hatte es nämlich gern, wenn ihm die Luft weggeblieben ist. Und zu dem Zweck hat er sich beim Sex gerne einen Plastikbeutel aufgesetzt. Oder aufsetzen lassen.«

Der Uwe fasst sich mit der Hand an den Hals, steht auf und klappt sein Dachfenster nach oben.

»Das bleibt mir ja gleich die Luft weg!«, ruft, er nachdem er seine Rübe kurz in die frische Alpenbrise gesteckt hat. »Gab's da nicht mal diesen englischen Abgeordneten?«

»Genau. Deshalb soll man das möglichst auch nicht alleine machen.«

»Da liefert man sich ja total demjenigen aus, der einem die Tüte wieder vom Kopf ziehen soll.«

»So schaut's aus. Bist echt ein Schlaumeier. Und wer war das in unserem Fall?«

Beim Uwe fällt der Groschen in der Geschwindigkeit einer Schneeflocke.

»Hältst du es echt für möglich, ich meine, dass die Depiladonna …?«

Ich bin nicht einmal genervt davon, dass Uwe so dermaßen auf der Leitung steht. Weil ich dann noch ein bisschen auskosten kann, dass ich endlich eine konkrete Spur habe.

»Jetzt hab ich sie«, sage ich. »Ich hab sie. Jetzt kann die Polizei gar nicht anders, jetzt müssen sie den toten Ammetsbichler noch einmal aufschneiden. Und zwar zügig, bevor er eingeäschert wird.«

Uwe schüttelt sich, als hätte ihm jemand einen Kübel kaltes Wasser verpasst.

»Ich weiß leider, was du jetzt sagen wirst: Diese Tüte muss her.«

»Uwe«, sage ich, »diese Tüte muss her.«

Uwe seufzt und schaut dann auf seine Uhr.

»Müllabfuhr war noch nicht. Vielleicht liegt die Plastiktüte einfach in der Tonne?«

Ich aber kann dem Uwe mit ziemlicher Sicherheit sagen, dass er in der Mülltonne vom Waxing-Studio nichts finden wird.

»Nein. Der Frohberger hat sie. Ich persönlich habe sie ihm in die Hand gedrückt, weil er was zum Tragen für die Klamotten vom Ammetsbichler gesucht hat. Wir müssen zu ihm, bevor der Müll geholt wird!«

»Ich will mit dem Müll vom Bestatter nichts zu tun haben«, wehrt sich der Uwe.

»Und warum? Du bist Gemeindediener! Du kennst dich mit den Mülltonnen aus.«

»Aber doch nicht mit denen von diesen Leichenfledderern! Da gruselt es mich! Was da so anfällt, kann man nicht einfach in den Haushaltsmüll werfen. Als Bestattungsunternehmer brauchst du eine Spezialfirma, die den Müll entsorgt. Ethischer Müll, heißt das. Sorry, nicht mit mir.«

Ich finde es ungeheuer, dass sich jemand, der sich Dornröschen als Zombie tätowieren lässt, nicht zum Bestatter traut. Weil ich aber glaube, dass wir die Tüte auch so bekommen, rufe ich die Witwe Ammetsbichler an.

Die Liesl findet die Idee super, den Ammetsbichler nicht in Hellblau und Gelb auf die letzte Reise zu schicken. Ich fahre deshalb in Nebelöd vorbei, um seinen feinen Hochzeitsanzug abzuholen. Und tatsächlich händigt mir der Frohberger eine halbe Stunde später die Tüte mit den Klamotten genau so aus, wie er sie aus dem Waxing-Studio herausgetragen hat.

»Etz werd a boid ozündt«, meint er zum Abschied.

»Das werden wir sehen, ob der Ammetsbichler bald angezündet wird«, widerspreche ich und fliehe zurück in den Ort. Wenn meine letzte Stunde gekommen sein sollte, das ist mir klar wie Chiemseewasser, werde ich das Sterben weit weg von diesem Kugelblitz erledigen.

17

Leider hat gerade die Abendschicht von der Karin begonnen, und vom Steff steht nur noch ein Teller mit Bröseln auf der Wache. Weil ich aber mit meinem Beweisstück nicht bis morgen warten kann, muss ich dahin, wo ich nie hinwollte: zu ihm nach Hause. Denn da wohnt nicht nur Polizeiobermeister Bruckner, sondern auch die Babsi. Und mit der hab ich schon länger nicht mehr geredet.

»Lucky? Mit dir hab ich ewig nichts mehr zu tun gehabt«, sagt die Babsi, als sie mir die Tür aufmacht.

»Seit vier Jahren, elf Monaten und fünf Tagen, um genau zu sein«, antworte ich.

»Und woher weißt du, dass mir schlecht ist?«, fragt die Babsi und blickt auf die rosa Plastiktüte, die ich zwecks Spusi in einem anderen durchsichtigen Beutel verstaut habe.

»Die ist nicht für dich«, meine ich. Die Babsi hat eine Jogginghose und ein weites T-Shirt an, und ich kann nicht sofort etwas erkennen von der Fortpflanzungsphase, in der sie und der Steff sich angeblich befinden. »Ich muss dringend mit dem Steff reden.«

»Steff!«, schreit die Babsi über die Schulter, und als keine Antwort kommt, winkt sie mich ins Haus. »Der zieht sich gerade um. Er wollte noch Sport machen.«

In dem alten Forsthaus ist es ziemlich dunkel, weil die hohen Bäume vom Hausbergwald gleich dahinter anfangen. Auf dem Küchenbuffet liegen zwei Handys nebeneinander an zwei Ladekabeln und daneben gebrauchtes Geschirr, ein Topf und zwei Teller, und ich schau schnell woandershin, lehne mich im Wohnzimmer an den Türrahmen und drehe das Glas in der Hand, das die Babsi mir in die Hand gedrückt hat. Buttermilch mag ich nämlich nicht. Schon gar nicht die ohne Geschmack. Eine ganze Weile ist es sehr still. Die Babsi sitzt auf dem Sofa und zupft an einer Decke herum. Dann räuspert sie sich.

»Und, hast du dich schon entschuldigt?«

Die Babsi muss mir ansehen, dass sich mir der Sinn dieser Frage nicht gerade in Überschallgeschwindigkeit erschließt.

»Na, bei der Neuen. Die neben dem Valentino wohnt. Fritzi Morgenstern.«

Ich weiß nicht, wie gerade der Mond steht. Aber anscheinend wirkt er sich ungünstig auf meinen Blutdruck aus, denn meine Knie sind plötzlich nicht viel fester als ein Bananenshake.

»Mensch, die hab ich ganz vergessen. Woher …?«

»Na ja, ich war halt heute Mittag ein Eis essen. Und da hab ich gehört, wie sie den Valentino gefragt hat, ob er dich gesehen hat. Weil du nicht gekommen bist, um sie zum Essen abzuholen!«

In der kurzen Pause kommt es mir vor, als würden die Käuzchen draußen lautstärkemäßig einen Zahn zulegen.

»Und dann hab ich mich vorgestellt, und wir haben uns ganz nett unterhalten«, meint die Babsi.

»Über mich?«

»Auch über dich.« Sie streicht die Fransen der Decke sorgfältig auf ihrem Knie glatt. »Ich habe unter anderem gesagt, du bist kein Unrechter, aber stehst dir selber manchmal ein bisschen im Weg.«

»Im Weg. Aha.« Nun nehme ich doch aus Versehen einen Schluck. »Aber ich bin nirgendwo im Weg gestanden, ich musste ermitteln.«

»Ah, und das hat auch was mit diesem Stück Plastik zu tun, wegen dem du unbedingt mit dem Steff reden willst?«

Jetzt schauen die Babsi und ich uns das erste Mal direkt ins Gesicht. Ihre Backen sind runder als früher, aber ziemlich blass.

»Ja. Das ist ein Beweisstück.«

»Wirklich? Wofür denn?«

Ich überlege kurz, inwiefern ich darauf antworten soll.

»Du weißt, als Polizistenfrau kann ich natürlich schweigen«, beruhigt mich die Babsi.

»Ich, also, es hat tatsächlich etwas mit dem Todesfall im Waxing-Studio zu tun!«

»Erzähl! Das ist ja total interessant.« Sie schiebt die Decke von den Knien, um aufzustehen. »Magst du eine normale Milch?«

»Ja bitte. Ich hasse Buttermilch.«

»Ich weiß.« Die Babsi grinst und nimmt mir das Glas ab.

Als der Steff zehn Minuten später endlich nach unten kommt, neonbunt gekleidet und mit einem Fahrradhelm auf dem Kopf, fällt ihm das Kinn herunter, als er mich neben der Babsi auf dem Sofa sitzen sieht.

»Steff«, ruft die Babsi, »ihr müsst unbedingt den Ammetsbichler obduzieren lassen. Der Lucky hat eine Spur!«

Weil der Steff immer noch sprachlos ist, erkläre ich ihm gleich einmal, was ich in Salzburg über die Dolores beziehungsweise Maria Perez herausgefunden habe und was es mit der Plastiktüte auf sich hat.

»Und der Lucky denkt, er ist damit erstickt worden«, sagt die Babsi und hat auf einmal ganz rosige Wangen. Der Steff schnauft und sieht seine Frau an wie sonst mich, wenn ich auf der Wache auftauche.

»Jetzt passt mal auf. Noch einmal zum Mitschreiben: Wir haben es schwarz auf weiß, dass der Harald Ammetsbichler eines natürlichen Todes gestorben ist.«

»Aber dass es einen verheirateten Mann einfach so beim Vögeln mit seiner Geliebten derbröselt, ist das normal?«

»Das kann Zufall sein, und das geht uns auch nichts an. Diese Maria Perez ist halt ein Feger, ein exotischer. Da kann man ihn schon auch verstehen, ein wenig.«

»So, ein Feger«, erwidert die Babsi spitz, »und ein exotischer noch dazu. Da kann man als schwangere Frau von hier natürlich wenig dazu sagen. Und ihre Vergangenheit als Prostituierte, die spielt hier keine Rolle? Und dass sie in Salzburg unter anderem Namen bekannt war?«

»Na ja, ist ja ganz normal, dass eine Frau nicht unter ihrem richtigen Namen im Puff arbeitet. Und ihre Papiere waren in Ordnung. Sonst hätte sie gar kein Geschäft aufmachen können.«

»Ah geh.« Die Babsi macht eine Handbewegung hin zu ihrem Göttergatten, als wäre er ein Hypochonder, der von seinem Gehirntumor erzählt.

»Weißt du, was du machen musst, Lucky«, flüstert sie dann und beugt sich zu mir vor. »Du musst diese Mörderin mit dem Beweisstück konfrontieren. Und ich sage dir auch, wie.«

Als ich von der Babsi und dem Steff zurück ins Tal fahre, hat der Hausberg eine rote Krone vom Abendlicht. Am Waschpark vor dem Hagebau hängt ein Schild, dass es heute den Unterbodenschutz zur Spezialpflege gratis dazu gibt. Aber ich kann der Jolly nicht einmal die Scheibenwischanlage auffüllen, weil ich mich auf den letzten Drücker noch in der Redaktion blicken lassen muss. Der Tag heute ist wie eine Zwiebel beim Schälen. Immer wenn man denkt, man hat's, kommt noch was zum Vorschein.

18

Der Käsner Karl kommt mir an der Hausbergstraße auf seinem Mofa entgegen und hat anscheinend schon Feierabend. Auch die Gitti will gerade gehen und meint, jetzt aber hurtig, und zwar zum Herrn Kämmerer. Normalerweise lasse ich mir so was von unserer Empfangsdame nicht sagen, aber weil mein journalistischer Output im Bereich Dorfleben im Moment durchaus optimierbar wäre, mache ich mich auf den Weg zum Chef. Vor seinem Schreibtisch steht die Angerer und sieht aus, als hätte sie schon länger nicht mehr gut geträumt. Der Chef ist aber total gut drauf und sagt, er weiß, es ist schon spät, aber wir sollen uns doch bitte setzen, die Frau Angerer und ich. Er holt eine Flasche aus seiner Schreibtischschublade, kippt sich erst einmal einen Schuss Hirschbrand in die Kaffeetasse, und das Meeting lässt sich ganz gut an.

»Also, wie alle wissen, ist ja in unserem schönen Ort in der letzten Zeit der ein oder andere plötzliche Todesfall aufgetreten.«

Er erklärt uns, dass ihn der Tod des Ferkelzüchters quasi erleuchtet hat und er im Sommer mit seiner Angelika die Vereinigten Staaten von Amerika durchqueren wird. Und zwar auf einer Harley und von Ost nach West.

»Da ist das Thema mit drin, dass einem am Ende des Lebens nur die Sachen leidtun, die man nicht gemacht hat. Aber ich werde selbstverständlich die Verleihung zum Sichersten Ort Oberbayerns abwarten und erst dann aufbrechen!«

Er streckt den rechten Arm aus wie der heilige Antonius auf seiner Säule.

»Und Sie, liebe Walburga, werden mich vertreten. Und Sie, lieber Lämmermeier, dürfen wiederum die Walburga vertreten.«

Ich erwarte eigentlich, dass besagte Walburga vor Begeisterung gleich mal eine Rolle vorwärts macht, aber sie sieht ihn so herzlich an wie die Mama einen Touri, der bei ihr eine Currywurst bestellt.

»Ach ja? Und Sie dürfen sich fragen, ob ein Chefredakteur es sich leisten kann, mit seiner Frau einen Monat zu verreisen!«

Sie holt aus, und für einen Moment sieht es so aus, als würde sie dem Chef eine verpassen wollen. Aber sie langt nur über den Schreibtisch, um sich den Hirschbrand zu greifen.

»Aber bitte. Kein Problem. Wir schaukeln den Laden schon, der Herr Lämmermeier und ich. Und jetzt entschuldigen Sie mich. Der Attila muss mal Gassi.«

Der Chef ist kurz zusammengezuckt und sieht zu, wie die Walburga mit ihrem Dackel und seiner Schnapsflasche das Zimmer verlässt, und sieht mich dann kopfschüttelnd an.

»Weiber. Seien Sie froh, dass Sie mit denen keine Probleme haben.«

Diese Vertraulichkeit nehme ich als Signal, mich sofort zu verkrümeln, denn ich muss zügig an meinen Schreibtisch zurück und den rosa Flyer finden, den mir die Angerer vor ein paar Tagen in die Hand gedrückt hat. Ich habe Glück und erwische die Perez noch im Studio.

»Ich habe hier einen Gutschein, für einmal Bikinizone!«

Die Depiladora klärt mich auf, dass das bei Männern nicht Bikinizone heißt, sondern Mann-Intim, aber sie gibt mir gleich einen Termin für morgen früh um zehn.

Weil ich aber morgen eigentlich Samstagsdienst habe, gehe ich zur Angerer, um für gute Stimmung zu sorgen. Ich brauche eine Weile, um sie zu finden, weil sie hinter ihrem Schreibtisch auf dem Boden sitzt und sich ganz offensichtlich mit dem Hirschbrand vom Chef die Kante gibt. Der Attila springt an mir hoch und fiept. Wahrscheinlich ist er froh, dass es in diesem Affenstall wenigstens einen vernünftigen Menschen gibt, und ich kraule dem schlauen Tier sofort die Schlappohren.

»Ich dachte, Sie wollten mit dem Hund raus?«

»Wollen Sie auch einen Schluck?«, fragt die Angerer stattdessen.

»Das meinen Sie jetzt nicht ernst, oder? Sie wissen doch, dass mir davon schlecht wird.«

»Das sehen Sie falsch.« Sie winkt mit der Flasche. »Sie vertragen kein Bier. Aber Schnaps ist eine ganz andere Sache.«

»Niemals. Gehen Sie mal lieber mit dem Attila raus.«

»Ach was. Der Hund kann warten. Setzen Sie sich zu mir«, schimpft die Angerer. Als ich mich nicht rühre, sagt sie: »Das ist ein Befehl. Ich kann dem Chef auch sagen, dass ich ohne Sie auskomme, wenn er mit seiner Alten den Wilden Westen unsicher macht.«

Ich lasse mich also neben sie sinken und nehme ihr die Flasche aus der Hand. Das Zeug brennt wie die Maisonne auf den letzten Schnee am Hausberg. Aber statt der erwarteten Übelkeit wird mir auf einmal ziemlich warm von innen. Ich nehme gleich noch einen Schluck.

»Warum sind Sie eigentlich so sauer? Man könnte fast meinen, Sie würden gern mit dem Chef nach Amerika fahren.«

»Sie sind gar nicht so doof, wie Sie aussehen«, raunzt meine Kollegin.

»Aha. Aber er fährt nun mal mit seiner Holden.«

»Genau«, meint die Angerer und schüttelt sich, weil der letzte Schluck eindeutig größer war als die vorherigen.

»Moment mal«, überlege ich, »Sie sind doch auch den Damenbart los. Sagen Sie bloß, Sie sind in den Chef …«

Mein Handy piepst, und ich muss meine Beziehungsanalyse Chef–Angerer kurz unterbrechen. »Und?«, simst mir die Babsi und schickt noch einen Haufen Smileys hinterher. »Noch nichts Neues. Termin Waxing-Studio erst morgen früh«, tippe ich zurück.

»Ihre neue Freundin?«, fragt mich die Angerer.

»Ich habe keine neue Freundin.«

»Also die Ex?«

»Ja«, gebe ich zu. »Wir reden auf einmal wieder miteinander.«

»Ob das gut ist? Aber wenigstens haben Sie nicht mehr Glück in der Liebe als ich, Lämmermeier.«

Die Angerer schaut mich von der Seite an wie einen Gebrauchtwagen mit Hagelschaden. Gleich wird sie mich fragen, wann ich das letzte Mal beim Ölwechsel war.

»Wann hatten Sie denn das letzte Mal Sex?«

Na bitte. So ähnlich.

»Beinahe heute Mittag gegen zwölf Uhr dreißig. Aber ich wollte nicht«, antwortet der Geröllhartinger Hirschbrand an meiner Stelle, weil ich persönlich mit solchen Informationen nicht an die Öffentlichkeit gegangen wäre.

Die Angerer lacht so laut, dass sich der Attila vor Schreck am Garderobenständer erleichtert. »Also, eins muss man Ihnen lassen, Humor haben Sie. Müssen wir uns jetzt nicht eigentlich duzen, wenn wir schon zusammen auf dem Boden gesessen haben?«

»Also, ich würde Sie lieber weiter siezen«, erkläre ich. »Ich kann Sie nämlich überhaupt nicht leiden.«

»Ich Sie auch nicht«, erwidert die Angerer und reicht mir noch einmal die Flasche. »Und darauf trinken wir erst einmal einen.«

19

Die Angerer hatte recht, Schnaps ist nicht Bier, und ich habe zwar einen ziemlichen Haarspitzenkatarrh, aber muss mir die Kloschüssel nicht aus der Nähe anschauen. Als der Valentino seine Eiswaffel um Punkt neun nach draußen stellt, sitze ich schon da und warte auf ihn.

»Du siehst aus scheiße«, sagt Valle. Darauf gibt es nicht viel zu sagen, und ich erkläre ihm lieber, was er gleich zu tun hat.

Auf dem pinken Sofa im *Gmahde Wiesn* hockt schon eine Tourifrau in Funktionsklamotten und Bergschuhen. Ich bin wenig erfreut, dass das Studio samstags so einen Zulauf hat, und setze mich ans äußerste Ende neben sie.

Als Maria Perez die Kundin aufruft, grüßt sie mich leicht mit der Hand, die heute in einem pinken Plastikhandschuh steckt. Dann herrscht Stille, nur der Radiomoderator im Hintergrund klingt, als hätte er zum Frühstück puren Sonnenschein geschnupft. Bis nach ein paar Minuten Behandlung ein Schrei von hinten kommt, Tonlage: Wurzelfüllung ohne Betäubung. Ich schaue mich erschrocken um und hole mein Handy heraus, für einen eventuellen Notruf. Aber nichts weiter passiert. Offenbar ist das mit den Schmerzen und der Schönheit für Frauen total normal.

Die Tourifrau kommt zehn Minuten später aus der Kabine heraus und füllt sogar die Unterlagen für ein Abo-Waxing aus. Dann sind die Brasilianerin und ich endlich allein im Laden.

Als sie sagt, dass ich mich frei machen soll, bin ich mir doch nicht mehr so sicher, ob mein Besuch bei ihr eine so gute Idee war. Heute ist es nämlich, Moment, vier Jahre, elf Monate und vier Tage her, dass ich mich vor einer Frau ausgezogen habe. Ich weiß das so genau, weil mir am ersten Juni vor fünf Jahren die Babsi gesagt hat, dass sie jetzt mit dem Steff zusammen ist. Weil der mit seinem Polizistenjob mehr im Leben steht als ich. Dann hat sie sich ihr Sommerkleid – blau mit kleinen weißen Schwalben drauf – wieder angezogen, ist zum Hausberglift gegangen und mit der letzten Gondel ins Tal gefahren. Und ich bin unverrichteter Dinge neben ein paar Alpenveilchen im drahtigen Gras gelegen und hätte mich am liebsten sofort von einer Lawine begraben lassen. Ich habe nur überlebt, weil im Frühsommer Lawinen eher selten sind.

»Das Geschäft läuft gut?«, erkundige ich mich und lege meine Hose sehr ordentlich zusammen und mit ihr meine Erinnerung an Babsi. »Wär ja schrecklich gewesen, wenn Sie nach dem Todesfall gleich hätten zusperren müssen!«

Die Perez kneift die dunklen Augen zusammen, vielleicht um zu erkennen, ob mein Mitgefühl echt ist.

»Ist natürlich schlimm, was da passiert ist. Wenn da einer nicht mehr zu retten ist. Vielleicht war das einfach zu viel für den Herrn Ammetsbichler. Ich meine, das Waxing tut doch schrecklich weh, oder?«

Die Depiladora macht den Rücken sehr gerade und sagt: »Nur ein bisschen. Je öfter man sich waxen lässt, umso weniger schmerzhaft ist es.«

Allmählich führt kein Weg mehr daran vorbei, dass ich mich auf diese Liege legen muss. Die Depiladora betrachtet mich, und ich stimme ihr zu, dass es bei mir mit der Körperbehaarung nicht weit her ist. Sicher weil ich eine Stufe höher über dem Neandertaler stehe als die meisten anderen Männer. Beim Mann-Intim allerdings würde schon was gehen, wobei die entsprechenden Körperteile zügige Migrationsbewegungen ins Körperinnere vornehmen.

Die Depiladora weiß auch gleich, was da zu tun ist. »Da machen wir ein Brazilian Hollywood, das mögen die Frauen an den Männern!«

Sie zieht die Oberlippe hoch, während sie in ihrem kleinen Topf herumrührt. Das sieht aus, als ob sie die Zähne fletscht, und meine Kronjuwelen schrumpeln weiter einwärts wie die Fühler einer Schnecke. Und dann kommandiert sie: »Beine auseinander!«

Das ist jetzt blöd. Eigentlich habe ich alles so organisiert, dass der Valentino rechtzeitig auftauchen wird. Und zwar spätestens jetzt. Tut er aber nicht, und mir wird viel zu heiß an einer Stelle, die es gern lauwarm hat. Und als das Wachs endlich kühler wird und ich mir denke, ist doch auszuhalten, reißt die Depiladora den Arm nach oben, als würde sie einen Rasenmäher anlassen. Der Schmerz ist vergleichbar mit den Stacheln eines Morgensterns, der mir direkt in die Weichteile geschleudert wird. Und schon trägt die Perez neues Wachs auf, und es kommt mir vor, als würde sich mein Privatgrundstück auf ein paar Quadratmeter erstrecken.

»Geklopft«, schreie ich, »es hat geklopft!«

Ich kann direkt spüren, wie mir die Sehnen am Hals hervortreten, bis sie endlich aus der Kabine geht. Und ich Zeit habe, mich mit Schweiß auf der Stirn von der Liege zu rollen, etwas aus meiner Hosentasche zu holen und auseinanderzufalten.

»Ich habe Getränk für Luigi«, höre ich den Valle zur Depiladora sagen.

Die Tür schlägt zu, und ihre Schritte kommen wieder näher. Drei, fünf, zehn. Bis sie den Vorhang zur Behandlungskabine wieder zurückschiebt.

Als die Perez den Becher auf den Boden fallen lässt, höre ich ihn nicht aufschlagen, so laut schreit sie. Der Himbeershake spritzt ihr bis zur Hüfte.

Er hinterlässt Flecken auf ihrem weißen Kittel.

Rosa Flecken.

Die gleiche Farbe wie die Tüte, die der nackte Mann auf der Liege auf dem Kopf hat.

Ich mag es gar nicht, wenn ich alles um mich herum durch einen rosa Filter sehe. Wenn ich einatme, saugt es mir das Plastik in den Mund, und weil ich hier nicht den Ammetsbichler geben will, ziehe ich mir die Tüte vom Kopf.

»Also, Dolores, wie viel hat Ihnen Ihr Stammkunde immer dagelassen, für einmal Tüte? Zweihundert extra, so wie früher im Saunaclub? Oder war das für ihn umsonst, weil Sie ja von ihm das Nutzungsrecht für eine Gewerbeimmobilie in allerbester Lage bekommen haben?«

Die Geröllhartinger Depiladora hat eine Gesichtsfarbe wie der Hausberggipfel nach dem ersten Wintereinbruch.

»Haben Sie auf der *Domina Academy* nicht aufgepasst, als sie Ihnen beigebracht haben, wann man die Tüte abnehmen muss? Oder wollten Sie nicht aufpassen? Weil er Ihnen nichts mehr nutzen konnte, Ihr Stammkunde, jetzt, da Sie Ihr Waxing-Studio bekommen hatten?«

Jetzt schwankt die Perez so, dass ich ihr schnell mit dem Fuß den Hocker hinschiebe. Einen Moment lang bin ich mir nicht so sicher, ob wir es mit dem Plan von Babsi nicht ein bisschen übertrieben haben.

»Nein«, sagt sie leise und hält sich mit beiden Händen an der Sitzfläche fest. »Ich habe dem Harald nichts getan. Er war bei mir zum Waxing, und davor … natürlich haben wir davor noch etwas anderes gemacht. Aber dabei war alles wie immer.«

»Und das heißt?«

»Ich zähle bis fünfzig, dann kommt die Tüte runter.«

»Ach. Und Sie haben nicht zufällig aus Versehen bis hundert gezählt?«

»Nein, ich habe alles richtig gemacht! Harry ging's gut, er wollte danach sofort noch ein großes Waxing. Aber das war ja bei ihm Routine«, erklärt sie und reißt ein Stück der Kreppunterlage ab, um sich damit die Nase zu putzen. »Und dann war ich in der Küche, habe das Wachs zurückgebracht und die Kompressen aus dem Kühlschrank geholt.«

»Dazu haben Sie ihn allein gelassen?«

»Aber sicher. Nach der Enthaarung ruht der Kunde immer

kurz, und ich lege ihm kühle Kompressen mit Arnikatinktur auf. Harry hat das gerngehabt, einfach kurz entspannen. Ich war bestimmt zehn Minuten beschäftigt mit Putzen, ich wollte alles schön sauber haben für den nächsten Morgen. Und dann komme ich zum Harald zurück, und er hat diesen schrecklichen Krampf!«

Die Tränen tropfen aus ihrem Gesicht. »Und auf einmal war er tot!«

Ich fahre automatisch zu meiner Leistengegend, um nach einem Taschentuch zu greifen, aber das ist jetzt natürlich völlig sinnlos. »Und warum haben Sie das alles nicht der Polizei erzählt?«

»Damit die denken, es gibt hier Spezialbehandlungen?«

»Weil Sie sich als Depiladora über Wasser halten wollten und nicht mehr als Domina.«

»Genau«, antwortet sie leise und reibt an ihrem versauten Kittel herum. »Genau deswegen.«

»Aber der Harald, der kannte Sie als Dolores. Als Einziger hier. Das wäre doch für Sie noch ein Grund mehr gewesen, ihn umzubringen, nicht wahr? Einfach die Tüte nicht rechtzeitig abnehmen. Einfacher geht es eigentlich gar nicht. Und danach haben Sie alles schon aufgeräumt und uns einen Schock vorgespielt.«

»Aber nein!« Sie hebt mit einem Ruck den Kopf. »Warum sollte ich das tun? Der Harald hat so viel für mich getan! Wenn ich hier ein neues Leben anfangen will, da kann ich doch in meinem neuen Studio keine Leiche brauchen.« Die Maria Perez sieht mit der verschmierten Wimperntusche inzwischen aus wie ein Waschbär.

»Das mit der Tüte wird Ihnen die Polizei niemals glauben!«

Allerdings wie ein ziemlich wütender Waschbär.

»Ich muss jetzt in die Küche, die Kochplatte ist immer noch

an. Und wenn ich wiederkomme, wäre es schön, wenn Sie nicht mehr hier sind!«

Das mit der Kochplatte stimmt, ich kann das heiße Metall bis in die Kabine riechen, aber darauf kann ich jetzt keine Rücksicht nehmen.

»An Ihrer Stelle wäre ich mir mit der Polizei nicht so sicher. Das hier ist nämlich nicht irgendeine Tüte! Denn Sie haben zwar gut aufgeräumt, aber nicht gut genug!«

Leider kann ich den Gesichtsausdruck der Perez gar nicht richtig genießen, weil der Gong der Eingangstür geht. Ich könnte mir eine saftige Watschen dafür geben, dass ich nicht den Uwe engagiert habe, um draußen Wache zu stehen.

»Servus, Maria! Bin heut schon früher da«, ruft eine Frau, der man das Korpulente schon an der Stimme anhört.

Die Perez reißt mir den Plastikbeutel aus der Hand und verschwindet damit so schnell, dass ich erst einmal auf den leeren Hocker starre, bis ich kapiere, was passiert ist. Die Ramsauerin macht ziemliche Glupschaugen, als ich in Cowboystiefeln und einem Bogen Krepppapier um die Lenden an der Rezeption auftauche.

»Grüß Gott«, sage ich, wie sich's gehört, schaue mich um und renne wieder nach hinten. In der Küche ist es ziemlich warm, obwohl das kleine Fenster auf den schattigen Hof zeigt. Die Hitze geht von der rot glühenden Kochplatte aus. Auf ihr liegt eine zerknüllte rosa Kugel, die langsam in sich zusammenfällt. Als die Perez mich kommen sieht, stellt sie sich eng vor den Herd, mit dem Rücken zu mir, und ich kann nicht genau sehen, was sie macht. Nur dass sie sich nach vorne lehnt, und zwar mit ihrem ganzen Gewicht.

Eigentlich will ich gar nicht wissen, warum es auf einmal nicht nur nach verschmortem Kunststoff riecht, sondern auch nach Hochsommer. Nach der Zeit, in der der Huberwirt jeden

Sonntag Halsgrat vom Grill verkauft. Mit beiden Händen fasse ich die Perez an der Taille und reiße sie vom Herd weg. Obwohl ihre linke Hand da ist, wo sie hingehört, am linken Arm, sehe ich den Handabdruck noch auf der Kochplatte. Ich starre auf das, was da mit dem geschmolzenen Plastik Blasen wirft, und höre die Ramsauerin wie vom anderen Ende eines Tunnels nach einem Krankenwagen schreien.

20

»Das war kein Unfall, auch wenn die Perez das sagt, oder?«, fragt mich der Steff eine Viertelstunde später und sieht mit mir dem Blaulicht nach.

»Schaut so aus, als hätte sie die Tüte schnell und gründlich vernichten wollen, die der Ammetsbichler beim Sex mit ihr auf dem Kopf gehabt hat.« Ich schlucke, weil ich das Gefühl habe, dass mir hinten im Hals etwas Filziges steckt, groß wie ein Tennisball.

Auf der Wache muss ich erst einmal aufs Klo, weil der Tennisball unbedingt ins Freie will. Als ich nach fünf Minuten wieder herauskomme, übernimmt der Steff das Reden. Er meint, dass er das jetzt ungern sagt, aber dass das jetzt schon eine höchst verdächtige Aktion war von der Perez. Und ausgerechnet jetzt, da das Indiz vernichtet worden ist, würde er es doch gern untersuchen lassen. Ob in der Plastiktüte tatsächlich Haut- und Haarspuren drin waren. Oder am Ende sogar Speichel, der der letzte Speichel war, den der Ammetsbichler in seinem Leben ausgespeichelt hat.

»Das hätten die im Labor in Rosenheim alles herausfinden können.«

Es ist ein ziemlich schöner Moment für mich, als ich ihm

einen Klarsichtbeutel mit rosa Inhalt unter die Nase halten kann.

»Bitte schön. Meinst du vielleicht, dass ich für so einen Bluff das echte Beweisstück hernehme?«

Der Steff reißt mir den Beutel aus der Hand und ich mich maximal zusammen, damit ich ihm meine Meinung zur hiesigen Polizei nicht unter die Nase reibe. Schließlich will ich, dass er mich mit zur Staatsanwaltschaft nimmt. Und zehn Minuten später sitzen der Steff und ich tatsächlich zusammen im Auto.

Obwohl ich noch nie beim Steff mitgefahren bin, sagt er, ich soll die Finger vom Blaulicht und vom Funkgerät lassen. Ich muss mich also in Landschaftsbetrachtung üben und merke, dass ich nicht so gern Beifahrer bin, schon gar nicht in einem Polizeiwagen, der nicht meiner ist. Uwe ruft an, aber dem kann ich später erzählen, dass die Depiladora in den nächsten fünfzehn Jahren ihr Waxing-Studio nicht wieder betreten wird. Die Angerer hingegen kann ich schlecht wegdrücken, also melde ich mich total vorschriftsmäßig mit: »Lämmermeier, *Chiemseewoche*, Abteilung Garten und Dorfleben, was kann ich für Sie tun?«

»Lämmermeier«, sie klingt, als wäre ihr Damenbart auf den Zähnen wieder nachgewachsen, »wo zum Teufel stecken Sie?«

Ich rücke nicht damit heraus, dass ich eine Überraschung in der Hinterhand habe in Form einer Sensationsstory über eine frisch überführte Mörderin, und improvisiere, dass ich unterwegs bin ins Sankt-Ignaz-Krankenhaus.

»Aber was soll uns die Frau Heilmüller Neues erzählen? Wir haben hier eine Zeitung zu machen, Lämmermeier.«

Ich schaue aus dem Fenster auf das Bernauer Gewerbegebiet und auf das große Werbeplakat vor dem Gartencenter Kralle.

»Basilikum! Rosmarin! Kräuter überhaupt!«, rufe ich. »Die Dame kennt sich doch damit aus! Um vier bin ich zurück, und wenn Sie wollen, arbeite ich die ganze Nacht durch. Wir kriegen die Zeitung schon fertig.«

Allmählich habe ich raus, wie ich mit der Angerer reden muss, denn danach lässt sie mich in Ruhe, und ich kann auflegen.

»Heilmüller, Heilmüller?«, fragt mich der Steff. »Wer war das denn gleich wieder?«

»Kräuterhexe auf Exkursion. Der Herzstillstand vom Hausberglift.«

»Warum hast du der Angerer nicht erzählt, wohin wir wirklich fahren? Deine Story, und zwar nur deine, oder was?«

»Genau so ist es.«

Und der Steff und ich stoßen die Fäuste aneinander, so wie früher, als wir noch Freunde waren, und dann sagen wir beide nichts mehr, bis wir in Rosenheim sind.

Die Staatsanwaltschaft ist in einem Haus, das eher aussieht wie ein Hotel in einem Vergnügungspark – viel Glas, viel Stahl und der Rest in spaßigen Farben. An der Eingangskontrolle ist es allerdings ganz schön ernst, und der Steff muss sein Pistolenhalfter abnehmen und wir durch einen Metalldetektor spazieren. Auf dem Gang zur *Abteilung IV. Allgemeine Strafsachen und Kapitalverbrechen* fährt ein Mann in blauem Kittel ein Bohnergerät herum. Für mich klingen die drei Bürsten wie der Chor der Erzengel persönlich, weil ich über das grüne Linoleum zum Vorzimmer vom Doktor Kastner spazieren darf.

»Grüß Gott, Frau Zirngibl. Lämmermeier und Bruckner. Wir haben einen Termin beim Herrn Doktor Kastner.«

Die Zirngibl ist eine Vorzimmeroma mit grauem Dutt und dicker Brille und muss ihren Chef sehr lieben, wenn sie am

Samstag mit ihm im Büro ist. Ich reiße gleich die nächste Tür auf, weil ich schneller bin als sie.

»Und heute kann er mir nicht davonlaufen!«

Der Steff holt Luft, aber es ist schon zu spät, und der Staatsanwalt hat schon gehört, was ich gerade gesagt habe. Das ist schade. Es ist nämlich so, dass mir der Herr Doktor Kastner garantiert nicht davonlaufen wird, und zwar weder heute noch sonst irgendwann. Stattdessen löst er mit einem Klick die Bremse an seinem Rollstuhl, um hinter seinem Schreibtisch hervorzukommen.

»Ach, Sie sind sicher der Herr Lämmermeier«, sagt er wie mit einer unreifen Zwetschge im Mund. »Das ist ja schön, den Möchtegern-Sheriff von Geröllharting einmal persönlich kennenzulernen.«

Nach diesem Einstand halte ich mich lieber im Hintergrund, und der Steff setzt sich. Damit der Staatsanwalt nicht so zu ihm hochsehen muss, während er vom Ammetsbichler und der Depiladora erzählt.

»Beischlaf mit Plastiktüte als Tatwaffe. Meine Herren, Sie erwarten doch nicht von mir, dass ich daraufhin eine Mordanklage formuliere. Wenn überhaupt, dann ist das allerhöchstens ein Unfall mit Todesfolge. Wie damals in England, mit diesem, diesem …«

»Abgeordneten«, ergänze ich, aber der Dr. Kastner schaut mich gar nicht an, sondern redet mit Steff weiter.

»Diese Person, von der Sie da erzählen, diese Depiladora und ehemalige Prostituierte – die hat wem gegenüber zugegeben, den Herrn Ammetsbichler umgebracht zu haben?«

Der Steff zeigt auf mich. »Also, sie hat dem Herrn Lämmermeier nur den, äh, den Verkehr mit dem Opfer zugegeben, aber nicht, dass sie ihn auch noch erstickt hat. Der Herr Lämmermeier allerdings ist der Meinung …«

»Was heißt hier, ich bin der Meinung? Es ist ein Fakt, dass sie versucht hat, ein Beweismittel zu vernichten! Das kommt einem Schuldeingeständnis gleich!«, rufe ich dazwischen.

»Ruhe!«, poltert der Dr. Kastner, rollt ein Stück rückwärts und drückt auf eine Taste seiner imposanten Telekommunikationsanlage. »Frau Zirngibl, zeigen Sie doch Herrn Lämmermeier den Weg zur Kantine. Der möchte jetzt nämlich besser einen Cappuccino trinken, koffeinfrei, wegen der Nerven.«

In der menschenleeren Kantine ist der Rolladen an der Ausgabe heruntergelassen, aber ich setze mich trotzdem an einen Tisch, schlage meinen Notizblock auf und überlege, was besser klingt: »Mord im Waxing-Studio« oder vielleicht doch »Die Waxing-Hexe von Geröllharting«? Die Schlagzeile sollte natürlich so knallen, dass der Minister für Wirtschaft und Tourismus die Urkunde für den Sichersten Ort Oberbayerns auf der Stelle ins Altpapier wirft. Vielleicht kann man sie ja wenigstens recyceln.

Der Steff kommt nach einer halben Stunde zu mir und meint, der Doktor Kastner hat sich bereit erklärt, die Plastiktüte untersuchen zu lassen. Und dass der Haftbefehl für die Perez praktisch schon ausgefüllt wird und dass er, der Steff, von mir ganz offiziell eine Zeugenaussage braucht. Und dass er aber vorschlägt, dass wir davor erst einmal Mittag machen.

Also setzen wir uns gemeinsam in den Stadtpark auf eine Bank und strecken die Beine aus.

»Und wann untersuchen sie den toten Ammetsbichler noch einmal? Montag wird er eingeäschert!«, will ich wissen und bereue es, mich auf ein Eis eingelassen zu habe, das nicht vom Valentino ist. Holunder-Melone und Passionsfrucht-Pfeffer schmeckt beides gleich, und zwar nach parfümierter Seife.

»Erst wenn man heute Abend anhand der Tüte weiß, ob er

erstickt worden ist oder nicht. Einfach so aufschneiden, das ist Verschwendung von Steuergeldern, sagt der Doktor Kastner«, antwortet der Steff und beißt in seinen Burger. »Weißt du noch, wann wir das letzte Mal hier waren?«, fragt er mich dann mit vollem Mund.

»Am Wandertag.«

»Genau. Achte Klasse«, sinniert der Steff. »Da waren wir noch jung.«

»Und du warst die ganz Zeit da drüben …«, ich zeige auf ein paar Fliederbüsche, »… mit der Gillinger Susi. Weil du schon immer alle Weiber abgekriegt hast.«

»Und du hast dich gefreut, weil hier giftige Maiglöckchen wachsen, die aussehen wie essbarer Bärlauch. Hast schon damals immer gehofft, es würde was Schlimmes passieren.«

»Ja. Eh schade, dass der Ammetsbichler nicht vergiftet worden ist.«

»Ach geh«, schnaubt der Steff, »wir sind doch nicht im Mittelalter.«

»Ja, auch das ist manchmal schade«, meine ich, kippe die zwei Kugeln Eis mit Schwung in die Wiese hinter mir und halte mein Gesicht zufrieden in die Sonne. Bis der Steff meine wohlverdiente Entspannung wieder stört.

»Lucky, weißt du, was ich dich schon lange fragen wollte. Warum wohnst du eigentlich immer noch bei uns in der Stadt?«

»Ich kann wohnen, wo ich will.«

»Natürlich.«

»Und außerdem: Ich wohn halt gern bei der Mama.«

»Also nicht, weil du immer noch an der Babsi hängst?«

»Spinnst du, das ist lang vorbei.« Ich mache eine Handbewegung, als würde ich eine Wespe verscheuchen. »Und du? Freust du dich schon auf das Baby?«

»Freilich freue ich mich. Und wie«, sagt der Steff und zerknüllt seine Serviette, als wäre ein giftiges Insekt drin. »Und jetzt fahr ich dich noch zum Krankenhaus.«

Er wedelt mit dem Autoschlüssel, und ich schau ihn erstaunt an.

»Zur Depiladora?«

»Nein, zum Herzstillstand vom Hausberglift. Damit dein Alibi in der Redaktion stimmt.«

»Danke«, sage ich, »das ist nett.«

»Na klar, du hast ja schließlich deinen ersten Fall geklärt«, erwidert er und hebt die Hand. Ich weiß nicht, ob er will, dass ich ihm ein High-five gebe oder nicht, und tu so, als hätte ich sie nicht gesehen. Der Steff lässt sie wieder sinken und kratzt sich am Oberschenkel.

21

An der Infotheke vom Sankt Ignaz wissen sie genau, wer die Patientin Erika Heilmüller ist, und zeigen auf eine Dame mit lila Ballonmütze und grauen Zöpfen. Sie sitzt in der Lounge, weil sie gerade entlassen worden ist und auf ihre Kräuterhexen wartet.

»Ach, Sie sind der junge Mann von der Zeitung. Wie nett, dass ich Sie treffe, bevor mich gleich meine Kräuterhexen abholen. Und Sie haben sich, das sehe ich gleich«, sie muss beim Reden fast nie Luft holen, »anscheinend in der Sonne die Nase verbrannt. Jemand wie Sie muss immer Aloe vera dabeihaben! So weißblond und so hellhäutig, eigentlich selten für jemanden, der so nah an den Bergen lebt. Sind denn Ihre Eltern nicht von hier?«

»Meine Mutter schon, aber mein Vater …«

»Das sieht man, ein eindeutige nördliche Pigmentierung. Woher genau? Hamburg? Flens…«

»Angeblich aus Pinneberg«, unterbreche ich sie, weil ich wahrscheinlich verhungert bin, bis sie freiwillig eine Pause macht, und hole am Krankenhauskiosk eine Butterbreze für sie und eine Bananenmilch für mich. Die Kräuterhexe holt zwei Vorratsgläser aus ihrer Tasche und schraubt das mit dem rosa Deckel auf.

»Schnittlauch«, erklärt sie. »Aus meinem Kräutervorrat. Damit ich ein bisschen Pfiff ins Essen bringen kann.«

Ich deute auf das Glas mit dem lila Deckel. »Und was ist da drin?«

»Arzneipflanzen. Oder was ich in der freien Wildbahn gefunden habe und noch bestimmen muss. Und sollte ich wirklich mal ein unbekanntes oder seltenes Kraut erwischen – dann kann ich gleich einen kleinen Artikel darüber schreiben und auf unserer Kräuterhexen-Seite posten.«

»Ach, Sie schreiben Artikel?«

Ich bohre den Strohhalm durch den Aludeckel und warte, bis die Heilmüllerin in ihre pfiffige Brotzeit beißt.

»Und kennen Sie sich auch mit anderem Grünzeug aus? Also, alles was im Garten so anfällt? Rasen, Hecken, Tulpenzwie…«

»Uns Kräuterhexen ist selbstverständlich …«, sie schluckt, »… in Flora und Fauna nichts fremd. Fragen Sie mich doch etwas, sagen wir mal, zu Birke und Heuschnupfen. Oder ob Ingwer gegen Grippe und Knoblauch gegen Impotenz hilft.«

Ich stehe auf und werfe den Milchbecher in den Müll, weil ich den Verdacht habe, dass dieser Chemieschleim gar keine Bananen enthält.

»Frau Heilmüller, ich hätte da eine Frage an Sie. Zu genau

diesen Themen, haben Sie da schon was auf Vorrat? Immer so circa dreitausend Anschläge lang?«

Eine halbe Stunde später habe ich den Herzstillstand vom Hausberglift als Ghostwriterin engagiert, und der Steff und ich rauschen die A8 zurück Richtung Süden. Ich schau mir die Berge rechts an, den Chiemsee links.

»Ich freu mich direkt auf daheim«, sage ich dann zum Steff.

»Aber wir waren doch nur einen halben Tag in Rosenheim!«

»Aber Rosenheim ist nicht daheim. Und je weniger ich daheim bin, umso lieber bin ich daheim.«

Auch wenn ich mit der Depiladora als überführter Mörderin an dem heutigen Tag nicht herummeckern kann, außer dass die Versorgungslage eher unterdurchschnittlich war und ich am liebsten drei Kugeln Zitrone in meinem Schritt versenken würde zwecks kühlender Linderung meiner neuerdings zur Hälfte haarwurzelfreien Badehosenzone.

Der Steff schärft mir noch einmal ein, dass ich nichts veröffentlichen darf, solange die Ermittlungen laufen, und fährt mich nach meiner Zeugenaussage in die Redaktion.

Die Angerer ist *not amused*, dass ich jetzt erst komme, aber als ich die Heilmüller'schen Kräuterhexenthemen runterbete, ist sie total von den Socken. Zur Entspannung gehe ich danach mit dem Attila raus. Der freut sich wie verrückt und fetzt an seinen Lieblingsstein an der Ecke zum Bahnhofsplatz. Und weil es auch für mich Zeit ist, mein Revier zu markieren, rufe ich bei der Ammetsbichler Liesl an. Leider ist sie nicht zu erreichen, und ich hinterlasse ihr eine Nachricht, dass sie mich dringend anrufen soll. Weil mich die Aussicht auf ein exklusives Interview mit der Witwe eines Mordopfers noch mehr in Feierlaune versetzt, nehme ich mir vor, die Mama zur Feier des Tages heute beim Malefiz zu schlagen. Als ich nach Hause komme, ist im Biergarten allerdings die Hölle los, und die Mama pest an mir vorbei Richtung Küche, als wäre der Herpesvirus hinter ihr her.

»Mama, ich denke, du hast heute frei?«

»Macht doch für dich eh keinen Unterschied, ob ich arbeite oder nicht!«

Die Mama schubst mich weg, obwohl ich ihr eigentlich gar nicht im Weg bin, und ich muss schon fragen, was denn los ist. Sie meint, einiges und dass ich mitkommen soll in den Gang unter die Treppe. Das ist blöd, denn da hat sie mir schon als Teenager immer die Leviten gelesen, weil es da die Gäste nicht mitbekommen.

»Du springst in einem Zustand, den ich mir gar nicht vorstellen will, vor angesehenen Bürgerinnen herum und treibst eine arme Frau so in Verzweiflung, dass sie in die Notaufnahme muss!«

»Sag bloß, die Ramsauerin hat erzählt, ich bin schuld, dass die Perez sich die Hand verbrannt hat?«

»Ja, wer denn sonst? Bedroht sollst du sie haben, nur weil sie zum Ammetsbichler so nett war!«

»Nett? Ha!«

»Und du mit deiner … deiner Sensationsgier hast ihr so eine Angst gemacht, dass sie sich hat umbringen wollen.«

»Man bringt sich nicht um, indem man die Hand auf die Herdplatte legt.«

»Und warum hat sie es dann gemacht?«

»Das kann ich dir nicht sagen. Laufende Ermittlungen.«

»Ah geh, Ludwig, du spinnst doch!«

Sie knallt mir die Tür zur Hausbergstube vor der Nase zu. Weil es jetzt wohl nichts mehr wird mit dem Malefiz, geh ich zurück zur Jolly. Ich kann auch beim Valentino über meine Titelstory nachdenken.

Es regnet leicht, aber in den fünf Minuten zehn bis zum Marktplatz verziehen sich die Wolken, und als ich die Jolly mit Presseausweis in der Fußgängerzone abgestellt habe und auf mein Himbeervanille warte, beginnt der Antonius zu leuchten, als hätte einer draufgespuckt und ihn dann mit dem Ärmel poliert. Überhaupt liegt auf einmal so ein rötliches Glimmen auf den Fassaden, dass man meinen könnte, die Frau Bürgermeister hätte wegen einer Extraportion Idylle eine Eingabe gemacht, himmelwärts.

»Findest du auch, dass es nach einem warmen Regen immer so gut riecht?«

Die Fritzi ist da. Sie hat ganz schön Farbe bekommen, und ihre Haare sehen noch heller aus und die Augen noch blauer. »Hast du Feierabend?«

Irgendwie ist es logisch, dass sie mir an einem Tag wie heute auch noch über den Weg läuft, und ich bleibe ganz cool und erkläre ihr, dass ein Polizeireporter nie richtig Feierabend hat, aber dass ich mir durchaus gerade einen Moment der Kontemplation gönne. Die Fritzi meint, sie versteht das, und ob ich ihr vielleicht heute eine warme Mahlzeit in diesem netten Lokal besorgen will, in das wir gestern gehen wollten. Ich bin einerseits ganz froh, dass sie nicht so eine Nachtragende ist, andererseits bin ich mir nicht so sicher wegen dem Haussegen und der Mama. Aber dann denke ich mir, wenn's läuft, dann läuft's, und sag, meinetwegen. Der Valentino kommt hinter seiner Theke angelaufen und hält der Fritzi die Autotür auf, aber ich finde das absolut unnötig. Kann doch jeder sehen, dass die Fritzi eine selbstständige Person in jungen Jahren ist und keine gebrechliche Oma, für die man in der U-Bahn aufstehen muss.

»Hier wohnst du?«, ruft die Fritzi, als sie noch gar nicht ganz ausgestiegen ist. »Mensch, das ist ja total authentisch!«

Bevor ich sagen kann, dass es auch total authentisch wäre, wenn sie sich erst mal im Hintergrund hält, steht sie schon mitten im Huberwirt. Es wird auf einen Schlag so still, als hätte man dem Stammtisch den Stecker herausgezogen.

Der Ramsauer ist der Erste, der den Mund aufmacht. »Da schau her, Lämmermeier, Sie alter Brezensalzer, heute einmal nicht alleine! Wir können gut noch ein paar junge Leute brauchen bei uns am Tisch!«

»Passt schon«, meine ich und bekomme zur Mama hin so eine Halsdrehsperre. »Wir setzen uns in den Biergarten.«

»Ach komm, das wird lustig«, widerspricht die Fritzi und ist schon zum Stammtisch unterwegs.

»Kann ich auch so ein Weizenbier haben?«, bestellt sie im Vorbeigehen bei der Mama. Die schaut ihr hinterher, die Hand am Zapfhahn, bis ihr der Schaum über die Finger läuft. Die Fritzi macht sich den Haargummi raus, und ihre Haare plustern sich auf wie ein Daunenkissen. Es scheint ihr nichts auszumachen, dass auf der Bank neben dem Ramsauer nur noch Platz für sie ist und ich mich auf den Stuhl neben die Frau Bürgermeister setzen muss.

»Einen Hirschen für die Frau Morgenstern«, ruft der Ramsauer.

»Ihr kennt euch?«, frage ich schwach.

»Ja freilich«, sagt der Ramsauer. »Die Frau Morgenstern ist von der Freien Schule, und außerdem ist sie eine ganz Tierliebe, gell. Ich hab ihr schließlich den Stand genehmigt.«

»Aha«, meint die Mama, »und das geht zusammen, Lehrerin sein und am Marktplatz rumstehen den ganzen Tag?«

»Aber ja«, erwidert die Fritzi sonnig und nimmt der Mama das Schnapsglas aus der Hand. »Ich bin ja bei einer freien Schule. Und die eröffnet erst im September!« Und bis dahin, sagt sie, muss sie sich noch eine Menge anschauen in ihrer neuen Heimat. Und was denn auf der Speisekarte wäre an vegetarischen Spezialitäten.

»Nix«, sagt die Mama nicht besonders kundenorientiert. »Leberkäs mediterran wäre heut auf der Tageskarte. Ansonsten gibt's nur Speckbrot und Schmalzbrot.«

»Aber es soll hier doch so einen guten Milchreis geben.«

»Milchreis ist aus!«

Die Mama wirft mir einen apokalyptischen Blick zu und geht wieder zum Tresen.

»Kann ich mal mit dem Koch sprechen?«, ruft die Fritzi ihr hinterher. »Der kann mir doch sicher etwas aus der Vorratskammer zaubern!«

»Zaubern? Ja mei«, antwortet die Mama gedehnt. »Das weiß ich jetzt nicht, ob Ihnen der Herr Huber etwas zaubern kann, aber bitte!«

Sie zeigt auf die Durchreiche, hinter der man den Bauch vom Huberwirt sieht, wie er vom Herd zur Arbeitsplatte walzt und wieder zurück. Als die Fritzi tatsächlich aufsteht und in die Küche geht, entsteht um mich herum eine weitere Gesprächspause, und alle starren ihr hinterher.

»Ganz schön heiß heute«, sage ich in die Runde.

Der Ramsauer grinst. »Da haben Sie recht, Lämmermeier. Schwülwarm, geradezu. Mit einer Neigung zu Gewittern.«

Er duckt sich, um besser in die Küche sehen zu können. Da taucht gerade der Jeansminirock von der Fritzi neben der weißen Kochjacke vom Huberwirt auf, und ich befürchte, dass gleich eine Pfanne angeflogen kommt. Aber der Huberwirt und die Fritzi reden leise miteinander, und dann werden wir Zeugen, wie Fritzi den Arm vom Huberwirt drückt, als würde sie sich bedanken wollen.

»Und, haben Sie den Herrn Huber auch gleich für Ihren Verein geworben?«, ruft der Ramsauer der Fritzi entgegen.

»Aber nein, ich muss doch nicht immer alle überzeugen. Außerdem sitzen hier am Tisch ja schon ein, zwei Mitglieder.« Mit einer geschmeidigen Hüftdrehung hockt sie sich wieder hin und schaut in die Runde. »Nämlich Hochwürden und der Lucky. Das ist doch schon ein Anfang, oder nicht?«

Die Mama lässt einen leeren Bierkasten so auf den Boden krachen, dass der Huberwirt von Glück sagen kann, dass er in seiner Hausbergstube keinen Scherbenhaufen hat.

»Ach, da schau her«, freut sich der Ramsauer. »Der Herr Pfarrer und der Lucky. Wenn ich das beim Herrn Pfarrer nicht anders wüsste, hätte ich gesagt, das haben die Herren sicher nur gemacht, weil Sie so eine Fesche sind, ein Schmuck für unseren Marktplatz. Sonst hätte ich Ihnen den Stand auch gar nicht genehmigt, da muss man schon schauen, ob sich da jemand einfügt, optisch, in unsere Fußgängerzone, in unsere denkmalgeschützte. Nicht dass ich damit sagen will, Sie sind schon so alt, dass man Sie unter Denkmalschutz, also, ganz im Gegenteil, die ist ja auch frisch saniert, unsere Fußgängerzone, städtebaulich, also …«

Der Ramsauer verheddert sich in seinem eigenen Geschwafel und zeigt mit einer Gabel voll Leberkäs auf mich. »… und der Herr Lämmermeier, der, ja, der ist ein ganz ein Anständiger. Den sollten Sie sich eigentlich schnappen.«

»Superidee«, sagt die Mama und kommt mit einem Teller Schwammerl mit Rahm an. »Dann muss ich ihm keinen Milchreis mehr machen!«

»Ein Anständiger ist Ihr Sohn?« Die Fritzi zieht sich ein Besteck aus dem Steinkrug auf der Mitte vom Tisch und zwinkert ihr zu. »Schade. Unanständige sind mir lieber.«

»Der Herr Lämmermeier hat eh keine Zeit für Weiberleut«, wirft die Frau Bürgermeister ein. »Der hat nämlich ein neues Hobby.«

»Was denn?«

»Mordermittlung!«

»Was denn für ein Mord?« Die Fritzi schaut fragend in die Runde.

»Eben«, grölt der Ramsauer und lacht, dass ihm der Weißbierschaum zusammenfällt.

Für mich ist jetzt der Moment gekommen, vor der Tür ein paarmal durchzuatmen, weil ich nämlich sonst jemandem an die Gurgel springe. Als ich nach zehn Minuten wiederkomme, hat die Fritzi zwei weitere Schnapsgläser vor sich stehen. Sie sind leer, ihre Augen glitzern, und ihre Nasenspitze ist ziemlich rot. Na toll, denke ich mir, und dass sie sich anscheinend voll prima mit den ganzen Deppen versteht.

»Also, ich muss morgen früh raus«, sage ich dann Richtung Stammtisch. »Übrigens wegen der Mordermittlung. Gute Nacht.«

»Halt, Lucky, du kannst jetzt noch nicht schlafen gehen!«, ruft die Fritzi. »Du musst mich noch nach Hause bringen.«

Die Mama fixiert den Geröllhartinger Neuzugang wie ein Preisboxer ein Fliegengewicht. »Das kann auch der Herr Ramsauer machen. Oder noch besser: der Herr Pfarrer.«

»Ach geh, Rosi«, sagt jetzt der Herr Pfarrer. »Jetzt lass doch deinen Sohn auch mal Spaß haben und die Frau Morgenstern nach Hause bringen.«

»Beim letzten Spaß ist er drei Wochen lang nicht aus seinem Zimmer gekommen.«

Die Fritzi schaut ganz beeindruckt. »Drei Wochen nicht aus dem Zimmer? Oh, là, là!«

»Ach wo, nicht deswegen! Wegen Liebeskummer! Weil sie ihn sitzen hat lassen, die Babsi«, flüstert der Ramsauer ihr so laut zu, dass ich jedes Wort verstehe.

Die Fritzi sieht mich nachdenklich an. Dann steht sie auf

und geht direkt zur Mama hinter den Zapfhahn. »Jetzt muss ich Ihnen mal etwas sagen, Frau Lämmermeier«, sagt sie würdevoll. »Ich will weder mit Ihrem Sohn drei Wochen im Zimmer verschwinden noch, dass er drei Wochen lang traurig ist. Ich will nur, dass er mir ein bisschen die Gegend zeigt.«

Alle schauen jetzt mit großen Augen auf die Mama, und die versteht anscheinend, dass es heute nichts wird mit dem Trinkgeld, wenn sie mich nicht gehen lässt.

Diesmal bin ich dann auch nicht so und halte der Fritzi sogar die Autotür auf. Aber nur, weil ich mir nicht sicher bin, ob sie ohne Hilfe hineinfinden würde.

»Du bringst nicht so oft Leute mit nach Hause, oder?«

Darauf sag ich lieber nichts und lasse diese Frage als Selbstgespräch durchgehen.

»Und Mädels schon gar nicht«, fügt die Fritzi hinzu.

Ich antworte immer noch nichts, weil ich mich schließlich aufs Fahren konzentrieren muss.

»Deine Mutter kann sicher sehr nett sein. Also, wenn sie einen mag.«

Ich setze den Blinker, sehr sorgfältig. Die Hausbergstraße ist zwar menschenleer, aber man weiß ja nie. Innenspiegel, Außenspiegel. Zum Marktplatz abbiegen.

»Denk dir nichts, Lucky, bei mir war mein Papa so. Halt, hier kannst du mich rauslassen. Ich geh gern noch ein Stück.«

Und schon ist sie ausgestiegen. Dabei wollte ich sie doch noch fragen, wie sie das vorher eigentlich gemeint hat, mit dem »die Gegend zeigen«, und welche Gegend genau. Und da ist noch etwas. Etwas, das mir die Herzklappen auseinanderdehnt. Gerade wird mir nämlich klar, was ich spüre, als ich die Fritzi zum Haus vom Valentino gehen sehe, während der Wind von ihren Haaren ein paar Strähnen nach oben weht. Weil es nämlich ab dem Moment, ab dem ich sie das erste Mal auf dem Marktplatz gesehen habe, aufwärtsgegangen ist mit mir und abwärts mit der ewigen Langeweile in Geröllharting. Das ist, Moment, ja, das ist ganz klar: Dankbarkeit.

22

Als die Kirchturmuhr Viertel nach neun schlägt, bin ich froh, dass ich endlich aus dem Haus kann. Die Serpentinen in den Ort runter lasse ich die Jolly einfach rollen, weil es so ein schöner Morgen ist und der Valentino am Sonntag sowieso erst um halb zehn aufmacht.

Die Babsi sitzt schon in der Eisdiele und schaut mir entgegen.

»Babsi«, meine ich, »ist dir nicht mehr schlecht?«

»Schlecht, wieso?« Sie steckt sich einen Löffel Schlagsahne in den Mund. »Ich wollte dir nur zur erfolgreichen Mordermittlung gratulieren.«

»Ach, nicht weiter schwer. Die Perez war von Anfang an eine verdächtige Person.« Ich halte meine norddeutsche Pigmentierung in die Morgensonne. »Ich dachte mir gleich, dass sie den Ammetsbichler umgebracht …«

»Wer hat wen umgebracht?«, fragt eine Frauenstimme, und eine blonde Wolke beugt sich zur Babsi. Anscheinend hat der Valle mehr Zucker als sonst in den Shake getan, jedenfalls gibt mein Puls Gas wie bei einem Kind, das beim Topfschlagen eine Tonne Süßigkeiten gewonnen hat.

Denn schon wieder ist die Fritzi da, und die zwei Mädels herzen sich so ab, dass die Spatzen auffliegen. Ich gehe schnell dazwischen, bevor da noch aus laufenden Ermittlungen geplaudert wird.

»Die Babsi hat gerade gesagt, sie hat mich nicht umgebracht, als sie, also, äh, besser gesagt: Es hat mich nicht umgebracht, als die Babsi mich verlassen hat.«

Die Fritzi setzt sich zu uns und lacht mich an wie allerfeinstes LED. »Ich fand es ja sehr interessant zu erfahren, dass du mal eine Freundin hattest. Und sogar noch so eine nette dazu.«

Dass die Fritzi das sagt, freut jetzt die Babsi. Die zwei Mädels busseln sich noch einmal ab, und ich bin mir nicht so sicher, warum genau es mein Leben verbessern soll, wenn sich die Fritzi und meine Ex so gut verstehen. Und dann legt die Fritzi tatsächlich ihre Hand auf meine. »War echt nett gestern bei deinem Huberwirt!«

Die Babsi schaut von einem zum anderen und steht dann ganz schnell auf und meint, die Schwangerschaft und ihre Blase und sie muss mal kurz wohin.

»Wie wär's denn, wenn wir mal schwimmen gehen? Du kennst doch sicher die besten Stellen hier am See!«

Dass mich die Fritzi das jetzt fragt, haut mich direkt um, und ich muss erst einmal saugen wie verrückt, weil ein Bananenstück im Strohhalm feststeckt. Aber bevor ich dann antworten kann: »Überredet und am besten sofort!«, stellt sich jemand zu uns an den Tisch. Ein Typ, den ich hier noch nie gesehen habe.

Die Fritzi aber springt gleich auf und fällt ihm um den Hals. »Da bist du ja! Lucky, das ist Marc Hamdacher, mein Supervisor vom Tierschutzverein.«

Mein Nicken zum Thema Badengehen friert mir quasi direkt an der Halswirbelsäule ein.

»Marc, das ist Lucky Lämmermeier. Ein Bekannter von hier.«

Der Bekannte von hier muss den Kopf in den Nacken legen, einmal weil dieser Marc ganz schön groß ist, und zweitens, weil mich seine Haarspitzen an der Backe kitzeln. Der Herr Supervisor hat nämlich Dreadlocks bis zum Ellenbogen. Graubraun wie das Fell vom Attila. Ich finde allerdings, dass diese Farbe dem Dackel meines Vertrauens wesentlich besser steht.

»Marc, Lucky und ich haben uns überlegt, ob wir bald mal zusammen baden gehen. Hast du auch Lust?«

Dass die Fritzi diesen Hirtenhund so mir nichts, dir nichts mit an den See schleppen will, lässt mich sofort ein Stoßgebet zum Himmel senden mit der Bitte um gewittrige Sturmböen. Die Babsi kommt wieder und schaut den beiden hinterher, wie sie losziehen, zwecks Tierschutzstand aufbauen, heute vor der Hausbergbahn.

»Ach«, sagt sie, »das ist also dieser Marc. Von dem hat die Fritzi schon erzählt. Ein Naturbursche ist das, mit Führungsqualitäten.«

Genau, ein richtiger Pfundskerl mit Adern auf dem Bizeps und einem Lächeln, als würde in Filzhausen immer die Sonne scheinen. Ich drehe mich lieber weg, damit ich ihn nicht sehen muss.

»Lucky, eines würde mich schon interessieren – zuerst schaust du nach mir jahrelang kein Mädel an, und jetzt verknallst du dich ausgerechnet in die Fritzi?«

»Ich bin nicht verknallt!«

»Was bist du dann?«

»Dankbar!«

»Na gut. Und warum bist du ausgerechnet der Fritzi dankbar?«

»Weil ich keine mehr von hier aus der Gegend will.«

Das habe ich jetzt natürlich nur so laut gesagt, um die Kaffeemaschine vom Valle zu übertönen. Weil aber der Espresso gerade durchgelaufen ist, macht sie auf einmal keinen Mucks mehr, und meine Stimme schallt über den Marktplatz wie ein

Alphorn. Die Babsi ist schlau genug, darauf nichts zu sagen, und verschwindet Richtung Revier, um den Steff von der Sonntagsschicht abzuhalten. Ich verfüttere eine Eiswaffel an die Spatzen und starre auf die leeren Stühle, auf denen die zwei Mädels gesessen haben.

»Was guckstu wie Wetter schlecht?«

Der Valentino kommt, um die leeren Tassen einzusammeln. »Diese Fritzi ist nichts für dich. Ist wie Spatz. Kommt, fliegt weg, kommt, fliegt weg. Du brauchst eine, die dir fliegt hinterher. Wie eine Kakadu!«

Er hat verdammt recht. Auch der letzte Spatz verschwindet, als ich mit dem Stuhl rücke, um mein Handy aus der Hosentasche zu holen. Denn gerade eben ist mir aufgefallen, dass ich jemanden kenne, der mir helfen kann, den Spatz vom Kakadu zu unterscheiden.

Der Landlbauer ist anscheinend immer im Dienst der Liebe unterwegs und dudelt mir gleich total begeistert ins Ohr. »Das kommt jetzt wie gerufen, Herr Lämmermeier, gerade hab ich intensiv an Sie gedacht, ganz wahnsinnig intensiv sogar, und gehofft, dass Sie sich die Sache noch einmal überlegen. Weil, und jetzt halten Sie sich fest, ich habe da für Sie bereits jemanden ausfindig gemacht! Eine Dame, jawohl, die anderen in der Branche sagen zwar *match*, aber ich sage Dame, weil sich das einfach so gehört, nicht wahr, denn wir sind ja nicht beim Tennis.«

»Und die betreffende Person ist nicht von hier, hoffe ich?«

»Von hier, aber auch wieder nicht von hier. Herr Lämmermeier, wenn Sie Angst haben, dass ich Ihnen ein Geröllhartinger Haserl anbringe, da müssen Sie sich keine Sorgen machen. Ich hab da ein Superdate für Sie, handverlesen. Format, Figur – alles passt.«

Allerdings, meint der Herr Landlbauer dann, dass er weder von mir noch von der handverlesenen Superkandidatin ein Foto hat, aber dass er das sogar ganz gut findet.

»Ist das Foto zu gut, traut man sich nimmer, ist das Foto zu schlecht, geht man auch nicht hin. Man muss den Menschen ja in echt wahrnehmen, mit dem ganzen Herzen.«

Ich brauche nicht extra hinzuhören, um zu wissen, wohin der Landlbauer sich jetzt klopft.

»Ich merk schon, Sie sind da ganz und gar dabei. Wunderbar«, sagt er, »ein Blind Date also. Und wann?«

Ich rechne zwar damit, dass da der Trubel um mich und meine Story seinen Höhepunkt erreicht hat, sage aber Dienstag zu, Treffpunkt Valentino.

Dem Landlbauer fällt noch etwas ein, bevor er auflegt. »Ach, und wegen dem Ammetsbichler! Der hat vor der Ehe Harald Uhlig geheißen. Ein Sachse, angeblich, Leipzig oder Umland.«

»Ach«, meine ich und strecke entspannt die Beine aus, weil mir wieder eingefallen ist, dass ich einfach ein supergeiler Ermittler bin. »Danke, aber das interessiert mich jetzt nur noch peripher. Die Sache hat sich quasi erledigt.«

Die Morgensonne steigt weiter über die Dächer am Marktplatz und wärmt mir die Füße. Während ich mir so meine Gedanken mache, ob man für das Aufklären eines Mordfalls nicht sogar das Bundesverdienstkreuz bekommt, schaue ich zum *Gmahde Wiesn* hinüber. Eigentlich sollte man ein Schild an den Eingang hängen: »wegen Krankheit geschlossen«. »Wegen Mordverdacht geschlossen« kann man dann doch nicht machen. Leider.

Der Uwe hat am Sonntag immer frei, und als ich beim zweiten Shake bin, kommt er über den Marktplatz und ist ganz aufgeregt, als er mich sieht. Weil, sagt er, er muss mir seit gestern etwas Megawichtiges erzählen. »Also, ich war nämlich mal wieder beim Ligusterschneiden.«

Als er das sagt, schaut er so in die Ferne, und ich frage mich, ob er bei der Probstl Maria noch was anderes in Form gebracht hat außer der Hecke.

»Die Maria hat noch einmal nachgesehen, wie das ist mit dem unbefristeten gewerblichen Nutzungsrecht für die Perez. Und weißt du, was ihr dann aufgefallen ist? Also, ich wollte es ja erst …«

Ich mache eine Handbewegung, als würde ich ein Segel nach oben kurbeln.

»Also, jedenfalls war die Immobilie des Waxing-Studios früher gar nicht auf den Ammetsbichler eingetragen. Also, schon auf den Familiennamen Ammetsbichler, aber nicht auf den Harald.«

Jetzt schwinge ich die Beine doch wieder von dem Stuhl vor mir.

»Auf den Beppo?«

»Jetzt lass mich doch ausreden, Digger. Der alte Moser hat seinen Laden gar nicht an den Harald verkauft. Sondern an seine Frau. Verstehst du? Die Liesl ist diejenige, die es der Perez überlassen hat. Nicht der Ammetsbichler hat sich eine Geliebte gehalten, sondern sie sich. Für ihren Mann.«

Gerade als ich überlege, ob diese Information Folgen für meine Ermittlungsarbeit gehabt hätte, bewegt sich etwas in meinem Blickfeld. Ich könnte schwören, dass die Türklinke des Waxing-Studios sich gerade nach unten und dann wieder nach oben bewegt hat. Im *Gmahde Wiesn* ist jemand.

Ein schwarzes Zelt ist das Erste, was ich sehe, als ich die Tür aufstoße. Die Liesl steht da, mit dem Rücken zu mir und in einer Umarmung versunken. Sie steckt in ihren Fledermauskleidern, und von der kleineren Person vor ihr sehe ich nur die Arme, die gerade so um den Rücken der Liesl herumreichen. Eine der dazugehörigen Hände steckt in einem dicken weißen Verband.

Sie gehört eindeutig der Maria Perez.

Und die ist ohne Zweifel auf freiem Fuß.

Als die Liesl mich hört, dreht sie den Kopf, macht wieder ihre Schweinsäuglein und beschleunigt wie ein Ozeanriese. Es ist, als würde ich von sehr großer Höhe auf ein Trampolin fallen. Nur dass sich das Trampolin auf mich zubewegt und nicht umgekehrt.

»Das ist dafür, dass die Maria den Laden zusperren muss, bis ihre Hand wieder verheilt ist!«

Ich bleibe nach dem Bodycheck von der Liesl in dem Sofa sitzen, in das es mich katapultiert hat, und bin sicher, dass da nicht mehr viel kommt. So weit weg vom heimischen Sofa geht ihr sicher bald die Puste aus. Aber die Liesl fängt auf einmal mit dem Reden an. »Nichts haben sie ihr nachweisen können. Du hast eines nicht kapiert: Die Maria war echt ein Segen. Für uns alle!«

Ich wische mir mit beiden Händen über den Kopf, weil ich das Gefühl habe, als hätte ich plötzlich Spinnweben im Gehirn.

»Wie – war das also deine Idee, dass sie hierherzieht? Der Name *Gmahde Wiesn*, Flyer und so weiter, das kam alles von dir?«

»Ja, denn es war perfekt, die Maria direkt im Ort zu haben. Es ist doch besser, die Kinder denken, ihr Vater lässt sich die Brusthaare entfernen, als wenn er jede Woche nach Salzburg zu einer Fünferlfanny marschiert.«

Mit einem leisen Stöhnen verteilt die Liesl ihr Volumen neben mir auf dem Sofa. »Da schaust du, oder? Aber ich hab schon verstehen können, dass der Harald mit mir allein nicht glücklich war. Ich bin ja auch, na ja, wie soll ich sagen? Schwer. Und schwierig. Und der Harald hatte seine, ähm, Vorstellungen. Und wenn er nicht das bekommen hatte, was er wollte, dann …«

Die Liesl verzieht den Mund wie eine, die trotz entzündetem Backenzahn lacht.

»Aber immer nach der Maria, da war er anders.«

Sie drückt die gesunde Hand von der Perez. »Wenn er von dir gekommen ist, dann war er wie … wie erleuchtet. Nett zu den Kindern, nett zu den Angestellten. Und er hat mich nicht mehr angeschrien, ich soll mich nicht so gehen lassen und mich doch mal im Spiegel anschauen.«

Ich finde das ziemlich skurril, dass sich die Ehefrau bei der Geliebten bedankt. Aber die Perez neigt nur den Kopf, gramgebeugt, und es sieht wirklich so aus, als hätte ich nicht eine, sondern zwei Witwen vor mir stehen.

»Lucky, ich glaube, es ist besser, du lässt uns jetzt in Ruhe«, sagt die Liesl dann und zeigt zur Tür. »Geh heim und schau das nächste Mal lieber beim Huberwirt in die Töpfe, wenn du irgendwo herumschnüffeln willst.«

Und ich gehe. Vorbei am Uwe, vorbei an der neu dazugekommenen Ramsauerin. Steige in die Jolly und trete sie so, dass sie noch vor der ersten Haarnadelkurve den Turbo zuschalten muss.

23

»Wiggerl, aufstehen! Es ist Montag früh, halb zehn!«

»Wiggerl, schläfst du noch? Die Frau Angerer hat angerufen, ob du krank bist.«

»Ludwig, ich hab dir einen Milchreis gemacht. Willst du nicht endlich rauskommen?«

»Wiggerl, jetzt ist schon Nachmittag! Ich habe dir den Milchreis aufgewärmt.«

»Zefix, wie oft soll die Rosi dir noch sagen, dass du rauskommen sollst?«

»Lämmermeier, hier Angerer! Ihr Artikel über Knoblauch gegen Impotenz hat super eingeschlagen. Mehr davon! Ich bin unten und esse was, kommen Sie doch mit dazu.«

»Ich bin's noch einmal! Schade, dass Sie nicht gekommen sind – ich sehe Sie doch morgen wieder in der Redaktion?«

»Lucky! Pst! Hörst du mich? Hier ist der Steff! Pass auf, ich konnte nichts machen! Die Beweise reichen nicht aus. Der Ammetsbichler hatte die Tüte zwar auf dem Kopf, aber er ist nicht mit ihr erstickt worden.«

»Lucky, der Steff noch mal. Du musst unbedingt rauskommen, die Babsi redet nicht mehr mit mir, weil sie sagt, die Polizei ist schuld, dass du jetzt jeden Lebenswillen verloren hast. Weil wir dich und deine Fähigkeiten nie gewerkschätzt … gescherzwetz … äh, weil wir dich und deine Fähigkeiten nie gewertschätzt haben, genau so hat sie es gesagt, die Babsi.«

»Hörst du? Ich muss wieder aufs Revier und würde gern der Babsi sagen, dass du rausgekommen bist!«

»Zefix, Wiggerl! Wenn du dein Potschamperl noch einmal auf den Gang stellst, dann stell ich der Rosi die Teppichreinigung in Rechnung. Wir sind doch nicht im Mittelalter.«

»Wiggerl, die Mama! Ich hab vergessen dir zu sagen, dass die Urnenbeisetzung vom Ammetsbichler eine sehr schöne Zeremonie war.«

»Lämmermeier, hier Ramsauer! Wir sind unten am Stammtisch. Kommen Sie vorbei, oder machen Sie jetzt Trennkost? Sie hier oben und Ihre Mutter in der Küche, oder was?«

»Wiggerl? Gut, dann halt nicht.«

»Du Wiggerl, die Babsi wär da. Ich weiß nicht, ob das so eine gute Idee ist, aber sie lässt sich nicht abhalten.«

»Ist gut, Rosi, lass mich selber mit ihm reden. Lucky, warum gehst du nicht ans Telefon? Ich muss dir was erzählen. Nein, Rosi, ich sag es nicht, wenn du danebenstehst.«

»Herr Lämmermeier, hier Doktor Sprengel. Sie sind laut Ihrer Mutter seit Sonntag Mittag nicht aus Ihrem Zimmer gekommen. Ich würde Sie gerne untersuchen.«

»Doktor Sprengel noch einmal! Ihre Frau Mutter sagt, ich soll Sie krankschreiben, wegen Ihrer Arbeitsstelle. Öffnen Sie endlich die Tür, Sie sind doch ein erwachsener Mann.«

»Gut, ich schreibe Ihnen unbesehen ein Attest, damit Sie keinen Ärger bekommen. Sogar meine Sprechstundenhilfe setzt mir zu, ich soll das machen. Aber in Ordnung ist das nicht.«

»Lämmermeier, hier ist noch einmal der Ramsauer. Soll das ein Hungerstreik sein, oder was? Sie wollen doch nur wieder Unruhe stiften in der Gemeinde.«

»Wiggerl, der Huberwirt sagt, wenn ich noch einmal einen Milchreis umsonst mache, dann schmeißt er mich raus. Also, ich kann dir jetzt keinen mehr kochen, und ab morgen sind Wirsingwochen, soll ich dir ausrichten. Wenn du jetzt nicht noch was Vernünftiges isst, bist du selber schuld.«

»Hier spricht die Polizei! Wenn du nicht herauskommst, sehen wir uns gezwungen, die Tür aufzubrechen. Drei! Zwei! Ludwig? Bist du überhaupt noch da drin? Gott, du hast ja seit Tagen nichts gegessen, sagt deine Mama. Wo war ich? Bei zwei! Dann kommt jetzt die eins!«

»Ja, Zefix, Bruckner, spinnst du jetzt ganz? Rosi, sag sofort der Bullerei, sie soll von der Tür weggehen. Wiggerl, wenn der Tür was passiert, zieh ich sie deiner Mama vom Lohn ab, da kannst du dich drauf verlassen.«

»Reg dich nicht auf, Huberwirt, das mit der Tür war nur ein Bluff. Lucky, ich muss jetzt heim zu meiner schwangeren Frau und ihr dabei zuhören, wie sie nicht mehr mit mir redet. Gute Nacht.«

»Lucky, pst, die Babsi. Sag jetzt nicht, dass ich umsonst mitten in der Nacht hierhergefahren bin. Ich muss mit dir … Rosi? Ach, nix. Geh ruhig wieder ins Bett. Ja, ich weiß, das letzte Mal, als der Lucky was mit mir zu tun gehabt hat, ist er drei Wochen nicht aus seinem Zimmer herausgekommen, aber das ist jetzt was anderes. Na gut. Ich geh. Aber ich erwisch dich schon noch, Lucky. Mach halt endlich dein Telefon an!«

»Ommma haia haia haia, ommma haia haia haia, ommma haia haia haia. Ommma haia haia haia, ommma haia haia haia, ommmahaia haia haia!«

»Wiggerl, wenn die Rosi ned bald mit ihre Mondgesänge aufhört, kann ich für nix garantieren.«

»Gute Nacht, Wiggerl. Aber morgen, gell, da kommst wieder raus? Manchmal versteh ich's einfach nicht. Früher warst du so ein netter Bub, so ein netter.«

»Guten Morgen, Wiggerl.«

»Wiggerl, der Uwe ist da, der will dir was sagen.«

»Digger, heute wird der Bürgersteig aufgerissen wegen dem Breitbandkabel fürs schnelle Internetz. Du weißt schon, Wahlversprechen von der Frau Bürgermeister. Nicht dass du dich wunderst wegen dem Lärm.«

»Wiggerl, noch einmal wegen dem Breitbandkabel – die würden gern anfangen, aber dein Auto ist im Weg.«

»Digger, ich wollte dir nur sagen, der Abschlepper ist jetzt da. Musst dich nicht mehr kümmern. Passt. Kommt dann nach Rosenheim, dein Auto, in die Verwahrstelle. Weißt ja, wo die ist.«

24

Als ich meine Zimmertür aufsperre, höre ich den Abschleppwagen bereits die Kette herunterlassen und habe keine Zeit mehr, meine Schuhe anzuziehen. Die Morgensonne scheint durch die Kastanienblätter und macht helle Tupfen auf meine nackten Füße, als ich die Treppenstufen runterlaufe in die Gaststube. Am Stammtisch schauen mir drei Menschen entgegen, und ich fühle mich wie eine Kellerassel unterm Fußabstreifer, wenn der Frühjahrsputz begonnen hat.

»Na also«, sagt die Babsi und gibt dem Uwe und der Mama die Eisenkette wieder. »Ich hab euch doch gesagt, wenn wir damit rasseln, funktioniert es.«

Sie hakt mich vor allen unter, und ich kann nichts dagegen machen, dass sie mit mir aufs Zimmer kommt. Auch nicht, dass sie die Balkontür aufreißt und mir eine Predigt hält, dass Sich-im-Zimmer-Einsperren Problembewältigung auf dem Niveau von Dreizehnjährigen ist.

»Obwohl, wenn man sich so anschaut, wie du hier wohnst, dann passt das natürlich auch wieder.«

Das geht bei mir da rein, da raus, und ich frag die Babsi, ob das alles ist, was sie mir sagen will.

»Nein. Ich bin da, weil wir dich brauchen. Du darfst nicht aufgeben, nur weil die Perez unschuldig ist.« Sie wedelt mit dem Handtuch über dem Kopf Frischluft ins Zimmer. »Ich will, dass mein Kind in einer Umgebung aufwächst, in der alles seine Richtigkeit hat. Und nicht in einer, in der am Ende ein Mörder frei herumläuft.«

Ich meine, dass doch alles tipptopp seine Richtigkeit hat, der Ammetsbichler seine letzte Ruhe gefunden hat und das Leben weitergeht wie bisher.

»Aber da stimmt was nicht mit diesem Toten. Sagt dein Uwe auch.«

»Der Uwe sagt das nur, solange ich ihm fünfundzwanzig Euro in der Stunde dafür zahle.«

»Also, als ich ihn gestern besucht habe, hat er durchaus den Eindruck gemacht, als wäre er davon überzeugt.«

»Du warst beim Uwe?«

»Bleibt mir ja nichts anderes übrig, wenn du mir nicht zuhören willst.«

Während mein Kopf vergeblich versucht, meine schwangere Ex und meinen Freund Uwe zusammen in ein Bild zu montieren, macht sie die Tür auf und schreit nach draußen: »Du kannst hochkommen!«

Ich höre schwere Schritte auf der Treppe, und die Babsi meint: »Wir haben nämlich eine Überraschung für dich.«

»Digger«, sagt der Uwe und bleibt in der Tür stehen. »Ich war original noch nie bei dir. Und ich dachte immer, ich wohne eher … ähm … beengt. Was ist das hier, ein Heimatmuseum?«

»Red nicht herum, der Lucky braucht jetzt keine Einrichtungstipps.«

»Äh, natürlich«, meint der Uwe und stellt eine Kühltasche auf meinen kleinen Tisch.

»Mach auf!«

Der Eistransporter kommt mit Reißverschluss, Henkel und allem Pipapo, und ich hole das erste Päckchen heraus, eingeschlagen in weißes Einwickelpapier mit dem rosa Schriftzug der *Gelateria Valentino*.

Zwei Kugeln Himbeere. Mit Waffel und Löffel obendrauf. Im nächsten Paket sind zwei Kugeln Vanille, Himbeervanille also. Astreine Kombi.

Mit Sorge sehe ich allerdings, dass ganz unten noch ein Päckchen in der Tasche ist, groß wie eine Männerfaust und eingerahmt von vier Kühlakkus. Denn drei Geschmäcker Eis, das kann der Mensch gar nicht verarbeiten, und die Leute, die vor der Eisdiele stehen und in Lichtgeschwindigkeit fünf Kugeln reinschlecken, die haben meiner Meinung nach nicht kapiert, worum es beim Eis geht.

»Noch mehr? Ich nehme nämlich immer nur maximal zwei Sorten, weil …«

»Das wissen wir«, sagt die Babsi ungeduldig. »Nun mach schon. Wir dürfen die Kühlkette nicht so lange unterbrechen.«

Das klingt schon besser. Ich weiß nämlich, was für einen Aufstand der Valentino immer mit seinem Tiramisu macht, weil es schnell schlecht wird wegen der rohen Eier.

»Ist kein Tiramisu«, brummt der Uwe und langt in die Kühlbox.

»Oh«, sage ich. »Schade. Sahne?«

»Nö. Herz.«

»Bitte?«

»Herz.«

Der Uwe schlägt das Papier vom Valentino auseinander und hält mir einen in Plastikfolie eingewickelten dunkelroten Knödel hin.

»Mit einem schönen Gruß vom Frohberger.«

25

Das Eis in den Bechern ist längst zu einer rosa und einer cremefarbenen Soße geschmolzen, da liege ich immer noch in meiner Hängematte und schaue starr geradeaus aufs Geröllhartinger Tal.

»Ich dachte, du freust dich«, sagt die Babsi und stützt sich aufs Balkongeländer. »Auf der Urnenbeisetzung hat der Frohberger nach dir gefragt, und dann hab ich gesagt, es geht dir nicht so gut. Weil du denkst, der Ammetsbichler ist keines natürlichen Todes gestorben und jetzt, wo er eingeäschert worden ist, kann das keiner mehr nachweisen.«

Wir sehen dem Uwe nach. Auf dem Gemeindelaster scheppern die Schaufeln und Rechen gegen den Gitterkorb, in dem sie stehen.

»Und dann hat der Frohberger angefangen, mit mir zu reden. Du weißt doch, wie das ist bei mir. Ich bekomme immer alles erzählt von den Leuten.«

»Ich weiß. Weil du einen immer so anschaust mit Augen wie eine Kuh.«

Ich versteh nicht ganz, warum die Babsi sich jetzt aufregt. Soll sie sich ihre Glupscher doch mal im Spiegel anschauen: groß, braun und mit Wimpern wie Schmetterlingsflügel.

»Also, was hat er dir jetzt erzählt, der Frohberger?«, frage ich.

»Weil er ja anfangs nicht wusste, ob Erde oder Feuer, sagt er, hat er dem Ammetsbichler sowieso die Organe entnommen.

Und weil du bei ihm warst und nachgefragt hast, hat er sich gedacht, er hebt das Herz mal lieber auf.«

»Ich sag euch nur eins: Lasst mich in Ruhe damit. Wegen mir hat sich schon jemand richtig schlimm die Finger verbrannt. Das reicht.«

Die Babsi seufzt und geht erst mal aufs Klo. Als sie wiederkommt, bleibt sie neben meinem Bett stehen. »Was ist das?«

»Wonach sieht's denn aus?«

»Du hast meine Bürste seit vier Jahren auf deinem Nachttisch liegen?«

»Na ja«, meine ich, »wenn ich mal Damenbesuch habe, der sich die Haare bürsten will, ist das doch praktisch.«

Die Babsi legt die Bürste wieder unter die kleine Lampe mit dem rot-weiß karierten Lampenschirm. »Also, ich geh jetzt.«

»Gut.«

»...«

»Du, Babsi?«

»Hm?«

»Was wollt ihr denn eigentlich jetzt machen mit dem Herz?«

»Ist dir doch egal, oder?«

»Natürlich ist es mir egal.«

Die Mama marschiert mit zwei Tellern durch den Biergarten. Dem Wirsing riecht man es sogar von hier oben an, dass er ein altes Traditionsgemüse ist.

»Also, ich mein ja nur rein theoretisch, was hättet ihr denn damit gemacht, wenn ich gesagt hätte, das interessiert mich?«

»Eine Probe davon ans Rechts der Isar geschickt.«

»An einen Gerichtsmediziner?«

»Nein. Ich kenne da einen Toxikologen. Aus meiner Ausbildung.«

Die Babsi hält die Nase in die Föhnsonne, und ihre Augen glitzern im Licht.

»Was sagt der Steff dazu?«

»Nix.«

»Nix wie *macht nix* oder nix wie *hab ich ihm gar nicht erst erzählt?*«

»Nix wie gar nix. Weil er nicht weiß, dass ich den Oberarzt vom Giftnotruf ganz gut kenne.«

Auf dem T-Shirt von ihr ist so ein Peace-Zeichen aus Glitzersteinchen, und sie zupft daran herum, obwohl alles so glatt sitzt wie ein Chiemseekiesel.

»Aha, na gut. Das Herz interessiert mich trotzdem nicht.«

Ich strecke mich aus, damit ich in Ruhe zwei Blätter Zigarettenpapier zusammenkleben kann. Wenn ich schon mal auf bin, kann ich auch gleich noch an den See fahren.

»Und was ist mit deinem kriminologischen Riecher?«

»Der ist im Urlaub.«

»Und dass du so ein guter Polizist geworden wärst?«

»Vergiss es.«

Irgendetwas hat sich gerade verschoben, stimmungsmäßig. Ich kann aber jetzt nicht direkt den Finger darauf legen.

»Willst du denn ewig so weitermachen: mit einem Job, den du nicht magst, und bei deiner Mama wohnen, in dem Kaff, in dem du aufgewachsen bist?«

Ich zucke nur die Schultern und rolle das Zigarettenpapier zu einem kleinen Knödel zusammen, weil ich gerade festgestellt habe, dass der Grasbeutel leider leer ist.

»Mensch, Lucky, du musst doch mal den Hintern hochkriegen. Sieht man doch, dass du hier nicht glücklich bist. Aber gleich sagst du wieder, du kannst deine Mama nicht allein lassen.«

»Ich kann die Mama nicht allein lassen.«

Ich schau rüber auf die andere Straßenseite, wo die Jolly steht und treu auf mich wartet. Obwohl die Sonne auf die

Motorhaube scheint, glänzt der Lack nicht, und die Scheibe ist trüb vom Pollenstaub. Zwei Tropfen lösen sich kurz nacheinander vom Fahrzeugboden und fallen in eine kleine Pfütze. Die Jolly hat es echt verdient, dass ich mich wieder aufs Wesentliche konzentriere.

Die Babsi schüttelt den Kopf. Und dann geht sie und lässt mich in meiner Hängematte liegen. Und ich gehe ihr nicht hinterher.

26

Ich nehme die Hintertür, damit ich der Mama nicht über den Weg laufe. Nach der Zeit in meinem Zimmer tut mir die Sonne in den Augen weh. Da ist es direkt angenehm, die Straße zur *Alpensau* hochzufahren, an der das Hellste die Tannenzapfen sind, die in den dunkelgrünen Tannen hängen. Mehr Nebel und mehr Öd gehen nicht. Ich fahre in die Wolkensuppe hinein wie in eine weiche Wand und merke erst, dass ich am Ziel bin, als sich die Straße zum Parkplatz öffnet.

Der Beppo und der Juri lehnen am Jeep vom Ammetsbichler und rauchen Zigarillos, die aussehen wie Zweige von einem uralten Zwetschgenbaum. Das ist gut, weil ich dann nicht näher an das Haus von der Liesl muss.

»Willst es angehen, mit deiner Schäsen, deiner verhunzten?«, begrüßt mich der Beppo.

Ich meine, ja und dass ich gern einen Termin zum Lackieren ausmachen würde, und zwar für nächste Woche.

»Wenn, dann sofort«, sagt der Juri. »Ich fahre heute zu meinem Bruder nach Wasserburg.«

Ich schaue zur Jolly. »Das kommt jetzt ein bisschen plötzlich. Wie komm ich dann wieder heim?«

»Kein Thema, da nimmst einfach derweil den Landrover. Den will die Liesl eh nicht fahren.«

Der Beppo klopft dem schwarzen Geländewagen an die Seite wie einem braven Pferd.

»Okay, Juri, nimm sie mit«, sage ich und muss mich schnell bücken, um ein paar Kastanienblütenblätter von meinen Cowboystiefeln zu wischen. »Schnell.«

Eigentlich mag ich keine Autos, an denen man sich zum Einsteigen hochziehen muss. Wenn ich die Leute von oben sehen will, dann fahr ich mit der Gondel. Aber einem geliehenen Auto schaut man nicht unter die Motorhaube, und so trete ich den Jeep vom toten Ammetsbichler bis zum Anschlag, damit die Jolly nachher nicht sagen kann, ich wäre so nett zu ihm gewesen. Er powerslidet ziemlich mittelmäßig, aber dann zieht er gar nicht so schlecht. Wobei ich mich schon frage, wozu eigentlich so ein Überrollbügel gut sein soll, weil ich mich nicht erinnern kann, auf der Salzburger Autobahn jemals eine Büffelherde gesehen zu haben. Dafür kann ich an meinen Platz am See so weit ans Wasser fahren, wo mir sonst das Sportfahrwerk von der Jolly im Kies aufgesessen wäre.

Ich starre kurz vor mich hin, aber es ist nicht das Gleiche, so ohne Musik und mein Entspannungsprogramm. Also rufe ich den Uwe an, um wenigstens meinen Abend zu planen. Ich habe jetzt schließlich wieder Zeit. »Vergissmeinnicht, Maßliebchen!«, meldet er sich.

»Was ist denn mit dir los? Willst du mich anbaggern?«, frage ich.

»Niemals«, sagt der Uwe. »Ich habe dir heute schon ein Herz geschenkt, und du hast es verschmäht. Ich dachte, die Frau Bürgermeister ist am Telefon.«

»Was willst du denn von der?«

»Sie will was von mir, nämlich das Farbkonzept für die Blumenrabatten. Für die Urkundenverleihung. Alles in Weiß-Blau, damit der Sicherste Ort Oberbayerns rechtzeitig in schönster Blüte steht, verstehste? Und heute Abend Krimigucken klappt auch nicht, ich bin nämlich zum Fitting eingeladen!«

»Zum was?«

»Zum Fitting. Für die Lederhosen. Wer für die Gemeinde arbeitet, bekommt zum Festakt von der Frau Bürgermeister eine Tracht spendiert. Maßgeschneidert. Du bekommst sicher auch eine, wenn du schön Bitte sagst.«

»Niemals. Ich lass mich doch nicht mit einer Lederhose bestechen.«

»Wenn du meinst – und apropos: Ich krieg noch 'ne Stange Kohle von dir. Fürs Ermitteln. Teures Hobby haste dir da ausgesucht!«

Der Uwe verabschiedet sich, er muss in die Staudengärtnerei zwecks Vergissmeinnicht-Maßliebchen, und ich klappe die Sitzlehne nach hinten. Ich döse auch tatsächlich ein wenig ein, aber hinter meinen geschlossenen Lidern tanzt der tote Ammetsbichler einen Reigen mit dem Beppo, die Liesl schunkelt mit der Perez, die Babsi mit dem Steff, der Juri winkt aus dem Fenster der Jolly, die Frau Bürgermeister singt mit dem Ramsauer ein Schnadahüpfl, und immer mal wieder taucht in dem ganzen Trubel eine blonde Haarwolke auf, allerdings in Begleitung von dicken Dreadlocks. Ich fahre hoch und starre wieder eine ganze Weile auf den See. Und melde mich bei der Angerer. Freiwillig.

»Lämmermeier? Haben Sie Ihren Burn-out überwunden?«

Die Angerer sagt »Burn-out« wie ein Rosenzüchter »Blattlaus« sagen würde, und es tut mir sofort leid, dass ich sie angerufen habe.

»Hören Sie, ich kann mich auch wieder ins Bett legen. Ansonsten kann ich Ihnen gerne mitteilen, was ich mir an Themen überlegt habe, und ab morgen wieder auf der Matte stehen.«

Man könnte meinen, die Angerer hat wieder aufgelegt, aber ich kann Attila fiepen hören. Der erkennt sicher meine Stimme und hofft, dass ich komme und mit ihm Gassi gehe. Ich nehme ihr Schweigen als Aufforderung und erzähle der Angerer vom Wirsing als Traditionsgemüse und von den geplanten Blumenrabatten in Weiß-Blau. Die Angerer kriegt kein Wort über die Lippen trotz meinem Feuerwerk an guten Ideen, sondern meint nur, dass sie mich morgen früh zur Themenkonferenz der Wochenendausgabe erwartet, und legt auf.

In der kleinen Bucht schwappt das Wasser wie im Spülbecken vom Huberwirt, der See ist randvoll wie immer um die Zeit, wenn das komplette Schmelzwasser von den Bergen im See gelandet ist. Ich lasse den Motor wieder an und will mich rückwärts vom Acker machen. Aber die letzte Dampferwelle hat den schweren Jeep ziemlich tief in den Kies gespült, und die Hinterachse sackt mit jedem Tritt aufs Gas mehr nach unten.

»Aber das ist doch ein Geländewagen«, murmle ich. »Wie kann der im Kies stecken bleiben?«

Der Beppo klingt am Telefon, als hätte er schon ein paar hochgeistige Vitamingetränke intus. »Mei, du musst den Allrad auch einschalten, Depp, der …«

Er bricht mitten im Satz ab, und ich weiß nicht, ob er einfach aufgelegt hat oder ob ihm das Handy in den Obstler gefallen ist. Ich rucke kräftig an dem Hebel, den ich hinter der Handbremse entdeckt habe, denn bei fremden Autos ist es wie bei fremden Hunden: nur keine Furcht zeigen. Hilft aber nichts.

Bei diesem Auto hat allein das Handschuhfach mehr Komfort als jedes Zimmer vom Huberwirt. Auf der Suche nach der Bedienungsanleitung muss ich eine Plastiktüte vom Hagebau zur Seite räumen. Der Inhalt klimpert Metall auf Metall, und ich schaue hinein, wie man aus reiner Gewohnheit am Sonntag den Briefkasten aufmacht.

Aber dann schütte ich den Inhalt auf den Beifahrersitz, und meine Gehirnzellen klicken wie ein Zahlenschloss, bei dem jemand nach der richtigen Kombination sucht.

Endlich springen sie in die richtige Position, das Getriebe auch, und der Jeep wühlt sich rückwärts aus dem Kies, weil ich meinen Fund sofort dem Steff zeigen muss.

27

Die Geröllhartinger Polizeistation ist stressmäßig wie immer hart am Anschlag. Der Steff liest eine Zeitung mit viel Bild und wenig Schrift, und die Karin hat eine Haarsträhne vors Gesicht gezogen und schnippt mit einer Schere daran herum.

»Na, Lucky, was macht der Burn…«

»Bitte schön! Aus dem Handschuhfach vom Ammetsbichler Jeep!«, schreie ich und knalle die Spraydosen auf den Tresen.

»Was ist das?«, fragt mich der Steff. »Eine Spraydose?«

»Nein, drei! Und zwar in Schwarz, Rot und Weiß. Das müsste als Beweis reichen, oder?«

»Gibt's ja nicht«, ruft der Steff, und auch die Karin hört mit ihrer Splissfahndung auf.

»Allmächtiger!«, ruft sie. »Der Tote war der Vandale?«

Der Steff schüttelt die Dosen und lässt die Kugeln darin klackern. »Ungefähr halb leer. Aber warum soll dir der Ammetsbichler das Auto versaut haben? Und warum auch das Auto vom Herrn Pfarrer?«

»Vielleicht wollte er Kunden gewinnen für die Lackiererei?«

Für so eine wie die Karin ist das eine ziemliche Sternschnuppe, die da in ihrem Gehirn aufglüht. Ich glaube trotzdem, dass sie nicht recht hat.

»Schon möglich. Das wäre dann also für den Bruder vom Juri gewesen. Aber: Warum gibt sich jemand dann so eine Mordsmühe, mit drei verschiedenen Farben? Damit ein Lackierer etwas zu tun hat, muss man nur einmal mit der Spraydose übers Auto, fertig.« Ich rede lauter, um meinen Klingelton zu übertönen, und hole mein Telefon aus der Tasche. »Und es erklärt immer noch nicht, warum nur der Herr Pfarrer und ich … Lämmermeier hier, hallo?«

»Na, Digger, alles klar auf der Andrea Doria?«, fragt der Uwe. »Ich habe hier was, das musst du dir unbedingt ansehen.«

Bevor ich mich aufregen kann, dass er auflegt, ohne mir zu sagen, was zum Teufel er meint, schickt er eine Nachricht hinterher. Und noch eine. Eine Adresse. Und ein Foto.

»Ich muss los«, meine ich zu den zwei Gesetzeshütern und greife nach dem Autoschlüssel.

»Halt«, sagt der Steff, »der Jeep vom Ammetsbichler bleibt da. Oder hast du den Wagen geerbt?«

Ich muss fast fünfunddreißig Euro für ein Taxi ausgeben, weil die Adresse von der Staudengärtnerei in Rimsting ist, und das ist original auf der anderen Seite vom See.

Von unterwegs ruf ich die Babsi an.

»Babsi«, sag ich, »ruf deinen Toxikologen an. Ich will unbedingt wissen, ob den Ammetsbichler jemand umgebracht hat. Denn das Schwein hat es echt verdient.«

Die Babsi sagt, sie kann jetzt nicht sprechen, weil sie in der Praxis ist, aber dass es schön ist, dass der Patient wieder in alter Form ist. Und dass sie in der besagten Angelegenheit besagte

Proben schon längst an besagtes Labor geschickt hat. Weil sie sich schon gedacht hat, dass sich das Blatt noch wendet. Und sie wünscht mir noch einen schönen Tag und dankt für den Anruf.

An der Staudengärtnerei steht der Gemeindelaster vor einem ockergelben Wohnhaus und ein paar Gewächshäusern. Der alte Traktor daneben ist auf dem Foto, das mir der Uwe gerade geschickt hat. Ein Oldtimer mit einem metallenen Schalensitz ohne Führerhaus, bis auf die roten Felgen in einem schönen Hellgrau lackiert, auf dem das Graffiti auf der Motorhaube richtig gut zu erkennen ist.

»Warst du wegen der Schmiererei nicht bei der Polizei?«, rufe ich einem ziemlich zugewachsenen Menschen entgegen, der auf mich zumarschiert.

»Weil mir das vielleicht wurscht ist, wenn mir einer den Traktor ansprüht«, grunzt der Bärtige. »Ich geh doch nicht wegen jedem Dreck zu den Bullen.«

»Aber«, ich deute die Einfahrt hinunter, die hinter der Gärtnerei an einem Bahndamm endet, »merkst du das nicht, wenn da einer ankommt und rumsprüht?«

»Da wird viel gesprüht, wenn die Nacht lang ist«, brummt der Gärtner und deutet auf die Gewächshäuser, die zu den Gleisen hin in der Tat alle ziemlich bunt aussehen. »Da hat's halt auch einmal den Bulldog erwischt. Hab ja nicht gewusst, dass es noch mehr Autos getroffen hat, das hat mir der Uwe gerade erst erzählt.«

»Hast du denn den Ammetsbichler gekannt?«

»Den Großkopferten von der *Alpensau*? Ah geh, mit dem hab ich nix zum Schaffen gehabt!«

»Aber was haben ich, der Herr Pfarrer und so einer wie du für eine Schnittmenge?«

»Erstens bin ich nicht so einer, sondern der Sepp«, sagt der

Wildmoser. »Und zweitens bin ich mir ziemlich sicher, dass der Herr Pfarrer und ich nichts gemeinsam haben. Und eine Schnittmenge schon gar nicht.«

Der Uwe taucht in der Haustür auf und macht sich auf den Weg zu uns.

»Hm. Darf ich mich mal ein bisserl umschauen?«, frage ich den Grizzly. Der schüttelt streng den Kopf und schaut den Uwe an, aber der hebt den Daumen.

»Der Lucky ist gechillt«, meint er. »Früher hat er jeden zu den Bullen geschleift, der nur 'ne falsche Blume gepflückt hat, aber inzwischen konzentriert er sich mehr aufs Wesentliche.«

Über den Eingängen der drei Gewächshäuser hängen ordentlich beschriftete Tafeln. *Rosen. Balkon und Terrasse. Bauerngarten.* Meine Lieblingsfeindin Walburga Angerer würde sich hier fühlen wie im Paradies. Ich aber laufe herum wie ein gamsbärtiger Tourist auf der chinesischen Mauer: ohne Ahnung, was das alles mit mir zu tun haben soll. Der Weg endet an einem Holzschuppen. Um ihn zu umrunden, muss ich mich durch ein paar Büsche kämpfen. Dafür entdecke ich dahinter noch ein kleineres Gewächshaus. Im Gegensatz zu den anderen sieht es von außen aus wie ein ungeputztes Aquarium. »Achtung Schädlingsbefall«, steht auf dem Schild davor. Weil ich keine Lust habe, später Kartoffelkäfer aus meinen Stiefeln zu schütteln, will ich schon auf den Weg zurückgehen, als ich sehe, dass die Tür auf steht. Anscheinend war der Wildmoser Sepp hier gerade am Werkeln. Ich mache einen Schritt in den Dschungel hinein und finde die wandhohen Büsche und Bäume ziemlich üppig für ein Pflanzenkrankenhaus. Es ist weit und breit keine Blattlaus zu sehen, aber nach einem weiteren Schritt stehe ich vor einer Glaswand. Ein Gewächshaus im Gewächshaus. Fransige Blätter drücken von innen an die beschlagenen Scheiben, weiße Stablampen leuchten unter dem niedrigen Giebel. Ich stoße die kleine Tür auf und muss sofort die Luft anhalten. Und auf einmal ist mir sonnenklar, an wen sich der Uwe wendet, wenn bei ihm die Pfeife wegen Rohstoffmangel kalt wird.

Als ich leicht verschwitzt aus der grünen Hölle der Hanfpflanzen zurückkehre, verstehe ich aber immer noch nicht, wieso das den Ammetsbichler in irgendeiner Form interessiert haben könnte. Und wie der Herr Pfarrer da irgendwie ins Bild passen soll.

Der Wildmoser scheint ein ziemlicher Ökosepp zu sein, jedenfalls hat er eine Menge Sonnenkollektoren auf dem Dach, und unter einem Carport hinterm Haus steht ein verbeulter japanischer Hybrid der ersten Generation. Es passt dazu, dass auf dem Kofferraumdeckel »Atomkraft nein danke« und »Nein sagen zur Gentechnik« steht. Daneben allerdings prangt ein neuerer Aufkleber, und als ich den sehe, nagelt es mich vor Überraschung erst einmal so auf der Stelle fest, dass sich glatt ein Zitronenfalter auf meine Schuhspitze setzt. Weil so ein Insekt natürlich nicht kapiert, dass mich meine Schlangenlederstiefel eindeutig vom Baum unterscheiden.

Ich finde Gärtner und Gemeindediener auf der Bank vor dem Haus. Der Sepp schaut entspannt aus, und der Uwe sogar ein bisschen mehr als das.

»Sepp!«, rufe ich. »Seit wann genau bist du Mitglied bei *Tiere sind Familie*?«

»Ha?«

»Du hast den Aufkleber auf dem Auto. Sieht noch ganz neu aus.«

»Mei«, brummt der Sepp und kratzt sich den Vollbart. »Seit ich das letzte Mal in der Stadt war. Da war so ein Has, so ein blonder, und dann hab ich mir gedacht, die schaut nett aus, und gegen Massentierhaltung sein, das macht immer Sinn.«

»Wann warst du denn das letzte Mal in der Stadt?«

»Hm. Anfang letzter Woche. Da hab ich eine Lieferung gehabt. Die Oleander für die Fußgängerzone aus dem Winterquartier bringen.«

Der Sepp holt eine Federwaage aus seiner Schürzentasche, langt noch einmal hinein und zieht drei Plastikbeutelchen heraus, einen in Maikäfergröße, einen mittleren im Grießnockerlformat und einen runden, groß wie ein Kartoffelknödel.

»Kurz vor dem 1. Mai?«

»Schon. Warum?«, fragt er mich zurück und hält dem Uwe die drei zugeschweißten Päckchen hin. Der Uwe wiegt den Kopf und tippt dann auf das Grießnockerl. Ich finde seine Wahl viel zu bescheiden, versuche mich aber darauf zu konzentrieren, was ich gerade herausgefunden habe.

»Weil ich glaube, dass die Mitgliedschaft bei dem Verein der Grund ist, warum der Ammetsbichler unsere Autos angesprüht hat. Nicht dass da ein großer Künstler an ihm verloren gegangen ist. Aber anscheinend ist er von Mal zu Mal besser geworden. Bei deinem Traktor habe ich kapiert, was er eigentlich malen wollte.«

»Na, moderne Kunst, ist doch ganz klar«, meint der Uwe und grapscht sich doch noch schnell den großen Knödel mit dazu, bevor der Sepp das Gras wieder verschwinden lässt.

»Nein«, widerspreche ich. »Er wollte das Logo von *Tiere sind Familie* kopieren, allerdings kreuzweise durchgestrichen. Das muss ihn richtig aufgeregt haben, dass wir da Mitglied geworden sind.«

»Ja mei. Ferkelzüchter gegen Tierschutzverein, das ist jetzt nicht so, dass es einen da vor lauter Überraschung aus den Schuhen haut, wenn die sich nicht vertragen«, brummt der Wildmoser und hält sich die Waage vor die Augen. »Fünf, sieben, zehn Gramm. Passt.«

Er schiebt die kleine Federwaage wieder in die Schürzentasche und die zwei Plastikbeutel zum Uwe.

»Ja, schon, aber mit fünfhundert Viechern, da ist man doch noch keine Massentierhaltung?«, meine ich nachdenklich. »Und jetzt ist der Ferkelzüchter tot, und unsere Autos sind versaut. Und es ist nicht so, dass der Tierschutzverein den Namen seiner Mitglieder im Internet postet.«

Als der Uwe hört, dass er die Nummer von Fritzis Supervisor herausfinden soll, macht er ein Gesicht, als wäre ihm gerade der Motor abgestorben. Aber er tippt auf seinem überbreiten Handy herum, und ich kann quasi sofort den Hirtenhund von der Fritzi anrufen.

»Hamdacher!«, meldet sich der mit energiegeladener Gewinnerstimme.

»Hier ist die Presse.« Ich stehe auf, um durch Zwerchfellatmung ebenfalls meine Telefonpräsenz zu verbessern. »Wie kann es sein, dass ein Gegner Ihrer Organisation die Daten Ihrer Mitglieder in die Hände bekommen hat?«

»Das kann nicht sein. Datenschutz wird bei uns absolut großgeschrieben! Wer sind Sie überhaupt?«

»Lucky Lämmermeier, *Chiemseewoche!*«

»Und Sie behaupten, dass wir Daten … Moment, wir kennen uns doch, oder?«

Kurze Pause.

»Fritzi, rate mal, wen ich hier am Apparat habe. Deinen Lucky!«, ruft er dann nach hinten.

Die Art und Weise, wie er »deinen Lucky« sagt, geht mir durch Mark und Bein, und ich lege auf und lasse mich zu den Jungs auf die Bank fallen.

»Er sagt, es ist unmöglich, dass der Verein ein Datenleck hat.«

»Ist doch jetzt erst einmal wurst«, sagt der Uwe und reicht mir die Rauchwaren. »Ich guck mir morgen mal die Seite an, wenn du willst. Jetzt machste dir erst einmal richtig locker.«

Eigentlich ist es auf dieser Seite vom Chiemsee auch schön. Weil man Wasser und Berge gleichzeitig sehen kann. Die Abendsonne scheint auf meine Cowboystiefel, in meinem Rücken donnert ein Zug vorbei. Gerade als ich überlege, wie es wohl der Jolly geht, so ohne mich, bekomme ich eine SMS. Ich wedle den Rauch weg und versuche, aufs Display zu schauen. Sie ist vom Landlbauer.

»Scheiße«, sage ich zu den zwei Jungs und gebe den Joint an meinen neuen Freund, den Wildmoser Sepp, weiter. »Das hab ich total vergessen. Ich hab heute ein Blind Date.«

»Vielleicht deine kleine Puderzuckerelfe?«

»Niemals. Die ist mit ihrem Supervisor beschäftigt.«

Der Uwe grinst wie einer, der seinen Eber zum Begatten bei der Torpedosau in Grub angemeldet hat.

»Dann ist es halt eine andere schicke Biene.«

»Vergiss es«, erwidere ich. »Ich habe heute noch nicht mal ein Auto. Und nach Hause zum Umziehen schaff ich es auch nicht.«

»Aber man muss die Mädels feiern, wie sie fallen!«

»Und wie komme ich da hin? Willst du mich mit dem Laster mitnehmen? Toller Auftritt wär das. Oder schon wieder ein Taxi?«

»Nö«, sagt der Uwe. »Das Geld für den Vanillebomber sparste dir. Ich habe eine andere Idee. Vorausgesetzt, der Sepp spielt mit.«

28

Auf dem Weg zum Valle werfe ich dem Antonius ein paar Münzen in den Brunnen, die ich in der Hosentasche gefunden habe. Pfennige, nicht Cents. Im Schaufenster vom Gaissmayer überprüfe ich mein Spiegelbild. Der Firmanzug vom Wildmoser passt an den Schultern wie angegossen. Die Hosenbeine allerdings stehen auf Jahrhunderthochwasser, und ich stecke sie besser in meine Cowboystiefel. Als der Gaissmayer mich sieht, kommt er gleich herausgeschossen und will wissen, ob ich zum Fitting komme.

»Auf keinen Fall. Ich habe ein Lederallergie.«

»Da schau her«, sagt er und starrt nachdenklich auf meine Cowboystiefel. »Das sieht man.«

Er verschwindet wieder in seinem Laden, gerade als die Kirchturmuhr sieben schlägt und es höchste Zeit ist, zum Valentino zu gehen. Ich gehe an einem Touripärchen vorbei, das auf der rot gestrichenen Bank neben den Oleanderkübeln sitzt und bei dem man nicht erkennen kann, wo das Männchen aufhört und das Weibchen anfängt. Die beiden schnäbeln so dermaßen, dass man das Schmatzen und Schlecken bis zu mir hört. Ich drehe mich erst schnell weg, schau dann aber doch noch einmal genauer hin. Wenn alles gut läuft und der Landlbauer mein Date wirklich so handverlesen hat, sitze ich vielleicht in ein paar Tagen genauso auf dieser Bank. Und dann kann die Fritzi zusehen, wo sie bleibt.

Vor der Eisdiele steht eine richtige Menschenmenge, weil anscheinend noch ein paar Leute mehr draufgekommen sind, dass ein gescheites italienisches Eis eine super Mahlzeit ist. Das macht nichts, denn der Landlbauer hat drinnen das Separee reserviert, die Eckbank unter dem Poster mit dem Kussmund und Kirsche. Ich sehe leider auf einen Blick, dass in der ganzen Eisdiele keine blonde Haarwolke zu sehen ist. Unter dem Poster mit der Kirsche sitzt allerdings schon jemand, und ich kann nur hoffen, dass mein Date nicht das Weite gesucht hat, weil der Tisch bereits besetzt war.

»Was machen Sie hier?«, zische ich den Eindringling an und freue mich noch nicht einmal, dass der Attila mich begrüßt, als wäre ich ein wandelndes Leckerli. »Ich habe hier reserviert!«

»Das Gleiche könnte ich Sie fragen, Lämmermeier«, meint die Angerer. »Für Sie habe ich gerade echt keine Zeit.«

Ich knalle den Blumentopf vom Wildmoser auf den Tisch. Es kann nicht angehen, dass mir die Angerer nicht nur die Arbeit, sondern auch noch das Privatleben versaut. Bevor ich ihr das aber klarmachen kann, nimmt sie das Topfgemüse an sich, und ihre Augen werden so groß wie der Vollmond im August.

»Ausgerechnet Sie haben Blumen dabei?«, meint sie langsam. »Für wen sind die denn?«

»Das geht Sie nichts an!«

Ich habe die Angerer noch nie in einem Kleid gesehen, aber heute trägt sie tatsächlich eine Art Kittel. Das Schlimme daran ist aber nicht, dass ich mir deswegen ihre Krautstampfer anschauen muss, sondern dass das Kleid ein ganz spezielles Muster hat.

»Was ist das?«, frage ich und deute auf einen der gelben Kreise mit dem gezackten Rand, dunkelbraunen Mittelpunkt und einem grünen Strich darunter.

»Sagen Sie bloß, Sie wissen noch nicht einmal, wie eine Sonnenblume aussieht«, antwortet die Angerer und stellt den Blumentopf vorsichtig wieder auf den Tisch. »Hm. Schon komisch. Ich trage ein Kleid mit Blumenmuster, und Sie kommen hier mit einem Maßliebchen an.«

Sie schweigt eine Weile. Ich auch. Nur Attila legt die Schnauze zwischen die Pfoten, zieht die Dackelbrauen hoch und fiept leise.

Und auf einmal schreit sein Frauchen ganz laut: »Valle, einen Schnaps! Einen doppelten!«

»Für mich auch einen«, flüstere ich und lasse mich neben meine Chefin sinken, weil mich auf einmal eine sehr große Schwäche packt.

Die Angerer kippt sich den Hirschen hinein wie Wasser und bestellt gleich einen zweiten hinterher. Keiner von uns sagt etwas. Die Angerer nimmt noch einmal den Blumentopf hoch und dreht ihn hin und her.

Und beginnt nach Luft zu schnappen wie eine Chiemseerenke auf dem Trockenen.

Als sie loslacht, haut es dem Maßliebchen die Blütenblätter nur so durch die Gegend. Ich schaue mir erst ihr schlimmes Kleid an und dann an mir herunter auf den Firmanzug vom Wildmoser, und es hüpft auch in meiner Lunge, als würde ich über Kopfsteinpflaster fahren.

»Lämmermeier«, keucht die Angerer, während uns der Attila und der Valentino wie zwei Geisteskranke ansehen. »Wissen Sie was, da können wir jetzt auch nichts machen. Ich bin die Walburga, und du kannst ruhig Wally zu mir sagen.«

»Hat er zu dir auch *handverlesen* gesagt?«, frage ich und wische mir die nassen Wangen.

Sie nickt und schlägt sich ans Herz. »Kalt, kalt sind sie geworden«, macht sie den Landlbauer nach, und danach dauert es ziemlich lange, bis wir beide wieder sprechen können.

»Was machen wir jetzt mit dem angefangenen Abend?«, fragt mich die Angerer, als wir uns wieder gefangen haben, und wedelt mit ihrem leeren Glas Richtung Valentino.

»Weiß nicht. Ich weiß nur, dass der Landlbauer von mir denkt, ich würde jede Frau auf Händen tragen.«

»Das kannst du bei mir gleich komplett vergessen«, johlt die Angerer und kneift sich in die stämmigen Seiten.

Als wir eineinhalb Stunden später aus der Eisdiele kommen, gehe ich an den Fenstern der Polizeiwache in die Knie, weil ich keine Lust habe, dass der Steff herausschaut und mich fragt, ob ich in dem Zustand wirklich noch meine Abteilungsleiterin nach Hause bringen will.

Als die Wally vor dem Traktor vom Wildmoser Sepp steht, ist es wieder total vorbei mit uns beiden, und es dauert eine Weile, bis sie und der Attila es auf den Sozius geschafft haben. Ich würge den Motor zweimal ab. Aber mit ordentlich Zwischengas knattern wir dann los, dass es von den Hauswänden nur so widerhallt.

Weil ich mich für das Privatleben meiner Kollegin nie interessiert habe, weiß ich nicht, wo sie wohnt, und will Richtung Chiemsee aus dem Ort fahren, wo der Chef und die Frau Bürgermeister ihre Eigenheime haben. Aber die Angerer schreit etwas und zeigt in die entgegengesetzte Richtung, und ich muss zweimal Anlauf nehmen, bis ich die richtige Ausfahrt erwische, weil die frische Nachtluft und der Hirschbrand meine Gehirnzellen ebenfalls in einen Kreisverkehr geschickt haben. Wir rattern am Edeka und am Kindergarten vorbei und eine schmale Straße mit vielen Schlaglöchern entlang, bis zu einer Siedlung aus nicht mehr ganz schicken Nachkriegshäusern.

»Ich habe noch eine Flasche!«, brüllt die Angerer gegen das Motorengeräusch an und zeigt auf ein kleines Haus mit nackten Fenstern. »Wie sieht's aus?«

Zum Einparken mache ich einfach einen Schlenker nach rechts auf den Bürgersteig, und die Angerer muss den Attila festhalten, damit er nicht unter dem Drahtbügel durchfällt, der als Rückenlehne auf den Radkasten geschweißt ist.

»Aber nur auf ein Glas!«

»Natürlich, was sonst?«, sagt die Angerer und schleift mich direkt ins Schlafzimmer.

29

Als ich wieder zu mir komme, ist es draußen hell, und etwas Nasses macht sich an meinem Bauch zu schaffen. »Holla«, murmle ich, noch total gelähmt, und verfolge mit verklebten Synapsen, wie sich eine Zunge von meinem Bauchnabel abwärts arbeitet. Schon komisch, dass ich gleichzeitig ein Schnarchen höre. Ein Schnarchen, wie es von einem asthmatischen Bernhardiner sein könnte. Und im allergrößten Notfall auch von einem nicht mehr ganz jungen Dackel. Und auf einen Schlag fällt mir ein, wo ich bin. Und ich sehe leider auch die Angerer vor mir, wie sie gestern Abend vor mir gestanden hat, bevor es mir das Licht ausgeknipst hat: eine Walküre, den Miederseiten des Quellekatalogs entsprungen.

Ich reiße ganz schnell die Beine an die Brust.

Der Attila winselt empört, als ihn mein Knie am Kopf trifft und es ihn mit Schwung von meinem Bauch und auf den Boden haut.

Ich sammle in maximalem Tempo meine Siebensachen auf, muss aber nach dem Bücken eine kurze Pause machen zwecks Stabilisation von Kreislauf, Gleichgewicht und Mageninhalt. Dann entschuldige ich mich bei dem Dackel in aller Form dafür, dass ich ihn mit seinem Frauchen verwechselt habe. Die Angerer nämlich liegt, alle viere von sich gestreckt, auf dem Bett und schnarcht wie ein Drache.

»Handverlesen«, murmle ich noch einmal und finde es irgendwie nicht mehr so lustig wie gestern Abend.

Der Attila flitzt mit mir aus der Tür, und ich bringe es nicht übers Herz, ihn wieder ins Haus zu verfrachten. Gemeinsam pinkeln wir an einen verrosteten Feuertopf, der in dem verwilderten Grasstreifen herumsteht. Hätte ich nicht gedacht, dass ausgerechnet der Garten von der Angerer so zerzaust aussieht.

In der *Chiemseewoche* steht der Chef neben der Gitti am Empfang und sieht zu, wie der Vollautomat einen Café crème fauchend in eine Tasse spuckt.

»Bevor Sie sich das nächste Mal über Nacht in die Recherche oder sonst wo hineinstürzen, melden Sie sich bitte bei Ihrer Frau Mutter ab, damit sie sich keine Sorgen macht. Sie hat ein paarmal bei uns angerufen, wo Sie bleiben. Da ist das Thema mit drin, Lämmermeier, dass mich das nicht interessiert, ob der Rosi der Milchreis kalt wird.«

Er nimmt den Löffel, den ihm Gitti hinstreckt.

»Und warum haben Sie den Attila dabei?«, fragt er. »Und vor allem: Warum haben Sie das da an? Sie schauen aus wie einer von *Miami Vice*, nur zu heiß geschleudert!«

Gott sei Dank kommt er bei diesem Vergleich ins Sinnieren und vergisst, was er mich gefragt hat.

»Miami Vice, Miami Vice … Da ist das Thema mit drin, dass meine Angelika ja nicht nach Florida will. In Miami, sagt sie, da ist es viel zu heiß. Ich glaube«, er wirft den Löffel gedankenverloren in den nächsten Papierkorb, »ich muss da noch einmal ein Wörtchen mit ihr reden.«

»Tolle Idee, Chef, Florida, ganz große Sache«, schleime ich ihn kurz zu, damit er mich in Ruhe lässt, und verziehe mich ins Büro. Dort stelle ich dem Attila erst einmal ein Wasser hin und brösle mir drei Kopfschmerztabletten direkt in eine

Sprudelflasche, damit ich meine Recherchen zum Datenleck bei *Tiere sind Familie e.V.* mit klarem Kopf angehen kann. Als ich allerdings den Uwe anrufe, sagt der: »Die Webseite ist sicher. Firewall, alles. Sieht nach menschlichem Versagen aus.«

Ich frage ihn, ob ich dem Hamdacher aus der Geschichte vielleicht trotzdem einen wunderbaren Strick drehen kann. Der Uwe meint, das weiß er nicht, und fragt, wie mein Blind Date gestern Abend gelaufen ist. Ich lege auf, ohne zu antworten, und starre bis zur Konferenz auf meine Schreibtischplatte.

Die Angerer glänzt auch im Konfi mit Abwesenheit. Ich sage dem Chef, sie ist in dringender Recherche zum Thema Vergissmeinnicht und Maßliebchen unterwegs, und setze mich freiwillig in die dunkelste Ecke, weit weg vom Sonnenlicht und vom Chef. Da bleibe ich auch, als der Ramsauer die Pressemitteilung überbringt, dass Herr Doktor Gillhuber, seines Zeichens Minister für Fremdenverkehr und Tourismus, die Feierlichkeiten zum Sichersten Ort Oberbayerns nicht nur mit seiner Anwesenheit beehren, sondern auch die Urkunde höchstpersönlich überreichen wird.

»Sie wollten doch immer den Titel haben, Lämmermeier!«, strahlt mich der Chef an. »Der Minister kommt – da haben Sie Ihren Aufhänger.«

»Aber ich habe noch eine ganz heiße Sache«, meine ich. »Wie wäre es denn damit, dass wir jetzt wissen, wer der Autovandale war?«

»Das ist doch schön, da können Sie jetzt sicher besser schlafen. Aber wir bei der *Chiemseewoche* setzen den Minister auf den Titel, basta.«

»Und was ist mit einem Datenleck? Angeblich hat der Tierschutzverein *Tiere sind Familie e. V.* die Daten seiner Mitglieder herausgegeben.«

»Schon eher«, erwidert der Chef. »Bleiben Sie an der Story dran, aber kommen Sie erst wieder, wenn alles Hand und Fuß hat. Und morgen ist der Minister auf der Eins, verstanden?«

Darauf zu antworten ist so eine Sache, weil der Kollege Erwin dreimal hintereinander niest, dass die Fensterscheiben zittern, und der Chef schaut ihn nachdenklich an.

»Und außerdem ist da das Thema mit drin, dass Sie, Herr Kramer mit Ihrem Heuschnupfen besser zu Hause bleiben sollten. Kann nicht der Herr Lämmermeier die Infoveranstaltung an der neuen Schule übernehmen?«

Kann er, denn das kommt wie gerufen, weil ich da sicher die Fritzi treffen werde. Um herauszufinden, ob man dem Hamdacher nicht irgendwie ein Datenleck anhängen kann. Aus Prinzip und weil ich ihn nicht leiden kann. Der Erwin schaut mich aus tränenden Augen an, und es dauert eine Weile, bis er und der Chef kapiert haben, dass ich sofort Ja sage. Der Erwin sichert mir noch recherchemäßig seine vollste Unterstützung zu, niest zur Bekräftigung und verlässt die Konferenz mit einem Taschentuch vor dem Gesicht.

Am Schreibtisch rufe ich als Erstes beim Huberwirt an. Allerdings nicht in der Gaststube, sondern in der Küche.

»Ah, der verlorene Sohn!«, grunzt der Huberwirt. »Ich hol die Rosi!«

Aber ich sag ihm, nein, nein, und er soll nur der Mama ausrichten, dass sie nicht zum Essen mit mir rechnen soll wegen großem beruflichem Stress meinerseits, der mich sogar dazu gezwungen hat, nach einer langen Recherchefahrt außerhalb von Geröllharting zu übernachten.

Dann nehme ich mir den Minister vor. Die Pressemitteilung

tippe ich eins zu eins ab, nur nicht den Absatz über seine Verdienste für den Freistaat. Aus Platzgründen und weil man ja auch nicht übertreiben muss.

Danach packt mich eine ziemliche Mittagsmüdigkeit, aber an den See ist es mit dem Traktor zu weit und daheim vorbeifahren, davon halten mich erstens die Wirsingwochen ab und zweitens die Mama. Immerhin kann ich die Gitti gerade noch vor ihrer Mittagspause abfangen und ihr meine Bestellung für den Valentino mitgeben. Sie kündigt allerdings an, nicht vor halb vier wieder da zu sein. Ich finde es schon allerhand, wie lange manche Mitarbeiter hier Mittagspause machen, aber die Gitti meint, sie muss beim Gaissmayer vorbei zum Dirndlfitting, und schneller geht es nicht. Ich füge mich und lege in der Zwischenzeit den Kopf auf die Tischplatte für ein Powernickerchen. Meine Stiefel ziehe ich aus, damit ich den Attila als Fußbänkchen benützen kann, das ist ergonomisch eine Supersache. Mich beamt es direkt ins Reich der Träume und leider viel zu früh wieder zurück. Der Attila reißt nämlich nach ein paar Minuten den Kopf hoch, saust unter meinen Füßen weg und zur Tür. Und leider ist es nicht die Gitti, die unangemeldet im Zimmer steht.

»Warum nehmen Sie einfach so meinen Hund mit?«, fragt die Angerer ohne Begrüßung und sieht so schlecht gebügelt aus wie ihre Latzhose. »Und warum schwafelt der Chef was von ganz neuem Teamspirit, der heute beim Herrn Lämmermeier herrscht?«

Dem Attila ist es anscheinend nicht geheuer, dass sein Frauchen so dermaßen Gift und Galle spuckt. Er geht langsam rückwärts, um sich wieder unter meinen Schreibtisch zu begeben, aber sie ist mit einem Schritt bei ihm und hakt seine Leine ein.

»Wally, reg dich nicht so auf«, beschwichtige ich sie, damit der arme Hund nicht noch mehr die Krise bekommt.

»Sagen Sie nicht Wally zu mir!«, pfeift mich die Angerer an und rauscht aus dem Zimmer.

Und reißt die Tür noch einmal auf.

»Das alles muss unbedingt unter uns bleiben«, flüstert sie.

»Das mit dem Hund?«

»Nein!«

»Was dann genau?«, flüstere ich zurück.

»Stimmt, was eigentlich genau? Sie sind ja gestern Abend sowieso aus den Latschen gekippt, bevor …«

Neben der Schulter von der Angerer taucht auf einmal der Scheitel vom Chef auf.

»Was gibt es denn so Vertrauliches zwischen Ihnen zu besprechen?«, flüstert auch er, denn es ist immer so: Wenn einer flüstert, flüstert man zurück. Die Mama hat zum Beispiel immer nach Silvester keine Stimme mehr, und wenn sie dann die Gäste tonlos fragt: »Was darf's sein?«, wispern die zurück: »Einen Jagertee und einmal den Dreikönigsleberkäs bitte.«

»Nichts, nichts«, raunt die Angerer also und macht einen Abflug. Den Attila schleift sie mit, obwohl der sich mit allen vieren einspreizt wie ein Allzweckdübel.

»Zu viel Hirschbrand«, flüstere ich dem Chef zu, als ich aufstehe, um die Tür sacht zu schließen, und deute der Angerer hinterher. Der Chef feixt, und ich grinse zurück. Weil ich ziemlich froh bin, dass es zwischen mir und der Garten-&-Dorfleben-Königin nicht zum Äußersten gekommen ist.

30

Der restliche Tag vergeht so zäh wie Schneckenschleim, auch wenn die Gitti mir gleich zwei Bananenshakes mitbringt, weil ich so lange warten musste. Um halb sechs stürze ich mir im Klo eine Ladung kaltes Wasser ins Gesicht und mache mich auf den Weg zur neuen Schule. Und zur Fritzi.

Es ist ein ehrlicher Frühlingsabend, kühl im Schatten und schön warm in der Abendsonne. In den Bergen ist kein Weiß mehr zu entdecken, auch nicht in der Senke unter dem Hausberggipfel, in der sich der Schnee immer hält wie Bartstoppeln in einem Grübchen. Trotzdem ist der Weg zur Freien Schule irgendwie ungemütlich. Die Bürgermeister-Wanninger-Allee ist schnurgerade wie mit dem Lineal gezogen und heißt nur deshalb Allee, weil alle paar Meter eine Jungbirke ihre dürren Zweige in den Himmel streckt. Diese Gegend ist nie auf den Postern von der Touristeninfo zu sehen, und die Frau Bürgermeister kann froh sein, dass es der Ramsauer geschafft hat, der Freien Schule ausgerechnet diese alte Mehrzweckhalle aufzuschwatzen.

Ich lasse den Traktor stehen, wo ich ihn ohne viel Rangieren hinter ein parkendes Auto stellen kann. Das letzte Stück gehe ich zu Fuß, obwohl in dem schwarzen Polyesteranzug inzwischen ein Klima herrscht wie in den Gewächshäusern vom Sepp persönlich.

Nach einer frisch geteerten Einbuchtung mit einem Schulbusschild geht es links ab zum Eingang der neuen Schule. An der Eingangstür hängen zwei bedruckte Banner, auf dem einen springt ein Mädel im bunten Wollpulli über einen Bach, auf dem anderen knetet ein Bub an einem Batzen Brotteig herum.

Daneben sind Tische aufgebaut mit Mineralwasserflaschen und Apfelschorle naturtrüb. Außerdem steht da ein Teller mit einem Stapel Waffeln, und wenn mich meine Nase nicht täuscht, sind die frisch gebacken. Ich muss mir gleich den ganzen Teller schnappen. Ist nämlich viel hygienischer, als wenn ich mir die Waffeln einzeln mit den Fingern nehmen würde.

»Die sind eigentlich für die Kinder gedacht«, sagt eine Frauenstimme neben mir, und eine füllige Gestalt stellt eine Schüssel mit Teig aufs Buffet. Ich schlucke die halbe Waffel auf einmal hinunter, denn mit der Witwe Ammetsbichler habe ich hier und heute nicht gerechnet.

»Liesl!« Ich klopfe mir aufs Brustbein, weil es mich am Mageneingang plötzlich drückt. »Was machst du denn hier?«

Die Liesl ignoriert mich, verteilt ihr Gewicht auf einer Bierbank und zieht ihren Sohn auf den Oberschenkel. Als ich den Kurzen da so thronen sehe, kann ich mir auf einmal vorstellen, dass eine Mama mit den Polstermöbelqualitäten von der Liesl etwas Schönes sein kann. Das Mädel aber bleibt vor mir stehen und schaut mich neugierig an.

»Warum hast du so große Füße?«, fragt sie mich.

»Hab ich gar nicht«, antworte ich, setze mich neben die Liesl und schiebe meine Cowboystiefel unter die Bank.

»Hast du schon«, kichert das Gör, das unverschämte. »Und warum sieht man deine Unterhose?«

»Sieht man nicht!«

»Doch! Und warum sind da Rennautos drauf? Du bist doch schon groß!«

»Ich mag halt schnelle Autos«, sage ich und ziehe die Anzughose hoch, die an mir dranhängt wie die Papierhüllen an den Strohhalmen vom Valentino.

Weil die Haare von der Fritzi heute total platt auf den Schultern liegen, erkenne ich sie von hinten erst, als die Ammetsbichler-Zwillinge zu ihr rennen und »Hallo, Frau Morgenstern!« schreien. Sie dreht sich um, hebt beide nacheinander hoch und schwenkt sie im Kreis. Nicht dass ich groß Bescheid weiß, was man mit Kindern zur Begrüßung so macht, aber ich nehme mal an, selbst so eine wie die Fritzi würde das mit wildfremden Kindern nicht tun.

»Hör zu, Liesl.« Ich stelle den Teller wieder hin und wische mir den Mund mit dem Handrücken ab. »Ich weiß, dass du mit mir nichts mehr zu tun haben willst, aber ich habe mich gebessert. Ich will nie wieder jemanden zu Unrecht verdächtigen.«

Die Liesl schaut mich an, als würde sie mich am liebsten zu Kraftfutter verarbeiten, aber auf meine Frage, ob ihre Kinder in der Freien Schule angemeldet sind, nickt sie.

»Freilich. Der Benni und die Emilia kommen im September hier in die erste Klasse. Harald und ich wollten die Kinder nicht in die Dorfschule schicken. Wegen der Tratscherei.«

»Und wie groß ist die Klasse?«

Sie meint, klein und familiär, und wie schlimm, dass der Harald den ersten Schultag seiner Sprösslinge nicht erleben wird. Dabei wischt sie sich mit der gleichen Papierserviette die Augen, mit der sie gerade versucht hat, den herausquellenden Waffelteig zu bändigen. Ich lasse sie mit dieser Sauerei lieber alleine und wähle die Nummer vom Kramer Erwin. Unser Studienrat klingt, als hätte er den Kopf in einem Eimer, aber er sagt, mit vierzehn Kindern in der ersten und dreihundert Euro Schulgeld pro Kind rechnet sich eine Schule gerade so, aber es sei verdammt knapp.

Auf dem Weg zu den Unterrichtsräumen treffen wir den Beppo, der heute richtig zivil aussieht in einer alten Hose mit braun-beigen Hosenträgern.

»Ach, Beppo, übrigens«, meine ich, weil die Gelegenheit

echt günstig ist, da ich jetzt den Beppo und die Fritzi auf einem Fleck habe, und hole den Schlüssel für den Jeep aus der Hosentasche. »Danke fürs Leihen.«

Ich mache eine kleine Kunstpause.

»Musst dir das Auto nur leider an der Polizeiwache abholen. Da steht es nämlich noch. Wegen der Spurensicherung. Weil jetzt nämlich raus ist, wer mein Auto angesprüht hat.«

Die Fritzi lächelt schwach, sieht dabei aber aus wie ihre eigene unscheinbare Schwester.

»Nämlich der Ammetsbichler am Tag vor seinem Tod.«

Es ist schon nicht schlecht, wie die zwei mich jetzt anstarren wie ein Kalb mit fünf Beinen.

»Er hat übrigens auch das Auto vom Herrn Pfarrer und das von einem Herrn Wildmoser aus Rimsting erwischt. Und wisst ihr, was das Komische ist?«

»Nö«, sagt die Fritzi und blickt in Richtung Klassenzimmer, als wäre dort eine Bergkette in ganz weiter Ferne.

»Alle Opfer sind am gleichen Tag Mitglied bei *Tiere sind Familie e. V.* geworden!«

Im Tonfall von einer, der gleich ein Zug davonfährt, ruft die Fritzi: »Ich muss zum Probeunterricht!« Dann saust sie davon.

Neben mir klingt es, als würde man zwei Steinbrocken aneinanderreiben, aber es ist nur der Beppo, der sich räuspert.

»Was?«, frage ich ungehalten.

»Da winkt dir einer!«

Dass der Uwe plötzlich auftaucht, ist mir gar nicht recht, und ich geh nach draußen zum Gemeindelaster. Der Uwe meint, er ist eigentlich da wegen der Schulhecke, wollte aber auch gern wissen, was es Neues zum Thema Datenleck gibt. Er holt sich hinten von dem Bierkasten auf der Ladefläche ein Hausberger Hell und setzt sich neben mich in die Fahrerkabine. Gemeinsam schauen wir eine Weile auf das Schulgebäude, und alles, was zu hören ist, sind das Kindergeschrei von draußen und das leichte Gluckern, wenn der Uwe die Flasche ansetzt.

»Also, Digger?«, meint der Uwe nach einer Weile, steckt sich die leere Flasche zwischen die Knie und rülpst leicht. »Haste mal darüber nachgedacht, dass das Goldlöckchen Mist gebaut hat?«

»Ja, leider. Schließlich habe ich sie mit dem Ammetsbichler reden sehen. Genau an dem Tag, an dem alle drei Graffitiopfer Mitglieder geworden sind.«

Ich schaue zur Fritzi hin, die gerade an der Terrassentür des Klassenzimmers steht und auf die Grashalme starrt, als würde sie ihnen beim Wachsen zusehen.

»Ich glaube, der Ammetsbichler hat die Fritzi erpresst. Mit den Zwillingen. Wenn er seine Kinder abgemeldet hätte, wäre die erste Klasse nicht zustande gekommen. Und die ganze Schule auf der Kippe gestanden.«

Uwe kratzt sich am Hinterkopf.

»Ach, du dicke Nordseekrabbe. Und ein Haufen Lehrer wäre arbeitslos gewesen. Du weißt schon, was das heißt?«

»Das heißt nichts anderes, als dass der Ammetsbichler ein Arschloch war«, meine ich und kurble das Fenster herunter. »Aber ich verstehe eins nicht. Warum wollte er den Mitgliedern von *Tiere sind Familie* drohen? Was konnte ihm der Verein denn anhaben? Die *Alpensau* war vorbildlich geführt, die Tierschützer hatten ihn gar nicht auf dem Radar.«

Eine der Terrassentüren blinkt auf, als sich das Abendlicht in der Fensterscheibe spiegelt. Durch die Sprossentür kommt die Fritzi, Handy in der Hand, und macht ein paar Schritte in den Garten.

»Das kann so nicht weitergehen!«, schreit sie ins Telefon. »Du musst dich einfach mal entscheiden!«

»Läuft wohl grad nicht so gut für dein Morgensternchen«, meint der Uwe, der sich quer über mich hängt, um einen besseren Blick zu haben. Die Fritzi erinnert sich anscheinend daran, dass noch eine Handvoll Kinder in ihrer Obhut sind, die Tür geht wieder zu, und der Lichtreflex auf der Scheibe zittert eine Weile vor sich hin.

»Was mach ich denn jetzt?«, frage ich den Uwe.

Der ploppt dreimal nachdenklich die Luft aus den Backen, bevor er vorschlägt, die Fritzi einfach mal abzufangen.

Ich finde sie im Lehrerzimmer auf einer Couch zwischen Samowar und Kopierer, den Kopf auf die Knie gelegt. Weil kein weiterer Lehrer in Sicht ist, setze ich mich einfach neben sie.

»Hast wohl nicht so einen guten Tag.«

Ich schaue sie von der Seite an.

»Aber jetzt habt ihr ja genug Kinder in der Ersten. Auch wenn es eine Zeit lang nicht so ausgesehen hat.«

Wieder keine Reaktion, aber ich denke mir, gut Ding will Weile haben.

»Weil einer die Kinder wieder abmelden wollte. Und zwar der Ammetsbichler.«

»Er hat sie aber nicht abgemeldet«, nuschelt die Fritzi in ihre Knie hinein.

»Weil du ihm im Gegenzug gesagt hast, wen du für *Tiere sind Familie* gewonnen hast! Hast du dich von ihm erpressen lassen?«

»Ja«, gibt sie total unerwartet zu und schaut mich auf einmal direkt an. Sie sieht nicht viel fitter aus als der Kramer Erwin heute in der Resi. »Das stimmt. Das war echt blöd von mir.«

Also, dass wir jetzt hier auf diesem Sofa sitzen und die Fritzi alles so ganz nebenbei zugibt, haut mich jetzt schon ziemlich um.

»Und was hat er gegen deinen Verein gehabt?«

»Keine Ahnung. Aber als dieser Mann die Liste haben wollte, hatte ich irgendwie das Gefühl, ich habe keine andere Wahl. Der musste gar nicht laut werden. Ungeheuer intensiv, dieser Typ. Gefährlich, irgendwie.«

Ich schau immer noch aus dem Fenster, auf den alten Fußballplatz mit den zwei rostigen Toren. Grün beruhigt schließlich.

»Denkst du denn, ich habe was mit seinem Tod zu tun?«

Ich schüttle den Kopf.

»Fragst du mich jetzt nicht nach meinem Alibi?«

»Natürlich nicht.«

»Frag mich ruhig.«

»Na gut. Also, hättest du denn ein Alibi, also rein theoretisch?«

»Am Morgen des ersten Mai war ich mit dem Marc zusammen!« Sie klingt ziemlich forsch. Erst als sie sich die Backen wischt, merke ich, dass ihre Augen überlaufen wie die Dachrinne vom Huberwirt bei einem Sommergewitter. »Da war nämlich noch alles in Ordnung.«

Mit der Jolly würde ich jetzt rechts ranfahren und ihr unter die Motorhaube schauen. Aber leider gibt es für weinende Frauen kein Handbuch, das ich jetzt aus dem Handschuhfach holen kann.

»Und, Lucky, wenn du ihn fragen willst, ob das stimmt, dann musst du ihm hinterherfahren. Marc ist nämlich in München.«

Jetzt kommen nicht mehr nur ein paar Tränen, sondern: Canale Grande. Wo ihre Haare nass geworden sind von den Tränen, springen sie auf wie die U-Hakerl, mit denen der Steff und ich früher vom Balkon aus die Touris beschossen haben.

»Da wohnt nämlich seine Exfreundin!«

Bei dem »Ex« macht die Fritzi Gänsefüße mit den Fingern, und ich verstehe sofort, was da läuft. Und kann nur fassungslos den Kopf schütteln. Kaum zu glauben, wie manche Jungs in der Vergangenheit verwurzelt sind. Ganz klar, dass ich den Herrn Supervisor gleich einmal einen rücksichtslosen Hanswurst nennen muss, der nicht weiß, was sich gehört. Und der Fritzi erklären, dass bei uns Hamdacher *Haubentaucher* bedeutet und so gerne jemand genannt wird, der geistig unterm Chiemseespiegel liegt.

Leider klingelt ausgerechnet jetzt mein Telefon. Der Chef ist dran und meint, dass morgen die Zelte für den Festakt geliefert werden und dass ich dort aufschlagen soll zwecks journalistischer Begleitung bis zum großen Tag. Und dann fragt er mich, was die Datenschutzgeschichte so macht und ob wir das morgen mit reinnehmen können.

»Tja, Herr Kämmerer, ich weiß nicht.«

Ich lächle der Fritzi auf dem Sofa entschuldigend zu und geh zum Telefonieren aus dem Lehrerzimmer.

»Da ist das Thema mit drin, Chef«, meine ich und merke erst spät, dass ich mich anhöre wie er. »Dass die Sache nicht so heiß gegessen wird, wie sie gekocht worden ist.«

»Das heißt?«

»Also, ich finde, wir müssen uns da jetzt nicht so aufregen. Ist ja auch schon eine Weile her.«

Weil der Chef nichts sagt, schieb ich noch hinterher: »Die Zelte für die Verleihung sind wichtiger. Und wer macht eigentlich das Catering für die Feierlichkeiten?«

»Na, der Herr Huber!«

»Der Huberwirt? Sollen wir da nicht die *Chiemseewoche* als Vorberichterstattung in die Kochtöpfe schauen lassen?«

»Das ist topp, topp, topp!«, jubelt der Chef. »Aus Ihnen wird noch einmal ein richtig guter Heimatreporter.«

»Ganz sicher«, meine ich und bin damit den Chef erst einmal los.

Ich will zurück zur Fritzi, aber eine Frau in einem kastigen braunen Kleid hält mich auf, weil die Veranstaltung vorbei ist und das Lehrerzimmer für Besucher sowieso tabu. Weil ich nicht will, dass die Fritzi Ärger bekommt, winke ich ihr nur zu und rufe: »Ich geh jetzt besser.«

Da rutscht sie sofort vom Sofa. Stopp, sagt sie, ich darf unter gar keinen Umständen ohne sie gehen. Und ob ich sie nach Hause fahren kann, weil der Volvo nämlich dem Marc gehört. Und sie im Moment weder Auto noch Freund hat noch sonst irgendeine Freude in ihrem Leben.

Und dann fällt sie mir um den Hals.

Also, weil sie so klein ist, eher um den Bauch.

Was man in so einem Fall mit den Händen macht, ist mir nicht ganz klar, und irgendwie landen sie direkt auf Fritzis Hinterbacken. Die sind warm und elastisch wie zwei frische Holzofenbrote, aber ich spreize die Arme sofort wieder ab. Nicht dass die Fritzi denkt, ich nütze ihre emotionale Notlage aus. Und weil die Würfelförmige eh schon Stielaugen macht.

»Du riechst ziemlich spaßig«, meint die Fritzi jedoch sehr schnell und rückt wieder ein Stück von mir ab.

»Ich, äh, das kann schon sein.« Ich klemme rasch die Hände unter die Achseln. »Die letzten vierundzwanzig Stunden hatten es in sich. Ich fahre vielleicht besser heim und geh mich duschen.«

Und dann sagt die Fritzi etwas total Unglaubliches. Nämlich, dass ich auch bei ihr duschen kann. Weil sie jetzt nicht so gerne allein ist, ohne Marc und mit ihrem schlechten Gewissen wegen der Mitgliederadressen und den versauten Autos.

Zwei Minuten später sitzt die Fritzi beim Traktor auf dem Sozius und hat wegen der kühlen Abendluft mein Sakko um die Schultern. Der Deutz knattert, dass es eine Freude ist und die Leute an den Fenstern auftauchen. Er braucht für die Strecke zum Marktplatz acht Minuten, während der die Fritzi und ich kein Wort wechseln können wegen der Landmaschinendezibel. Die ganze Fahrt ist wie eine astreine Föhnlage: irgendwie Kopfschmerzen bereitend, aber sehr schön.

31

Die Wohnung von der Fritzi ist unterm Dach wie die vom Uwe, aber mit mehr Deko und weniger Kabeln. Zwecks guter Kinderstube ziehe ich lieber meine Schuhe aus. Aber meine nicht mehr ganz sauberen Tennissocken machen feuchte Abdrücke auf dem dunklen Dielenboden, und ich laufe wieder zu meinen Stiefeln zurück. Das alles dauert natürlich seine Zeit, und die Fritzi lehnt an der Garderobe und schaut mir zu. Schon seit ich ihr mit einer Räuberleiter auf den Traktor geholfen habe, sieht sie nicht mehr so traurig aus.

Und dann fragt sie mich, ob ich auch Hunger habe und ob der Pizzaservice was taugt, von dem sie den Flyer am Kühlschrank hat.

»*Sorriso Pizza*? Keine Ahnung«, meine ich. »Wenn ich daheim Hunger habe, geh ich runter in die Küche. Oder ich sag's der Mama.«

»Willst du damit sagen, auch du und die Babsi, ihr habt euch nie Pizza kommen lassen?«

»Na ja, die Babsi hat damals daheim gewohnt, direkt über der Bayernbenzin. Ihre Eltern hatten nämlich die Tankstelle, da, wo jetzt der Hagebau ist.«

»Und da habt ihr euch immer in die Tanke geschlichen?«

Ich nicke.

»Ja. Chips für die Babsi, und ich war eher so der Typ für die Eistruhe.«

Die Fritzi faltet den Prospekt auf und zu, auf und zu, ohne hineinzusehen.

»Du hängst auch noch an ihr, oder?«

Das muss ich doch jetzt sehr von mir weisen, aber die Fritzi seufzt und zieht sich eine Strickjacke an, bei der die Ärmel viel zu lang sind. Darin sieht sie sofort wieder aus wie aus dem Nest gefallen.

»Weißt du, was schade ist?«

»Hm?«

»Dass alle netten Jungs noch an ihrer Ex hängen.«

Mir ist absolut klar, dass ich darauf jetzt etwas sagen muss, etwas Geistreiches. Etwas, was die Babsi in weite Ferne und die Fritzi an meine Seite rückt, aber meine Gedanken zucken nur, ohne dass ich sie richtig festhalten kann.

»Na ja«, murmelt sie. »Vielleicht ganz gut, dass es mit dem Marc aus ist. Wenn ich den geheiratet hätte, dann hätte ich Hamdacher geheißen. Da weiß ich ja inzwischen, dass das gar nicht geht.«

»Der Name ist nicht alles, was zählt«, meine ich großzügig.

»Das stimmt. Du heißt ja auch Lämmermeier. Haha.«

»Na ja, das ist halt mein Junggesellenname«, verteidige ich mich. »Ich kann ja auch mal einen anderen Namen annehmen. Wie der Harald Uhlig.«

»Bitte?«

»Uhlig. So hat der Ammetsbichler geheißen, bevor er nach Geröllharting gezogen ist und die Liesl geheiratet hat.«

»Ah.« Fritzi sieht aus, als hätte sie nicht unbedingt an den Schweinezüchter erinnert werden wollen. »Kommt nicht oft vor, dass ein Mann den Namen seiner Frau annimmt, und Uhlig ist jetzt auch nicht oberpeinlich.«

»Die Liesl sagt, er wollte unbedingt nach Bayern und hat Ammetsbichler einfach gut gefunden.«

»Warum will ein Ferkelzüchter unter anderem Namen unbedingt nach Bayern? Wenn die besten Möglichkeiten für die Tierzucht in ganz anderen Gegenden sind? In Meckpomm? Oder im Saarland?«

»Ich habe nichts dazu gefunden.«

»Vielleicht hast du mit der falschen Suchmaschine gesucht. Uhlig, sagst du?«

Auf dem Küchentisch steht ein kleiner weißer Laptop. Sie klappt ihn auf und tippt. Schüttelt den Kopf, tippt weiter, schüttelt wieder den Kopf.

»Tatsächlich nichts«, sagt sie. »Die *Alpensau* finde ich, und Ammetsbichler auch. Aber von früheren Betrieben: nichts. Das habe ich erst einmal erlebt.«

»Und wann?«

»Bei einem Pelzimporteur. Der hat der Modeindustrie Fellbommel geliefert, für Mützen. Und wir haben herausgefunden, dass diese Puschel aus dem Fell von süßen kleinen Hundewelpen sind. Nachdem herausgekommen ist, wie viel Dreck der am Stecken hatte, ist er plötzlich total von der Bildfläche verschwunden. Wie ausradiert.«

Sie holt eine Festplatte heraus, und ich schaue ihr beim Tippen zu.

»Ich suche mal bei uns auf der Datenbank, unter Harry Uhlig oder Harald Uhlig. *Alpensau* wird ja sein Betrieb früher nicht geheißen haben. Ich weiß nicht, ich weiß nicht …«

Sie nimmt das Telefon und geht näher an den Bildschirm hin.

»Eigentlich brauche ich langsam mal eine Brille«, sagt sie mehr zu sich selbst als zu mir, nimmt ihr Telefon und wählt eine Nummer.

Während sie wartet, Handy am Ohr, fällt ihr anscheinend ein, dass ich auch noch da bin, und sie geht in den Gang und kommt mit einem zusammengelegten Handtuch zurück.

»Geh doch in der Zwischenzeit duschen«, sagt sie. »Bad ist gleich neben dem Eingang rechts. Ich komm dann … Hallo?«

Anscheinend hat jemand geantwortet.

»Hier Morgenstern, Südbayern. Ich wollte euch im Osten mal etwas fragen.«

Mit leichtem Druck schiebt sie mich aus der Küche Richtung Bad. Ich frage mich, was sie über den Ammetsbichler herausfinden wird, was der Uwe nicht herausgefunden hat. Und ob sie mit »Ich komm dann …« gemeint hat, dass sie auch duschen will. Das wäre aus rein ökologischen Gründen total sinnvoll, und warum soll man, wenn man schon zusammen Traktor gefahren ist, nicht auch zusammen duschen? Gerade als ich eine Handvoll Granatapfeldusche in Schaum verwandle, der auf den zwei Holzofenbroten eine ganz und gar spektakuläre Angelegenheit wäre, klopft es gegen die Tür.

»Lucky! Schnell! Komm raus!«

Ich rutsche beinahe aus und verstehe jetzt, warum die Mama immer sagt, nasse Wannen sind Mordinstrumente, und um das zu wissen, muss sie nicht *Tatort* schauen. Ich dusche schnell den Schaum weg, und die Fritzi, die Haare allmählich wieder in Bestform und die Wangen rosig wie der Granatapfelduschschaum, führt mich zu ihrem Laptop.

»Das musst du dir ansehen! Haben mir die Kollegen aus Meckpomm gerade geschickt«, ruft sie und wippt aufgeregt auf der Stelle. »Ein Video, allerdings schon zehn Jahre alt. Hat der Verein verdeckt gemacht, als der Ammetsbichler noch Uhlig hieß. In seinem damaligen Stall. Ach was, Stall: die Ferkelfabrik *Pommernsau*! Damals war er definitiv ein Massentierhalter der übelsten Sorte.«

Ich stopfe die Enden vom Handtuch fest und schau mir das Standbild an.

Ein Mann ist zu sehen, braun gebranntes Gesicht und gelbes Polohemd.

»Tatsächlich. Der Ammetsbichler, als er noch Harry Uhlig hieß. Und die, ist die undercover, von euch?«, frage ich und deute auf eine zweite Gestalt, eine Frau, groß, Alter schwer zu sagen. Vom Gesicht ist nämlich außer einer dunklen Ponyfrisur wenig zu sehen, Mireille Mathieu im grauen Kittel sozusagen.

»Nein, das ist eine Tierärztin. Oder wie auch immer du diese Tierquälerin nennen willst.«

Ich stütze mich neben der Fritzi auf der Tischkante ab. »Kann ich jetzt endlich das Video sehen?«

»Klar«, sagt die Fritzi. »Mit Ton oder ohne?«

»Mit.«

»Bist du sicher?«

Und während ich halb nackt und mit Gänsehautentzündung neben ihr stehe, klickt sie auf die Play-Taste.

32

Ein weißer, zarter Bauch. Das Skalpell schneidet tief und blitzschnell. Zwei Finger und ein Daumen in weißem Plastikhandschuh fahren in den Schlitz, noch bevor er zu bluten beginnt. Die kleinen weißen Kugeln im Fleisch sind leicht zu greifen und werden mit einem Ruck herausgerissen. Das Schreien beginnt zeitverzögert, aber dann hört es nicht mehr auf. Der nächste kleine Körper wird an den Hinterbeinen herausgehoben, immer von der roten Kiste in die grüne Kiste.

»Stopp!«, rufe ich, die eine Hand am Mund, die andere am Magen.

»Was machen die da?«

»Die kastrieren Ferkel. Wie am Fließband und ohne Betäubung! Angeblich tut das den Tieren nicht weh. Wer einmal die Schreie gehört hat, weiß, dass das nicht stimmt.«

Das Video läuft weiter. Der Ammetsbichler alias Harry Uhlig stellt sich neben die Tierärztin und sieht zu, wie sie ein Ferkel nach dem anderen an den Hinterbeinen aus den Boxen hebt und ihnen die Bäuche aufschlitzt.

»Genau wegen solcher Schweine stehe ich in meiner Freizeit in Fußgängerzonen herum.«

Die Fritzi dreht sich zu mir, blass jetzt, Schweißtropfen auf der Nase.

»Ganz ehrlich – wenn ich so jemanden in die Finger kriegen würde, ich würde ihn umbringen!«

Es wird kurz sehr still in der Küche. Auf dem Computer laufen die Bilder weiter, und endlich ist Ruhe. Ich kratze mit dem Daumennagel an einer unregelmäßigen Stelle an der Tischplatte herum.

»Fritzi, hör mal zu«, meine ich nach ein paar Augenblicken und muss mich räuspern. »Wie war das denn noch mal mit dem Essen?«

»Hab ich bestellt, für mich eine Margherita und für dich ein Tiramisu. Müsste jeden Moment da sein«, sagt die Fritzi leise und schaut meinem Daumen zu. »Aber du musst nicht so tun, als hättest du nichts gehört. Du weißt, dass ich das nur so gesagt habe. Wie man das eben so sagt – jemanden umbringen.«

»Natürlich.«

»Aber jetzt wissen wir wenigstens, dass der Harald nicht so ein Tierfreund war, wie es bei der *Alpensau* aussieht.«

Die Fritzi klappt den Computer zu und steht auf, um mir ins Gesicht zu schauen. Ich weiß jetzt nicht, ob es daran liegt, dass sie eine Brille braucht, jedenfalls steht sie sehr nahe vor mir.

»Ach Lucky«, sagt sie dann und lehnt sich an mich. »Alles hat so super angefangen in Geröllharting. Meine Stelle als Lehrerin, Marc, die Arbeit für den Verein. Aber jetzt hab ich keinen Freund mehr, und wenn das mit den Mitgliederdaten rauskommt, wollen mich die Tierschützer sicher auch nicht mehr haben. Und die Schule vielleicht auch nicht.«

Ich sage in ihre Haare hinein, dass sie sich keine Sorgen machen soll. Weil ich nicht will, dass meine Hände wieder auf den Broten landen, hängen sie rechts und links herunter. Die Fritzi seufzt ein bisschen an meiner Brust herum, und dann nimmt sie meine Arme und führt sie hinter ihrem Rücken zusammen.

»Festhalten, bitte«, sagt sie. »Ganz fest.«

So stehen wir eine Weile, und von draußen höre ich die Kirchturmuhr Viertel nach irgendwas schlagen. Aus dem Fenster kann ich auf den Antonius schauen. Weil das Tageslicht nicht mehr viel hergibt, schimmert er nur noch ganz leicht. Die Fritzi hat so eine Wärme wie eine Katze, die sich zu einem unter die Daunendecke geschlichen hat. Ich drücke sie stärker an mich, schließlich hat sie definitiv »festhalten« gesagt. Noch ein bisschen stärker. Jetzt kann ich genau spüren, wo an Fritzis Körper etwas vorsteht, rund und warm, und wo nicht. Ich habe eine ganze Weile Zeit dazu, weil sich die Fritzi keinen Millimeter bewegt, bis der goldene Antonius aufleuchtet, weil an der Kirche der Strahler angestellt worden ist. Den rechten Arm hat unser Heiliger wie immer hoch erhoben, und von Fritzis Küchenfenster sieht es so aus, als würde er den Daumen nach oben strecken. Und während ich überlege, was mit dieser Frau im Arm als Nächstes zu tun ist, stellt sich Fritzi Morgenstern, Lehrerin und Tierschützerin und noch ziemlich neu in Geröllharting, auf die Zehenspitzen, packt meinen Hinterkopf und zieht mein Gesicht zu sich herunter.

Und küsst mich so, dass *Kribbeln* ein sehr harmloses Wort ist für das, was sich bei mir in den schattigen Regionen abspielt.

Als die Fritzi mich plötzlich loslässt, schwanke ich wie eine Schaukel, von der ein Kind gesprungen ist, und bin nicht gerade begeistert davon, dass es ausgerechnet jetzt geläutet hat.

»Zweiter Stock!«, ruft Fritzi ins Treppenhaus. Immerhin kommt sie dann wieder zu mir zurück. Arme ausbreiten, hinter ihren Schulterblättern wieder schließen, allmählich läuft das mit dem Umarmen schon ganz gut, finde ich.

Der Pizzabote erscheint schneller in der Tür, als ich *quattro stagioni* sagen kann, und ich finde diese ganze Pizzabestellerei total überschätzt. Freiwillig wildfremde Leute in die Wohnung lassen! Auch der Typ, der jetzt vor uns auftaucht, kommt mir irgendwie komisch vor. Erstens, weil er statt einer Styroporbox einen Blumenstrauß vor sich herträgt und weil er zweitens eine Frisur hat, gegen die die buschigen Fliederzweige in seiner Hand direkt ordentlich aussehen.

»Marc!«, ruft die Fritzi und taucht unter meiner Umarmung heraus.

Der stiert mich an, als wäre ich eine Stinkwanze und kein frisch geduschter Polizeireporter.

»Sag bloß, du hast dir sofort diesen Provinzprinz angelacht.«

»Und ich dachte, du bist in München?«, zwitschert die Fritzi süß wie ein Bonbon, das einem in den Plomben zieht. »War sie nicht zu Hause, hm?«

»Das ist doch jetzt egal«, meint der Hamdacher und legt das Grünzeug in Zeitlupe zur Seite.

Ich stecke mein Handtuch an der Seite etwas fester und stelle die Beine breiter hin. Zwecks besserem Stand. Das ist eine ziemlich schlaue Aktion von mir, denn der feine Herr Supervisor beschleunigt auf einmal wie die Jolly am Ende einer

Dreißigerzone. Ich bin vorbereitet, gehe elastisch in die Knie und pariere.

Mit der linken Handkante an den Hals: SLOSCH!

Drehung, Oberkörper beugen, Fuß nach oben: KICK!

Ferse in die Seite: ZONG!

Der Haubentaucher bewegt sich in einer Geschwindigkeit von mir weg, dass ich mir direkt zu meiner Schlagkraft gratuliere. Schade, dass die Fritzi das nicht mit ihrem Handy eingefangen hat. Wenn ihr Handy überhaupt Videos macht, dann ist es sicher eines von diesen Dingern, die nicht von Kindern oder Wanderarbeitern zusammengebaut worden sind, sondern im Erzgebirge vielleicht, ein politisch korrektes Produkt jedenfalls. Denn diesen Film hätte sie dann postwendend an die Polizeischule Ingolstadt schicken können, mit einem Vermerk von mir, dass auch Anwärter mit einem BMI unter zwanzig eine ziemliche Power entwickeln können. Und genauso postwendend wäre dann eine Einladung gekommen zur erneuten Aufnahmeprüfung unter besonderer Berücksichtigung meiner bislang unterschätzten Fähigkeiten. Denn wer einen ausgewachsenen Dreadlockträger mal eben in hohem Bogen …

»Geht's wieder, Lucky? Du blutest ja!«

Ich brauche ein paar Atemzüge, um antworten zu können.

»Was ist passiert?«

Sternschnuppen schweben durch mein Blickfeld wie ein Feuerwerk am Ufer des Chiemsees.

»Du bist an die Heizung geknallt!«

»Geht schon wieder«, murmle ich, falte mich nach oben und freue mich darauf, dass die Fritzi den ungehobelten Kerl gleich hochkant aus der Wohnung wirft.

»Ich glaube, es ist besser, wenn du jetzt gehst!«, ruft sie prompt.

Braves Mädchen.

»Moment! Du wirfst den Falschen raus«, protestiere ich, als sie mich am Ellbogen Richtung Tür schiebt. Und dann stehe ich im Treppenhaus. Die Tür geht noch einmal auf, sie drückt mir meine Klamotten in die Hand und flüstert: »Ich werfe dich nicht hinaus, aber ich muss das hier erst einmal regeln. Ich ruf dich an.«

33

In der blank polierten Theke vom Valentino spiegelt sich ein Mann, nackter Oberkörper, Handtuch um die Lenden und ein Kleiderbündel auf dem Arm. Seine Rippen stehen vor wie bei einem altmodischen Heizkörper, und der Kerl sieht alles in allem ziemlich verwahrlost aus. Das blasse Gesicht und die hellen Haare heben sich gegen das Zitroneneis nicht besonders gut ab, der dunkle Strich an Schläfe und rechter Wange umso besser.

Ich wische mir übers Gesicht und starre auf meine Hand. Sie ist rot vor Blut.

»Luigi? *Tutto bene?* Kannst du nicht hier stehen, das ist eine *gelateria*, nicht Bahn für Geister!«

Valentino schiebt mich hektisch ins Separee und stemmt die Arme in die Seiten.

»Hast du gemacht *amore* mit eine Tiger?«

»So ähnlich.« Ich lasse mich auf die Bank fallen. »Ich brauch sofort einen Doppelten!«

»Himbeer oder Hirsch?«

»In der Reihenfolge!«

Der Valle macht allerdings keine Anstalten, meine Bestellung auszuführen, und tritt nur einen Schritt zur Seite, um den Uwe neben sich zu lassen.

»Eieieieiei«, sagt der und zieht die Luft durch die Zähne. »Sag bloß, das Morgensternchen hat dich so zugerichtet?«

»Nein, äh, das war ein Unfall. Ich bin gegen den Heizkörper gefallen.«

Ich nehme eine Serviette und versuche, das Blut an meinem Kopf zu entfernen.

»Luigi, wir sind hier nicht in *Sicilia*. Ich fahr dich zum *dottore*!«

»Ich gehe nicht zum Sprengel! Da können wir eigentlich gleich die Babsi mit dazuholen.«

»Ich kann mir das gern mal anschauen«, sagt eine weibliche Stimme, und die Angerer schiebt sich zwischen dem Uwe und dem Valle durch.

»Auf gar keinen Fall schauen Sie sich irgendwas an«, rufe ich und strecke die Hände vor.

»Entspannen Sie sich. Zeigen Sie mir Ihre Augenbraue.«

Die Angerer zieht eine Flasche aus einem neuen dunkelroten Jutebeutel und verreibt eine Flüssigkeit in ihren Händen.

»Platzwunde«, stellt sie fest, nachdem sie die Haut an Schläfe und Stirn ein wenig hin- und hergezogen hat. »Nicht sehr tief, aber müsste man trotzdem nähen. Oder wenigstens klammern. Hat schon jemand beim Arzt angerufen?«

»Nein, ich hab schon dem Valentino gesagt, das geht nicht!«

»Verstehe, verstehe«, sagt sie langsam. »Na ja, wir haben ja alle unsere Eigenheiten. Also, ich kann da vielleicht auch helfen. Tetanus haben Sie?«

Ich zucke die Achseln.

»Keine Ahnung. Meine Mama hat sich immer um die Impfungen gekümmert.«

»Ah. Sollen wir die mal anrufen?«

»Niemals!«

»Auch gut. Vielleicht ziehen Sie sich vorher an, bevor Sie

mit mir über den Marktplatz gehen. Ich parke hier um die Ecke, Erste-Hilfe-Koffer ist im Auto. Wir können das direkt vor Ort erledigen.«

Der Uwe und der Valle nicken, die Unterlippe vorgeschoben, als hätte die Angerer mir gerade ein echt gutes Angebot gemacht.

Keine zwei Minuten später zieht unsere Garten-&-Dorfleben-Spezialistin die Gardinen in ihrem VW Bus zu. Sie holt unter der Sitzbank einen speckigen Arztkoffer hervor und knipst ihn auf. Ich sehe ihr von der Seite zu, wie sie sich Plastikhandschuhe anzieht und darin herumsucht. Irgendwie kommt es mir vor, als hätte ich diese Situation schon einmal erlebt. Kann aber nicht sein. Ein paar meiner Gedächtniszellen laufen anscheinend total unrund, und ich wünsche mir einmal mehr, ich wäre nicht gegen diese verdammte Heizung geknallt.

Von meiner Kollegin zusammengeflickt zu werden ist die totale Mogelpackung. Bei der Mama ist wenigstens die Eistruhe gleich nebenan.

»Mimimimi«, wimmere ich, als mir die Blut-Jod-Mischung ins Auge läuft.

»Stellen Sie sich nicht so an. Sie sind doch ein harter Kerl, so als verhinderter Polizist, oder?«

Der Attila drückt sich an mich und leckt mir die Hand. Und ich sitze ab jetzt still, obwohl es sich anfühlt, als würde mir die Angerer eine Stammestätowierung in die Augenbraue tackern.

»Woher können Sie das?«, murmle ich zwischen zusammengebissenen Zähnen.

»Ruhe«, zischt sie. »Ich muss mich konzentrieren.«

Auch gut. Dann eben Fantasiereise – alter Polizeitrick zur Schmerzbekämpfung. Vor meinem inneren Auge taucht zuerst der Chiemsee auf, blaugrün, Oberfläche glatt wie Öl, kühles, schmeichelndes Wasser. Das ist gut. Ich stelle mir also erst den See vor. Dann die Fritzi dazu. Das Geniale ist natürlich, dass ich mir bei einer Fantasiereise das Wetter aussuchen kann und was die Fritzi anhat. Und was nicht. Die Fritzi also zuerst am See und dann im See. Und dann die Fritzi im See mit mir.

»So«, sagt die Angerer unvermittelt und viel zu früh.

Es ruckt und brennt noch einmal, dann höre ich ein leises Knipsen, wie wenn die Mama einen Knopf fertig angenäht hat.

»Fertig. In zwei Tagen schau ich mir das noch mal an. Und wegen Ihrer Frage: Sagen wir mal so, ich habe einfach einen sehr gut ausgestatteten Erste-Hilfe-Koffer.« Sie klappt die Bank zu, nachdem sie den Koffer wieder unter die Sitzfläche gepackt hat. »Ich habe übrigens durchaus verstanden, dass wir den Vorfall besser mit Diskretion behandeln sollen.«

»Mhm.«

»Kein Problem. Sie müssen auch nicht unbedingt herumerzählen, dass ich hier jemanden zusammenflicken kann. Nicht dass ich hier bald eine Krankenstation aufmachen muss.«

Weil ich kein Bedürfnis verspüre, dem Valle und dem Uwe noch einmal unter die Augen zu kommen, fährt die Angerer mich noch nach Hause und hält vor dem Hinterhof, wo die Müllcontainer und das Leergut stehen.

»Danke. Das war jetzt echt nett von Ihnen.«

Meine Knie sind luftig wie ein Germknödel, und ich setze mich schnell noch einmal hin, um den Attila unterm Kinn zu kraulen.

»Weil Sie doch so sauer auf mich waren, wegen gestern Nacht.«

Meine Kollegin sieht mir eine Weile zu, wie der Attila den Hals streckt zwecks Verlängerung der Kraulzone.

»Wissen Sie was, Lämmermeier, sagen wir einfach mal so: Ich war nicht sauer, weil Sie mit mir gekommen sind. Sondern ich war sauer, weil Sie mittendrin eingeschlafen sind.«

Gott sei Dank ist die Kellerluke für die Bierfässer nicht abgesperrt, und ich lande unbemerkt zwischen Zigarettenautomat und Eistruhe im Haus. Oben falle ich aufs ungemachte Bett, und dann gehen bei mir sofort die Lichter aus.

34

Als ich das erste Mal aufwache, ist es noch dunkel. Verschwitzt und mit pochender Braue ziehe ich die Anzughose vom Wildmoser Sepp aus und hole mir den Streifen Schmerztabletten aus der Hosentasche.

Als ich das nächste Mal die Augen aufschlage, ist es hell, aber die Sonne noch nicht am Fenster angelangt. Gegenüber geht die Zimmertür von der Mama auf und zu. Wenn sie bei mir klopft, werde ich schwach stöhnen und ihr die Gesichtsseite mit der getackerten Augenbraue zudrehen. Dann wird sie nicht mehr böse sein, sondern rufen, dass ich ein armer Bub bin und ob sie mir was ans Bett bringen soll. Optimalerweise einen Milchreis. Mein Magen macht vorfreudige Geräusche, aber dann höre ich nur schnelle Schritte auf der Treppe und das Klimpern von Besteck.

Als ich das dritte Mal aufwache, hat die Fritzi immer noch nicht angerufen, aber es liegen die ersten Schläge vom Elf-Uhr-Läuten in der Luft. Magen und Blase melden, dass es dringend an der Zeit ist, mein Bett zu verlassen.

Ich zieh mir das hellblau karierte Hemd an, das die Mama so gern mag, und übe im Spiegel schnell noch den Blick, den ich mir beim Attila abgeschaut habe: Kopf senken und öfter blinzeln als nötig. Das klappt sogar ohne Augenbrauenschmerz. Anscheinend sind die Tabletten von der Angerer ziemlich starke Dinger.

Die Mama steht an der Tafel zum Biergarten und schreibt die Tageskarte mit quietschender Kreide darauf. Sie hat ihre Schürze mit einem festen Doppelknoten gebunden, und zwar im Rücken und etwas zu eng.

Das ist kein gutes Zeichen. Und auch nicht, dass die Ramsauerin in einer alpenländischen Geschmackskatastrophe in Form von einem lila Janker und einem apfelgrünen Dirndl am Stammtisch hockt und Weinschorle trinkt.

Der Huberwirt, der gerade mit einer Konservenbüchse Wirsing unter jedem Arm in die Küche marschieren will, bleibt stehen, obwohl ihm deshalb die Schwingtür auf den Ellbogen donnert.

»Da schau her. Hast dich geschlägert wegen einem Weibsleut, ha?«

Ich brauche nur elf Minuten fünfundvierzig runter in die Redaktion, und das mit dem Klapprad von der Mama. Bergab und Ideallinie, was will man mehr?

»Was wollen Sie denn im Büro? In dem Zustand? Ich habe Sie doch beim Chef entschuldigt!«

Ich finde es durchaus angenehm, dass sich wenigstens die Angerer um mein Wohl schert, und setze mich mit dem Attila schon einmal ins Konferenzzimmer. Netterweise hat die Gitti bereits die Kekse hergerichtet, und weil ich so früh dran bin, kann ich dem Attila die mit viel Mandeln und mir die mit viel Schokolade aussuchen. Leider ruft mich mittendrin die Fritzi an, und ich wünschte, ich hätte von den knusprigen Waffelröllchen nicht drei auf einmal genommen.

»Lucky? Ich wollte nur sagen, dass mir leidtut, was passiert ist!«

»Ach, nicht der Rede wert«, flüstere ich zurück, und der Attila freut sich über den Haufen Brösel, den es von oben regnet.

»Sehen wir uns später?«

Ich muss nicht besonders überlegen, was ich da jetzt antworte, und die Fritzi wispert, dass sie sich auch schon sehr freut und um drei dann bei ihr. Ich schaue noch eine ganz Weile auf mein Handy, wie es nach diesem Anruf so unschuldig vor mir auf dem Tisch liegt, als wäre nichts passiert. Das Zwicken in meiner Augenbraue erinnert mich daran, dass meinen Gehirnfunktionen nicht hundert Prozent zu trauen ist, und ich gehe sicherheitshalber auf die Anrufliste. Tatsächlich: *Fritzi, eingehender Anruf, 28 Sekunden.*

»Mensch, Attila«, sage ich und zieh den Hund vor lauter Überschwang an den Ohren. »Ich hab doch gewusst, dass sie sich meldet.«

Attila grunzt und ist also total meiner Meinung, und als mein Handy gleich noch einmal klingelt, bin ich sofort dran.

»Fritzi?«

»Nein, hier ist Uwe. Sorry, dass ich nicht das Morgensternchen bin, aber ich muss ja hier schon meine Rufnummer unterdrücken, damit du überhaupt rangehst. Sieht so aus, als hätte sie immer noch nicht angerufen und sich bei dir entschuldigt?«

»Doch, hat sie! Und wie! Was willst du?«

»Ich muss dir was erzählen!«

»Jetzt nicht, die Sitzung geht los.«

Ich lege auf und wische mit dem Ärmel schnell die Brösel vom Tisch, weil die Angerer in der Tat gerade wieder hereinkommt. Sie dreht mein Gesicht zum Licht und schüttelt den Kopf.

»Sie brauchen dringend Ruhe, das sieht ja ein Blinder. Woran arbeiten Sie gerade?«

»Das Treffen vom Günter von der Liftstation und der Heilmüller muss ich arrangieren. Natur des Jahres, Spitzwegerich, fertig schreiben. Und den Aufbau der Festzelte abfotografieren.«

»Den Spitzwegerich soll der Herr Käsner machen, ich sage ihm das. Den Rest machen Sie, aber machen Sie langsam. Gerne auch erst morgen.«

Ich kann dazu nur nicken, sprachlos. Auf dem Weg nach draußen treffe ich den Chef.

»Hab schon gehört, Lämmermeier. Sagen Sie bloß, Sie wollten mal wieder den Sheriff spielen?«

»So ähnlich«, meine ich und schiebe mich am Chef vorbei Richtung Ausgang. »Es war nur leider ein Heizkörper im Weg.«

»Moment!«, schreit er mir nach, als ich schon fast an der Gitti vorbei bin. »Fast hätte ich es vergessen: Der Herr Gaissmayer hat gesagt, Sie waren immer noch nicht beim Fitting. Nächsten Mittwoch ist Ihre letzte Chance.«

»Na ja, wer weiß, ob ich nächste Woche Zeit haben werde, ist ja jetzt viel zu tun, direkt vor der Verleihung.« Weil auf einmal alle so nett zu mir sind, will ich dem Chef nicht ins Gesicht sagen, dass das Tragen von Lederhosen bei mir gleich nach einer Wurzelbehandlung kommt.

Ich klaube das Fahrrad von der Mama aus der Hecke vom Redaktionsparkplatz und schwöre mir, die Jolly so bald wie möglich vom Lackieren zu holen. Das Gute ist aber, dass ich mit dem Fahrrad durch die Sperre vor der Ludwig-Ganghofer fahren kann. Dahinter steht ein Sattelschlepper, und ein Mann in blauer Latzhose und ziemlicher Bierkugel ist dabei, die Spanngurte von der Ladung zu lösen. Ich mache Fotos von der Aufschrift »Festzelte Gürtler«, der blau-weiß gestreiften Plane und den Holzwänden, die der Laster geladen hat, und fahre weiter bis zum Marktplatz. Zeit totschlagen bis um drei.

Aber noch während ich für einmal Himbeervanille anstehe,

geht die Haustür neben dem Valentino auf. Der Valentino hält inne, Eisportionierer im Anschlag, und wir drehen uns dem Marc Hamdacher hinterher, der auf den Marktplatz rumpelt, ohne nach rechts und links zu schauen. Ich kann das Gesicht vom Herrn Supervisor nicht sehen. Nur was er über der Schulter trägt: eine Reisetasche. Sein dunkelblauer Kombi steht in der engen Kirchgasse, und er parkt aus und schießt davon. Diesmal sieht es nicht so aus, als würde er gleich wiederkommen.

Danach fällt mir das Warten nicht mehr so leicht, und der Valentino sagt, dass er mich persönlich zur Fritzi hochträgt, wenn ich nicht sofort bei ihr klingle, weil ihm sonst noch das Eis wegen zu großer Nervosität im Umfeld schmilzt.

Die Fritzi macht sofort die Tür auf. Drinnen ist es hell, aufgeräumt, und es riecht gut. Sie hat kein Problem damit, dass ich zu früh da bin, und eine karierte Schürze an. Sie verkündet, dass es jetzt gleich Milchreis geben wird, und verschwindet in der Küche. Und ich sehe, was sie unter ihrer Schürze anhat: nichts weiter als Unterwäsche.

Ich wünschte, der Landlbauer könnte sehen, dass eine so talentiert gebaute Person wie die Fritzi auch noch Milchreis kochen kann. Als sie aus der Küche wiederkommt, erzähle ich ihr noch nicht einmal, dass ich keine Rosinen mag. Ich kann nämlich riechen, dass sie welche hineingetan hat, weil sie immer so eine stechende Süße abgeben, wenn sie warm werden. Also, genau genommen sag ich gar nichts mehr.

»Du, Lucky«, flüstert die Fritzi nach einer halben Stunde, »darf ich dir einen Tipp geben?«

Das ist mir jetzt total peinlich, und ich ziehe mir die Bettdecke zum Kinn, weil ich vor der Fritzi nicht die Tomate geben will.

»Ja?«

»Zieh das nächste Mal deine Socken aus.«

»Ist das, ich meine, ist das alles?«

»Nein.« Sie zieht mir die Bettdecke weg. »Ist dir beim Rasenmähen das Benzin ausgegangen?«

Gemeinsam betrachten wir das halb fertige Werk der Depiladora: Untenrum sieht es bei mir aus wie in einer Parkanlage, deren Landschaftsgärtner plötzlich verstorben ist. Mann-Intim, aber leider nur links. Erst gluckst die Fritzi nur leise wie der Bach, der oben am Hausberg über die Felsen läuft. Aber dann gibt sie auf und wiehert los wie die allergröbste Stammtischbraut.

Immerhin fragt sie nicht weiter nach, und als sie sich beruhigt hat, nehme ich eine Locke von ihr und ziehe ziemlich fest dran.

»Au!«

»Tschuldigung. Ich wollte nur sehen, ob du echt bist.«

»Bin ich! Warum?«

»Na ja, nur so, weil du, also, ich meine, ich und du, ich bin eher … also, ich und die Frauen …«

»Ach, du meinst, wieso ich ausgerechnet dich mit zu mir ins Bett genommen habe?« Die Fritzi stützt sich auf den Ellbogen, packt mit der anderen Hand ihrerseits einen Haufen Haare von mir.

»Ja, warum … Weißt du, ich bin auch nur eine Frau, die will, dass es ihr gut geht. Ich hab keine Lust mehr auf Drama, da kann der Typ noch so der Hammer sein.« Sie schopft mich wie einen jungen Hund, den man am Nackenfell packt. »Du bist einfach ein Lieber, das seh ich. Du brichst einer Frau nicht das Herz. Und auch so was kann ziemlich sexy sein.«

Dafür muss ich mich natürlich bedanken. Und zwar mit drei Stunden Nonstop-Lendenfrühling.

Ich wache mitten in der Nacht auf, weil es mir so komisch im Nacken zieht, und setze mich auf, um zu sehen, ob mich jemand beobachtet.

Die Fritzi liegt neben mir auf dem Bauch.

Die Kopfkissen sind aus dem Bett gefallen, ein Cowboystiefel steht an der Tür, der andere liegt umgefallen vor dem Bett. Daneben ein leeres Weinglas, ein halb getrunkenes Glas Milch und zwei leere Teller mit Löffeln drin. Bei einem der Teller liegen am Rand ungefähr ein Dutzend Rosinen.

Ansonsten ist alles ruhig. Nur der heilige Antonius grinst ins Schlafzimmerfenster. Der alte Spanner sollte sich eher darauf konzentrieren, die verlorenen Sachen anderer Leute wiederzufinden, anstatt sich die nackten Hinterbacken der Fritzi anzuschauen, und ich stehe auf, um den Vorhang zuzuziehen. Weil die Stunden vor dem Einschlafen eine ziemlich klebrige Angelegenheit waren, geh ich lieber duschen. Als ich aus dem Bad komme, bin ich wach und setze mich mit meinem Milchglas an den Küchentisch. Mit dem Rücken zum Fenster. Der Antonius muss ja nicht unbedingt mitbekommen, dass ich vorhabe, den Laptop von der Fritzi hochzufahren.

Sofort sehe ich mich auf dem Traktor, im Anzug vom Wildmoser und mit einem Lächeln, als hätte ich gerade im Lotto gewonnen. Ich bin der Bildschirmhintergrund von Fritzi Morgenstern? So was ist mir noch nie passiert.

Es ist nicht schwer, das Video auf der Festplatte zu finden.

Dann sind meine Füße kalt und die Milchflasche leer. Vierundzwanzig verpasste Anrufe zeigt mein Telefon, alle vom Uwe. Und von der Mama.

Wenn ich jetzt gehe, würde die Fritzi es gar nicht merken.

Und ich wäre morgen zum Frühstück daheim.

Die Tür zum Schlafzimmer steht halb offen, und ich betrachte eine Weile einen großen Zeh von Fritzi, der unter der Bettdecke herausschaut wie eine neugierige Tiernase.

Dann schalte ich das Telefon wieder aus, stopfe der Fritzi vorsichtig ein Kissen unter den Kopf und lege mich wieder zu ihr.

Das mit dem Schlafen ist so eine Sache, und ich schlage bald wieder die Augen auf. Die Fritzi dagegen schläft wie ein Murmeltier, und ich nehme mir den Hausschlüssel und schleiche mich aus der Wohnung. Beim Schubert liegen die Brezen noch warm auf dem Backblech. Ich bringe dem Steff außerdem einen Cappuccino vorbei, und er nimmt ihn, ohne sich zu bedanken.

»Was willst du?«

»Nichts! Ich war nur hier in der Gegend und dachte, ich bring dir ein Frühstück vorbei.«

»In der Gegend. Natürlich.« Der Steff bröselt Brezensalz auf seinen Tisch und nickt mir zu. »Dann wünsch ich dir noch einen schönen Freitag.«

»Ich dir auch.«

Ich muss dann aber doch eine Weile prüfen, ob der Gummibaum in der Ecke nicht langsam mal gegossen werden muss.

»Ist noch was?«, fragt der Steff und nimmt die Hand wieder vom Türöffner.

»Na ja …«

Ich wische mir die Erde von den Fingern und schlendere zurück zum Besuchertresen.

»Wenn du mich schon so löcherst mit deinen Fragen … Ich wollte nur sagen, dass ich das Graffiti an der Jolly nicht anzeigen werde. Und der Herr Pfarrer sicher auch nicht.«

»Alles klar.« Steff wischt sich mit der Papiertüte die Butter von den Fingern. »Gibt es sonst was Neues? Du klingst erholt, und das so früh am Morgen.«

»Na ja, äh«, stottere ich, bevor mir der Steff noch mein Beglückungsprogramm auf den Kopf zusagt. »Ich bin der Bildschirmhintergrund von der Fritzi!«

»Holla«, meint der Steff beeindruckt. »Gratuliere.«

Als ich wieder in ihre Wohnung komme, ist die Fritzi wach.

»Da bist du ja!«, ruft sie und läuft mir aus dem Schlafzimmer entgegen, nackt bis auf ihre bunten Pantoffeln und mit einem Wer-will-mich-aus-dem-Tierheim-retten-Ausdruck im Gesicht. »Versprich mir, dass du morgens nie wieder einfach abhaust. Nie, nie, nie, okay?«

Zu meiner Verteidigung halte ich die Brezentüte hoch und versichere ihr, dass ich ein Mann von Format bin und nicht einer, der die Flatter macht, nachdem er sein Vergnügen gehabt hat.

»Schöne, äh, Hausschuhe«, sage ich dann noch, weil ich die ganze Zeit auf den Boden schauen muss, damit ich überhaupt sprechen kann.

»Ein Souvenir. Von meinem letzten Urlaub.«

»Ich muss dich was fragen«, meine ich und betrachte weiter ihre bestickten Latschen.

»Was denn?«

»Etwas, von dem ich nie gedacht habe, dass ich das je eine Frau fragen würde.«

»Okay?«

»Willst du später mitkommen und mein Auto vom Lackierer abholen?«

35

Der Morgen fühlt sich nach der Nacht bei der Fritzi an wie ein kühler Energydrink, und ich frag die Gitti, ob sie beim Friseur war, und den Chef, was seine Reiseplanung macht. Meiner Augenbraue geht es ganz wunderbar, und die Angerer zieht mir im Büro in null Komma nichts die Klammer raus. Dann schaffe ich es, in einer Stunde ein Firmenporträt von Festzelte Gürtler zu schreiben, und bin schon wieder raus aus der Redaktion. Als die Gitti mir hinterherruft, dass ich die Mama dringend zurückrufen soll, bekomme ich plötzlich etwas in die Luftröhre und kann sie nicht mehr so genau verstehen.

Die Fritzi und ich bringen erst den Traktor vom Wildmoser zurück und fahren dann mit dem Taxi weiter. Zum Bruder vom Juri brauchen wir eine halbe Stunde über Land, und die Fritzi gibt mir zum Taxifahren sogar einen Zwanziger dazu, weil sie meint, sie wollte schon immer mal nach Wasserburg wegen der Altstadt und dem schönen grünen Inn. Zurück machen wir einen kleinen Umweg von ungefähr achtzig Kilometern, weil so ein schöner Tag ist und die Jolly einfach super aussieht mit ihrem neuen Lack und der Fritzi als Beifahrerin.

Dann machen wir Pause auf einer Wiese am Waldrand, und ich zeige auf den Wilden Kaiser, den Zahmen Kaiser und die Südseite vom Hausberg. Und erzähle der Fritzi, dass ich auf keinem Berg mehr war, seit die Babsi mit mir Schluss gemacht hat.

»Du Armer.« Sie kitzelt mich mit einem Grashalm. Und dann erklärt sie mir, dass wir von allen unseren Beziehungen etwas lernen und dass jede neue schöner wird als die vorangegangene, man muss es nur zulassen. Ich weiß nicht genau, was sie mit dem Zulassen meint, aber ich schnappe mir trotzdem die Fritzi und gebe mir richtig Mühe, dass es schöner wird. Und dann noch einmal und noch einmal.

Nach unserer Pause haben wir rote Bäuche, weil wir zwischendurch ein Problem mit einer Waldameise hatten, die zwischen die Fronten geraten ist. Und das einzige, wirklich das einzige Problem an diesem Tag ist, dass die Stunden durchrauschen wie ein Hochgeschwindigkeitszug. Und ich es unmöglich noch einmal in die Arbeit schaffen werde.

»Gestern krank und heute kommen Sie nicht mehr rein? Wenn nächsten Samstag der Festakt ist? Lämmermeier, ganz ehrlich, wie stellen Sie sich das vor?«

Im Hintergrund sagt jemand etwas, und ich muss mir kurz die Hausberger Jodeltruppe in der Warteschleife anhören.

»Sie haben Glück. Die Kollegin Angerer sagt, das passt«, meldet sich der Chef wieder. »Also geht das auch für mich in Ordnung, unter einer Bedingung.«

»Unter welcher?«, will ich wissen.

»Sie gehen mit zum letzten Fitting.«

»Gut«, sage ich. »Mittwoch, um halb sieben im Laden vom Gaissmayer. Ich werde da sein.«

Ich lege auf und schau die Fritzi an.

»Arbeit ist geregelt. Aber ich muss langsam mal zurück zur Mama«, meine ich dann, und als die Fritzi sagt, super Idee, da kommt sie mit, setze ich mich auf meine Hände, damit sie nicht sieht, wie sie zittern.

Die Mama sitzt oben in ihrem Zimmer und hat den Herrn Pfarrer zu Besuch. Die Fritzi streckt ihr sofort die Hand entgegen.

»Schön, Sie wiederzusehen, Frau Lämmermeier. Ach, ich sag einfach Du und Rosi, schließlich mögen wir den gleichen Mann.«

Die Mama macht einen spitzen Mund wie bei den Anfangsbuchstaben von unverschämt, unerhört oder unglaublich. Aber die Fritzi lässt sie gar nicht erst zu Wort kommen, sondern beugt sich übers Malefizbrett.

»Rosi, du darfst da vorne nicht so viel mauern. Lieber zwischen der Blockade manchmal eins frei lassen und den Gegner total ausbremsen.«

Die Mama schaut sie an wie ein angebrütetes Ei, aber die Fritzi schafft es, innerhalb von zehn Spielzügen drei Figuren von ihr zu schlagen.

»So«, sagt sie und schiebt den Stuhl wieder zurück. »Aber wir wollen nicht länger stören, wir wollten nur sagen, dass der Lucky das Wochenende bei mir verbringt.«

Die Mama verschluckt sich an ihrem Bienenstich und muss sich vom Herrn Pfarrer den Rücken klopfen lassen.

»Deine Mutter sieht auch so aus, als müsste sie einmal raus«, meint die Fritzi besorgt. »Ich hab eine super Idee. Wir sehen doch beide ziemlich zerzaust aus. Soll man nicht zum Friseur gehen, solange der Mond im Löwen steht?«

Da kann die Mama nicht anders, als zu nicken, der Herr Pfarrer muss sich sehr gründlich schnäuzen, und ich habe so eine Elastizität in den Knien. Schweigend hören wir zu, wie die Fritzi die Treppe herunterläuft und mit der Küchentür klappert. Keine drei Minuten später ist sie wieder da und verkündet, dass alles in reinster Butter ist und die Mama für den restlichen Tag freihat.

»Ich ruf gleich mal an, ob wir noch einen Termin kriegen. Welcher Friseur hier im Ort ist denn besser – Salon Tini oder Schnittmeister?«

»Ich geh immer zur Tini«, antwortet die Mama schwach.

»Aha«, sagt die Fritzi, »dann ruf ich mal beim Schnittmeister an.« Und ist schon auf dem Balkon, Handy im Anschlag.

»Was Jugendliches hat noch keinem geschadet«, ruft sie von draußen. »Das ist sicher gut für den Umsatz, wenn deine Frisur nicht so ist wie die Speisekarte, und auch die bekommen wir noch in den Griff, nicht wahr, Lucky?«

Die Mama setzt sich zu mir, mit so einem Blick, der nicht besonders böse ist, sondern eher Hilfe suchend.

Ich kann aber meinerseits auch nur die Handflächen nach oben strecken. »Mama, da kannst du nichts machen. Die Fritzi hat einfach immer eine ganz bestimmte Vorstellung davon, wie die Sachen laufen sollen.«

»Wenn wir uns beeilen, können wir den letzten Termin für heute haben. Leihst du uns dein Auto?«, fragt die Fritzi vom Balkon.

Die Mama schüttelt den Kopf. »Ah geh, Kind, das macht der nie!«

»Ich weiß gar nicht, was du hast, Mama«, sage ich, während sie mich anstarrt, als würden mir zwei grüne Hörner aus dem Kopf wachsen. »Natürlich kann Fritzi mein Auto haben.«

Als die Mädels zurückkommen, hat die Mama eine neue Frisur, mit hinten kurz und vorne Schwung. Die Haare von der Fritzi sind viel länger als vorher, und sie erklärt mir, das liegt daran, dass die Krause geglättet ist. Sie sagt aber auch, ich muss jetzt die Finger von ihren Haaren lassen, wenn wir die Nerven von der Mama nicht noch mehr strapazieren wollen.

Danach gehen wir alle zusammen nach Rimsting in die Familienpizzeria vom Valentino: Fritzi, Mama, der Herr Pfarrer und ich. Als wir nach Hause kommen, hat die Mama zwei Viertel Chianti getrunken und macht einen kleinen Hüpfer bei jedem Schritt. Aber am Eingang zum Huberwirt stellt sie sich vor die Tür und dreht sich zur Fritzi um.

»Also, jetzt noch einmal wegen dem Wochenende. Da bin ich nicht einverstanden. Kommen S' gut heim, Fräulein«, sagt sie und zieht ihre Dirndlschleife fest. »Der Herr Pfarrer nimmt Sie bestimmt gern mit.«

Ich merke, wie mir das Blut in den Kopf schießt. Aber die Fritzi vollführt heimlich eine Handbewegung wie bei einem Hund, der Platz machen soll.

»Rosi, ich versteh das total, dass eine Mutter nicht will, dass ihr Sohn bei einer anderen Frau übernachtet, gleich zweimal hintereinander«, sagt sie. »Ihr seid ja sehr eng miteinander, das ist ja auch was Schönes und sehr selten heutzutage, nicht wahr? Das solltet ihr euch unbedingt bewahren. Ich hab ja schon genug Unruhe hineingebracht.«

Sie winkt mir zu und hakt sich beim Herrn Pfarrer ein.

»Also dann, gute …«

»Halt!«, ruft die Mama. »Das ist doch ein Schmarrn!«

Sie schluckt schwer, und ihre Augen schwimmen wie beim Zwiebelschneiden. Und dann gibt sie mir einen Schubs. Richtung Fritzi.

»Aber Hände über die Bettdecke«, sagt sie streng zu mir.

Ich nicke todernst, obwohl die Fritzi und der Herr Pfarrer hinter dem Rücken von der Mama grinsen wie zwei Maikäfer.

36

Die zweite Nacht bei der Fritzi schlafe ich schon viel besser. Jetzt, da mit der Mama alles gut ist, habe ich das Handy nicht mehr stumm gestellt, und ich brauche am Morgen eine Weile, bis ich verstehe, woher das Klingeln kommt.

»Bist du allein?«, fragt mich die Babsi, nachdem ich das Telefon aus einem Cowboystiefel gezogen habe.

»Nein«, murmle ich. »Was gibt's?«

»Das Rechts der Isar hat das Gutachten durchgefaxt. In den sterblichen Überresten vom Ammetsbichler scheinen tatsächlich Spuren einer ungewöhnlichen Substanz zu sein.«

Die Babsi hat eine Stimme, der das Alpenländische auf einmal komplett fehlt, und ich bin auf einen Schlag hellwach.

»Und was genau haben sie gefunden?«, flüstere ich, um die Fritzi nicht zu wecken.

»Ein …«, ich höre etwas rascheln, »ein Alkaloid namens Pseudacetonin.«

»Was ist das?«

»Ein Pflanzengift. Verursacht Herzrhythmusstörungen und ist absolut tödlich. Aber die Vergiftung ist für einen Arzt, der kein Toxikologe ist, kaum zu erkennen. Das perfekte Gift also, für einen Ort wie den unseren.«

Ich schau auf den Rücken von der Fritzi, der sich gleichmäßig hebt und senkt, und fünf Minuten später zieh ich die Haustür hinter mir zu.

Der Himmel liegt über dem Ort wie eine schwere graue Decke. Die Babsi wartet beim Valentino draußen auf mich.

»Ein Giftmord? Wirklich?«

Die Babsi nickt. Ich setze mich und ächze wie ein alter Mann, der versucht, einen Kasten Bier hochzuheben.

»Lucky?« Die Babsi wischt mit der Hand vor meinen Augen hin und her. »Was machen wir denn jetzt?«

»Hast du es dem Steff schon erzählt?«

»Nein, aber der Oberarzt sagt, er macht sich strafbar, wenn wir ihm nicht sagen, woher diese Gewebeprobe kommt. Wenn wir nichts unternehmen, gibt er der Staatsanwaltschaft Bescheid.«

»Ganz schön korrekt. Und so einen magst du, oder was?«

Dazu kann die Babsi nur sagen, dass sie von einem Kleinstadtpolizisten schwanger ist und es keine Rolle spielt, ob sie einen Mediziner in München gut findet oder nicht.

»Und jetzt haben wir schwarz auf weiß, dass ein Mord passiert ist. Aber es fühlt sich nicht lustig an. Ich hätte niemals vom Frohberger dieses Herz annehmen dürfen. Das ist illegal!«

Die Pupillen von der Babsi sind ein einziger Abgrund, so weit hat sie die Augen aufgerissen.

»Okay, Babsi. Wir sagen, das mit dem Herz ist meine Idee gewesen, ja?«

Endlich blinzelt sie. Und umarmt mich. Weil sie ihre Haare immer oben auf dem Kopf zu so einem dicken Knödel zusammenwurschtelt, sehe ich über ihre Schulter sehr gut, dass der Valentino gerade Kundschaft bekommt.

»Einmal Kokos und Mango in der Waffel bitte«, sagt eine klare Frauenstimme, und ich würde am liebsten sofort rufen, wie wunderbar dieses Eis zusammenpasst. Denn es ist ganz unglaublich, welche Sorten andere Leute sich manchmal auf die Waffel packen: Schokolade-Zitrone, Kaffee-grüner Apfel oder ähnlichen Krampf.

Aber die Babsi klammert sich an mich wie an ein Kuscheltier. Und obwohl der Valentino ganz schön die Hüften schwingt, um unseren Tisch zu verbergen, entdeckt uns die Fritzi. Und auch ihre Augen werden auf einmal sehr groß. Und dann ist sie schneller weg, als der Valentino »*Ciao bella*« sagen kann.

»Scheiße, die Fritzi hat uns gesehen. Und ich bin vorher einfach abgehauen!«

Das findet jetzt auch die Babsi eher ungünstig, aber die Fritzi geht weder bei mir noch bei ihr ans Handy. Ich laufe die Kirchgasse, die Ganghofer und sogar den Louis-Trenker-Steig ab, aber vergeblich.

Die Babsi muss los, damit der Steff nichts merkt, und ich

mache mit ihr aus, dass ich mir überlegen werde, was jetzt das Beste ist.

Gut, dass ich meine Strickjacke im Auto habe. Denn auf einmal ist mir wieder so kalt wie am 1. Mai vor zwei Wochen. Der Tod ist wieder in unser Leben zurückspaziert.

37

Weil ich mich nicht von der Mama fragen lassen will, warum mein Wochenende mit der Fritzi so kurz ausgefallen ist, fahre ich zur *Chiemseewoche*, und die Angerer ist total begeistert, dass ich mich für den Samstagsdienst melde. Ausgerechnet der Ramsauer hat mir eine Mappe zusammengestellt, zu den Festlichkeiten zur Urkundenverleihung zum Sichersten Ort Oberbayerns.

»Mit der Bitte um Vorberichterstattung«, steht auf dem gelben Klebezettel.

»Gerne doch«, sage ich laut und hole die Tastatur zu mir her, um im Archiv das kitschigste Bild zu suchen, das wir haben: Blauer Himmel, silbergraue Berge, und das Gipfelkreuz vom Hausberg glitzert mit der goldenen Säule vom Antonius um die Wette. Sollen sie sich ruhig alle in ihrer Idylle suhlen, bis ich den Vorhang von der heilen Welt reißen werde. Ich weiß nur noch nicht genau, wann und wie ich das anstellen soll, ohne die Sprache auf das Herz vom Ammetsbichler zu bringen.

Als mich der Uwe anruft, lass ich das Telefon läuten. Und bekomme kurz darauf eine SMS.

WENN DU DICH NICHT ENDLICH MELDEST ERZÄHL ICH
DEINEM MUTTCHEN VON DEINEN UNGESUNDEN HOBBYS

»Geht doch«, sagt der Uwe, als ich ihn sofort zurückrufe. »Ich weiß gar nicht, wo ich anfangen soll vor lauter Neuigkeiten!«

Ich höre eine Autotür klappen und ein leises Plätschern. Anscheinend hat er sich gerade an den Parkplatz vor dem Antoniusbrunnen gestellt.

»Chronologisch«, meine ich angesäuert.

»Gut! Also, erstens: Der Ammetsbichler wollte erweitern. Auf tausend Schweine im nächsten Jahr, auf dreitausend in den nächsten fünf Jahren und dann nach oben offen. Von wegen Kuschelstall – die *Alpensau* sollte wohl doch ein richtig großes Ding werden. Es war alles darauf angelegt, dass da mal richtig viele Viecher reinkommen.«

»Woher …«

»Lass mich zu Ende quatschen! In der Gemeinderatssitzung vor seinem Tod war die Erweiterung Thema – mit positivem Ausgang.«

»Aha. Von der Schweinewellness zur Massentierhaltung. Also doch«, meine ich langsam und erzähle dem Uwe von dem Kastrationsvideo.

»Na klar, das macht alles Sinn, Digger! Nach dem Tierquälereiskandal in Meckpomm den Betrieb schließen, nach Bayern ziehen, sich per Heirat einen anderen Namen checken und bei uns alles noch mal von vorn aufbauen. Im schönen Nebelöd.«

Ich höre beim Uwe im Hintergrund die Kirchturmuhr zwölf Uhr schlagen.

»Und weil er mit dem Verein schon mal so Ärger hatte, wollte er auch die Mitglieder von *Tiere sind Familie* einschüchtern. Mit Graffiti auf dem Auto.«

»Uwe«, sag ich, »genau so war's. Und jetzt halt mal die Luft an: Der Ammetsbichler ist tatsächlich ermordet worden.«

»Weiß ich, weiß ich«, sagt der Uwe. »Das wollte ich dir als Nächstes erzählen. Die Babsi hat mich heute Morgen angerufen!«

Eigentlich will ich sofort mit dem Uwe besprechen, wie wir als Ermittlerteam weiter vorgehen, aber der sagt, bevor wir jetzt weiterreden, muss er mir eine Geschichte aus seiner Kindheit erzählen.

»O doch, du willst sie hören«, erwidert er, als ich meine, nicht hier und nicht jetzt. »Also. Ich habe mal von meinem alten Herrn einen astreinen Segelflieger bekommen, ferngesteuert. Weiß nicht, wo er den herhatte, geklaut, gefunden, vielleicht sogar gekauft, jedenfalls ein richtiges Angeberteil. Und weißt du, was passiert ist?«

Ich leg die Füße auf den Schreibtisch. Das klingt, als könnte es dauern.

»Als mein alter Herr mich das nächste Mal abholt, stellt sich heraus, dass er den Geburtstag von meinem Halbbruder vergessen hat. Wenn man ein paar Kinder produziert hat, die alle bei verschiedenen Müttern leben, kommt man ja gern mal ein wenig durcheinander. Und was macht er?«

Weiß ich nicht, aber ich finde, das klingt wie eine Geschichte von den Heulseiten der Zeitschriften, die die Mama immer liest.

»Er nimmt mir einfach den Flieger weg und gibt ihn meinem Bruder! Ohne Diskussion. Ich bin also am Montag wieder zu meiner Ma gefahren – ohne meinen Flieger. Der war weg.«

»Und was hat das jetzt mit mir zu tun?«

»Na ja, wollte dir nur sagen, dass ich weiß, wie man sich fühlt, wenn man etwas hergeben muss, das man gerade lieb gewonnen hat!«

Ich kaue auf meinem Stift herum, weil das ja das Denken anregen soll.

»Meinst du jetzt die Jolly? Die hab ich längst wieder abgeholt.«

Der Uwe schnauft wie einer, der sich genervt in einen Stuhl fallen lässt.

»Egal, lass es einfach. Ich hab mir schon gedacht, dass du in der Angelegenheit echt ein Brett vor dem Kopf hast. Was ich sagen will: Dein Morgensternchen hat inzwischen eine Menge Gründe, den Ammetsbichler zu hassen. Erstens: Er hat gedroht, seine Kinder von der Schule zu nehmen, wenn sie nicht spurt. Erpressung also. Zweitens: Er hat früher in Meckpomm munter tierquälerische Massentierhaltung betrieben. Und drittens: Er war auf dem besten Weg, das Gleiche wieder mit der *Alpensau* aufzuziehen.«

»Ach komm, das glaubt dir doch keiner.«

»Der Herr Bruckner von der Polizei vielleicht schon.«

»Der Steff? Wie bitte?«

Ich schieße in die Höhe.

»Na, dein grüner Freund trifft sich gleich mit mir beim Valentino. Ich dachte, ich rede mal mit ihm, weil du derzeit so schwer zu greifen bist. Und ich wette, er wird die Sache mit dem Gift im Herzen auch ziemlich interessant finden. Ich finde im Gegensatz zu deiner Exfreundin und dir, dass wir mit dieser Information nicht hinterm Berg halten sollen, bis du weißt, was du damit anstellen willst.«

»Du hast hinter unserem Rücken mit dem Steff …«

Leider geht gerade jetzt die Tür zum Archiv auf.

»Ich dachte, ich bring Ihnen einen Schokomokka vorbei, den mögen Sie doch so gerne.«

Die Angerer stellt eine Tasse vor mich hin und macht »Tsts« wie die Mama, als ich mir die Windpocken aufgekratzt habe.

»Sie sehen mir aber nicht gut aus. Sie sind ja auf einmal ganz rot! Immer noch der Kopf oder schlechte Nachrichten?«

Auf meinem Handy leuchtet ein roter Hörer auf. Der Uwe hat aufgelegt.

38

Auf dem Weg zum Marktplatz fahre ich beinahe zwei Bühnenbauern das Pausenbier aus der Hand, während sie auf der Ganghofer an einem Laster lehnen und sich die Stirn wischen. Der Tag wächst sich nämlich zu einer schwülwarmen Angelegenheit aus, mit einem grau verschleierten Himmel, durch den die Sonne sticht.

Der Steff ist in Zivil und walzt, das Handy am Ohr, über den Marktplatz mit einer Schrittlänge von mindestens zehn Pflastersteinen. Ich lege keinen gesteigerten Wert darauf, in seinem Gesichtsfeld zu erscheinen, und als er mich sieht, glimmt tatsächlich in seinen Augen etwas Rotes auf, wie in den Vampirfilmen, wenn der Blutrausch beginnt.

»Organe, hinter meinem Rücken, illegal …«, versteh ich. Und dann noch: »Du als meine Frau, ihn daran hindern sollen, Verantwortung!«

Ich geh lieber in einem großen Bogen um ihn herum zur Eisdiele. Der Uwe schaut mir entgegen und zieht Augenbrauen und Schultern hoch auf so eine Du-hast-es-nicht-anders-gewollt-Tour.

»Glaub ja nicht, dass ich dir dafür zwanzig Euro die Stunde zahle, dass du dich hinter meinem Rücken mit der Polizei triffst!«

»Fünfundzwanzig.«

»Auch keine Fünfundzwanzig!«

Der Uwe kneift die Lippen zusammen und schaut auf einmal sehr besorgt aus.

»Aber, verstehst du nicht, hier geht es für mich inzwischen um mehr als um Kohle. Ich wohne gern im sichersten Ort. Ich will nicht, dass es hier abgeht wie früher bei mir im Kiez. Und deshalb musste unser Geröllhartinger Grünspecht auch dringend erfahren, was hier so läuft, jetzt wo wir wissen, dass das Ganze mehr als nur so eine Art Ermittlungskomplex von dir ist.«

»Du hast dir von mir fünfundzwanzig Euro zahlen lassen, obwohl du gedacht hast, ich hab nur einen Komplex?«

»Na ja, ich dachte, du bist leichter davon zu heilen, wenn du dafür blechen musst«, meint der Uwe und kratzt sich unterm Latz den Bauch. »Hat ja auch 'ne Zeit so ausgesehen, als würde es funktionieren.«

Ich sehe meinen Freund von oben bis unten an und überlege, wo ihm ein Schlag mehr wehtun wird: am Schienbein oder am Nasenbein.

»In einer halben Stunde treffen wir uns!«, befiehlt mir auf einmal der Steff von der Seite. »Und zwar nicht in der Wache, sondern bei mir zu Hause.«

Ich hole so tief Luft, dass es mir beinahe die Stiefel auszieht, aber ich sehe den Steff bereits nur noch von hinten. Dafür jemand anderen plötzlich von vorne.

»Da sind Sie ja«, begrüßt mich die Angerer. »Ich habe gehofft, dass ich Sie hier finde, Ihr Handy ist aus. Das ist mir jetzt unangenehm, dass ich Ihnen nachlaufe, aber der Layouter braucht die Bilder noch einmal vom Spitzwegerich, er kann Ihre E-Mail nicht öffnen.«

Wenn mir der Attila nicht seine Schnauze in die Hand stupsen würde, würde ich direkt denken, ich träume, so freundlich klingt ihre Stimme. Auch der Uwe schaut gleich ganz aufmerksam.

»Hallo, ich habe mich das letzte Mal gar nicht vorgestellt«, sagt er mit einer Stimme wie Katzenfell. »Uwe Selig mein Name. Ich weiß gar nicht, was unser Lucky hier immer hat. Ich glaube, Sie sind gar nicht so schlimm, wie er immer tut.«

»Das freut mich zu hören. Sagen Sie doch Wally zu mir.« Die Angerer reicht ihm die Hand.

»Toll, wie Sie den Lucky zusammengeflickt haben, Wally«, der Uwe raspelt Süßholz und nimmt nur sehr zögernd die Ellbogen von dem kleinen Tischchen, damit mein Laptop darauf Platz hat. »Übrigens nachdem ihn der Alte von seiner Flamme verkloppt hat.«

»Ach? Eine Eifersuchtstat war das?«, kichert die Angerer. »Na ja, war doch selbstverständlich. Man hilft, wo man kann.«

Mit der Angerer am Tisch versandet die Konversation zwischen dem Uwe und mir. Ich kann zwar nicht glauben, dass er es sogar bei meiner vierschrötigen Abteilungsleiterin probiert, aber er macht tatsächlich noch einen Knopf mehr an seinem Flanellhemd auf. Eine Rosenranke kommt zum Vorschein mit einem Haufen Brusthaare als Weichzeichner darüber.

»Uwe, das kannst du aufgeben, die Frau Angerer hat keinen Vorgarten, den du pflegen kannst.«

»Da wär ich mir nicht so sicher«, sagt der Uwe und schaut unter seiner Mütze hervor wie aus einem Tiegel Butterschmalz.

Ich fliehe und nehme mir für die Nerven Himbeervanille mit. Bevor ich zum Steff fahre, versuche ich es noch einmal bei der Fritzi, Haustür und Handy. Vergeblich.

Auf dem Weg zum Forsthaus bleibe ich kurz auf dem Parkplatz stehen, an dem die Touris immer aus den Reisebussen geschmissen werden, weil die in den Altstadtgassen keinen Platz haben, und schau noch einmal hinunter zum Marktplatz und zum heiligen Antonius.

Irgendwie ist auf einmal alles außer Kontrolle geraten. Denn das Problem ist: Erst bringt man ihnen das Ermitteln bei, und dann tanzen sie einem auf der Nase herum. Denn das mit der Fritzi und mit dem Herz, das hätte ich dem Steff gerne selbst erzählt. Wenn überhaupt.

Die Babsi hat das weite T-Shirt von neulich gegen ein Dirndl eingetauscht. Bei dem Ausschnitt kann ich eigentlich gleich dem Chef sagen, dass er nicht nach USA fahren muss, um den Grand Canyon zu bewundern.

Der Steff hängt auf dem Sofa, vor sich eine Brettljause, die sich gewaschen hat. Bauernspeck, Landjäger, Chilibeißer und darum herum eine Batterie Gurkerl und Radieschen, immer abwechselnd. Man könnte glatt meinen, die Babsi hätte wegen irgendwas ein schlechtes Gewissen.

»Was besprecht ihr gerade?«, frage ich vorsichtig.

»Dass du den Frohberger bestochen hast, damit er das Herz vom Ammetsbichler einfriert.«

»Hab ich das?«

»Ja, gell, so war's, Lucky! Du hast den Frohberger überredet, und der hat das Herz vom Ammetsbichler aufgehoben. Falls man es noch mal untersuchen will«, zwitschert die Bruckner'sche Polizistengattin.

»Genau, Babsi. Und dann hab ich dich um Rat gefragt, und du hast gesagt, du hättest da einen wunderbaren Kontakt zu diesem netten Mediziner von der Toxikologie im Rechts der Isar!«

Die Babsi schießt ein paar Giftpfeile aus ihren Augen ab, aber alles muss ich mir ja auch nicht in die Schuhe schieben lassen.

»Wunderbarer Kontakt?«, hakt der Steff nach und legt das Gurkerl wieder hin, das er sich gerade in den Mund stecken wollte. »Stimmt das, Barbara?«

»Von früher, mein Mauser«, meint die Babsi, »von ganz früher. Aber ich hab gleich zum Lucky gesagt, wenn da was rauskommt, dann müssen wir damit zum Steff gehen, gell? Weil man ja nicht einfach so mit Organen von einem Verstorbenen herumspazieren kann.«

»Apropos spazieren, wo ist das Herz jetzt, Lucky?«

»Ich äh, ich weiß nicht, lass mich mal überlegen ...« Ich schau die Babsi an mit Augenbrauen hoch bis zum Hausberggipfel.

»Na, bei dir daheim, beim Huberwirt! Ganz unten in der Eistruhe!«

»Was?«, rufe ich. »Willst du wirklich sagen, ich habe das Herz ...?«

»Aber sicher«, nickt die Babsi fröhlich und lässt sich nur sehr ungern von mir auf die Terrasse ziehen.

»Spinnst du?«, schimpfe ich und muss mich schon sehr zusammenreißen, um sie nicht zu schütteln. Die Babsi sagt aber, ich soll mich nicht so haben.

»Liegt doch auf der Hand. Wo hätte ich es denn sonst hintun sollen? Der Frohberger hat gesagt, wenn ich wieder damit ankomme, wird er es sofort einäschern. Der Uwe hat keine Gefriertruhe. Beim Doktor Sprengel hör ich auf wegen Mutterschutz. Hier ist ein Polizistenhaushalt. Das Einzige, was ich sicher weiß, ist, dass du die nächsten Jahre garantiert beim Huberwirt wohnen wirst.«

Wir blicken durch die Terrassentür. Der Steff sitzt reglos auf dem Sofa und hat die Hände vors Gesicht geschlagen.

»Egal«, sage ich. »Wir müssen das jetzt irgendwie regeln.«

»Also, Steff«, verkünde ich drinnen. »Eins ist klar, du musst die Ermittlungen wieder aufnehmen und zum Staatsanwalt, weil der Ammetsbichler vergiftet worden ist.«

»Wir müssen mehr über das Gift erfahren«, fügt die Babsi

hinzu. »Dann wissen wir vielleicht auch, wo wir es noch nachweisen können, ohne dass jemand von dem Herz erfahren muss.«

»Gute Idee«, sagt der Steff und nimmt sich endlich einen Speck.

Ich setze mich neben ihn, damit ich wenigstens nicht mehr von oben in die fruchtbare Voralpenlandschaft von der Babsi hineinschauen muss.

»Wer hilft uns da? Doch nicht schon wieder dein Toxikologe?«

»Passt schon«, meine ich. »Ich weiß jemanden, der sich mit Giftpflanzen auskennt. Schauen wir mal, wie weit wir mit ihr kommen.«

»Gut«, meint Steff. »Und ich überprüfe die Alibis. Am Wochenende.«

Ich weise ihn schon einmal darauf hin, dass die Fritzi eines hat.

»Ah ja?«

»Sie war nämlich mit ihrem Freund zusammen. Ihrem Ex, meine ich.«

»Das ist ja wunderbar«, sagt der Steff, »dann ist das bei ihr ja nur reine Formsache.«

»Wieso, glaubst du mir nicht?«

»Doch. Aber soll ich vielleicht ein Zetterl vorne auf die Akte kleben, auf dem steht, Frau Morgenstern haben wir nicht überprüft, weil der Freund der Verdächtigen sagt, sie war's nicht?«

Ich geh bei den Bruckners noch aufs Klo. Als ich mich verabschieden will, steht der Steff mit einer Bierflasche in der Hand auf der Terrasse und schaut zum dunklen Himmel hoch.

»Frauen«, murmelt er vor sich hin und nimmt einen tiefen Schluck. »Giftmörder sind meistens Frauen.«

39

Obwohl ich daheim eigentlich noch die Heilmüller anrufen will, haut es mich total weg, und als ich wieder aufwache, ist es Sonntagmorgen, und unten klappern schon die Teller für die Leute mit dem frühen Hunger.

Die Heilmüller geht zwar sofort ans Telefon, sagt aber, sie ist mit den Kräuterhexen übers Wochenende in Südtirol und kann im Ausland nicht so lang telefonieren. Immerhin bringe ich sie dazu, sich für morgen mit dem Günter von der Liftstation zu verabreden, und ich bin mir sicher, dass sie mir bei der Gelegenheit meine Fragen zum Ammetsbichler-Gift beantworten wird.

Dann kann ich bloß noch warten. Die Jolly glänzt. Die Mama muss arbeiten. Vom Valentino ausfragen lassen will ich mich auch nicht. An den See will ich nicht ohne grüne Zerstreuung und den Uwe deswegen anrufen auch nicht. Also probiere ich es weiter bei der Fritzi. Und auf einmal, gegen Mittag, läutet es.

Mein Herz macht zwar einen Hüpfer, aber sie hebt nicht ab. Ich rede ihr so lange auf die Mailbox, bis ich aus der Leitung geschmissen werde, und weiß danach selber nicht mehr genau, was ich gesagt habe. Wie sehr es mir leidtut, dass ich morgens einfach gegangen bin, und dass das mit der Babsi eine rein geschäftliche Besprechung war, auch wenn es nicht so ausgesehen hat. Und dass sie sich keine Sorgen machen soll, ganz gleich, was in der nächsten Zeit passiert.

Danach bin ich total durchgeschwitzt und lege mich in die Hängematte, aber die Sonne scheint direkt darauf, und mir wird noch heißer. Auf der Suche nach Abkühlung gehe ich den Forstweg ein Stück hoch, der über dem Huberwirt Richtung

Hausberg führt. Das klappt ganz gut, auch mit Cowboystiefeln. Auf der Almwiese lasse ich mich vom Fleckvieh beschnuppern und schaue in den Himmel, bis sein Blau dunkler wird. Die Gondeln von der Hausbergbahn rattern noch einmal über die Liftmasten, dann bleiben sie stehen und schaukeln ein bisschen nach. Letzte Fahrt vorbei. Alles still. Nur in meinem Brustkorb tobt es immer noch wie damals, als ich vergeblich versucht habe, beim Sporttest der Polizeischule neunmal hintereinander die Dreißig-Kilo-Hantel hochzudrücken.

Während ich meine rauchenden Socken übers Balkongeländer hänge, ruft mich der Steff an.

»Ich habe fast alle Alibis überprüft. Beppo, Liesl, die Stallarbeiter – alle absolut wasserdicht. Jetzt muss ich nur noch von deiner Frau Morgenstern wissen, wo sie am 1. Mai zwischen sieben und neun Uhr morgens war.«

»Ist sie bei dir ans Telefon gegangen?«

»Ja. Morgen um zwei kommt sie auf die Wache, nur damit du Bescheid weißt.«

Ich lege mich sofort ins Bett und ziehe mir die Decke übers Gesicht, obwohl es in meinem Zimmer richtig schön warm ist.

40

Die Heilmüller hat am nächsten Tag zwar die Familienpackung Mon Cheri für den Günter dabei, aber sie ist total mies gelaunt. Als ich sie an der Liftstation auf die Seite ziehe, weil ich sie endlich zum Thema Pseudacetonin ausfragen will, teilt sie mir mit, dass meine Aufträge allmählich nichts mehr mit einem Hobby zu tun haben, sondern in Arbeit ausarten. Und zwar in Arbeit, in der ihr Name nicht genannt wird, und dass ihre Kräuterhexen gesagt haben, sie soll sich nicht so ausbeuten lassen.

»Ich will nicht nur in Einklang mit der Natur leben, sondern auch in Einklang mit meinem Bankkonto!«

Es hilft nichts, ich muss ihr sagen, dass ich das verstehe und ob ich sie zum Mittagessen einladen kann, vielleicht kann ich ihr ja ein Angebot machen.

»Hat die Dame schon gewählt?«, fragt die Mama sie eine halbe Stunde später, und die Heilmüllerin bestellt sich die Wirsingwickel von der Tageskarte.

»Und zu trinken«, sagt sie, »hätt ich gern …«

Aber von der Mama hört man nur noch den Kies unter den Kellnerschuhen knirschen.

»So was!«, regt sich die Kräuterhexe auf. »Dabei hab ich ihr das letzte Mal sogar Trinkgeld gegeben.«

Ich sag der Heilmüller, sie soll vorsichtig sein, weil die Bedienung meine Mutter ist, und wann sie schon einmal hier war.

»Zum Mittagessen, an unserem Kräuterhexentag.«

»An dem Tag, an dem der Günter Sie wiederbelebt hat?«

Die Mama knallt einen Teller hin.

»Die Wickerl à la nature, wenn's recht ist. Würzen tun die gnädige Frau ja sowieso wieder selber, wegen dem Pfiff«, sagt sie und dampft ab.

»Sehen Sie, auch Ihre Mutter erinnert sich an mich.«

Die Heilmüllerin kramt in ihrer Tasche und holt die zwei Einweggläser hervor.

»Sie haben andere Behälter«, stelle ich fest. »Die waren doch früher rosa und lila.«

»Ja, schon, wie soll ich sagen?«, meint die Heilmüllerin, schraubt das Glas mit dem weißen Deckel auf und schiebt das signalrote mit dem Totenkopf wieder in die Tasche. »Die alten waren zu ähnlich.«

Ich überlege.

»Sie waren hier, bevor Sie Ihren Herzanfall hatten?«
»Aber ja.«
»Und was haben Sie gegessen?«
»Leberkäs Hawaii.«
»Ah. Und den haben Sie sicher nachgewürzt. Mit Kräutern aus Ihren Gläsern.«
Die Heilmüllerin stochert in ihrem Essen herum, und ich schau ihr eine Weile dabei zu.
»Wissen Sie, dass ich mich schon immer gewundert habe, wie eine fitte Frau wie Sie plötzlich einen Herzstillstand haben kann?«, frag ich dann. »Haben Sie schon einmal überlegt, ob das Essen schuld gewesen sein kann?«
Die Heilmüller wackelt unbestimmt mit dem Kopf.
»Oder am Ende Ihre Kräuter?«
Das Kohlblatt vom Wirsingwickel sieht von dem ganzen Rumgeschiebe schon aus wie das Geschenkpapier, das die Mama nach jedem Weihnachten wieder glatt streicht, aber die Kräuterhexe meint, niemals können ihre geliebten Pflanzen schuld gewesen sein.
»Mama!«, schreie ich. »Komm schnell her! Die Dame hier will sich beschweren!«
Die Mama kommt tatsächlich angestiefelt.
»Mama«, sage ich mit Inbrunst, »das hier ist die Frau, die der Günter wiederbelebt hat, damals kurz vor dem 1. Mai. Dem Herrgott sollte sie danken, dass die ganze Geschichte so gut ausgegangen ist. Aber jetzt meint sie allen Ernstes, dass euer Leberkäs schuld an ihrem Zusammenbruch war. Der, sagt sie, verdirbt an Vollmond ganz besonders schnell.«
Die Mama beißt sofort an und bläst sich auf wie ein Ochsenfrosch.
»Leberkäs, verdorben? An Vollmond? So einen Schmarrn hab ich ja noch nie gehört!«

Der Huberwirt streckt den Kopf aus der Küche und kommt auch noch mit dazu.

»Beschwerde? Wo und wer genau?«

Ich zeige auf die Kräuterhexe, deren Mund auf einmal zusammengeschrumpelt ist wie ein Schwammerl in der Pfanne.

»Stimmt das, Rosi?«, fragt der Huberwirt mit einer Stimme von tief unterhalb des Bauchnabels.

»Bei uns gegessen hat sie schon«, sagt die Mama. »Aber der Leberkäs, der war tipptopp, weil ihn ja die anderen Trutschen aus dem Bus auch gefr… auch verzehrt haben, gell!«

Man muss an dieser Stelle sagen, dass der Huberwirt ein eher traditionelles Beschwerdemanagement pflegt und bereits die rechte Hand immer in die linke fallen lässt, als hätte er ein Henkerbeil in der Hand.

»Nein, nein, niemals!«, schreit die Heilmüllerin. »Ich habe nie behauptet, der Leberkäs sei verdorben gewesen, im Gegenteil, der Leberkäs war ganz famos, ich kann mich sogar erinnern, dass es ein ganz überdurchschnittlich guter Leberkäs gewesen ist. Nur nachgewürzt habe ich ihn, wie ich das immer mache, weil ich doch im Einklang …«

Beruhigend lege ich ihr die Hand aufs Knie.

»Frau Heilmüller, ich mein das alles nicht so. Ich habe nur das Gefühl, irgendwas an Ihren Erzählungen ist nicht ganz im Einklang mit der Wahrheit.«

»Also gut. Der Leberkäs war natürlich nicht schlecht«, flüstert sie und sieht so aus, als würde sie sich am liebsten wie eine Schnecke in ihre Ballonmütze zurückziehen. »Ich … ich habe mich selber vergiftet.«

»Sie haben die Gewürzkräuter mit denen im Giftpflanzenglas verwechselt.«

»Ja, leider.«

»Aha! Also, Mama, du hast es gehört. Die Beschwerde ist

hiermit zurückgezogen. War wohl ein Missverständnis meinerseits.«

Für einen kurzen Moment sieht es aus, als würde sich der Huberwirt'sche Zorn gegen mich richten, aber er rumpelt zurück in seine Wirsingfabrik.

»Und womit genau?«

»Mit Eisenhut. Die Blätter sehen der Petersilie recht ähnlich!«

»Und davon hat es Sie so umgehauen? Von ein paar Blättchen?«

»Beim Eisenhut kann eine Verwechslung echt fatal sein.«

»Aber warum haben Sie das denn keinem erzählt, Frau Heilmüller?«

»Da kann ich mich ja nicht mehr blicken lassen, als Kräuterweib, das sich selbst vergiftet!«

Da haben wir jetzt eine ganz wunderbare Grundlage für eine weitere Zusammenarbeit gefunden, der Herzstillstand vom Hausberglift und ich: Ich behalte die Geschichte mit der Selbstvergiftung für mich, obwohl es eine super Story für die Seite eins wäre, und die Heilmüller schreibt mir weiter meine Artikel. Und meine Giftexpertin wird sie auch, mit Handkuss. So einfach ist das. Und deshalb stelle ich auch gleich mein Handy auf Aufnahme und lege es vor sie hin. Als der rote Knopf blinkt, erkläre ich ihr noch einmal genau, was ich wissen will.

Die Heilmüllerin tut so, als hätte ich mit einer Pistole auf sie gezielt.

»Pseudacetonin? Das ist das Gift des Himalaja-Eisenhuts!«

»Sagen Sie bloß, das ist das Gleiche wie das, womit Sie sich vergiftet haben?«

»Aber nein, Hi-ma-la-ja-Eisenhut, der wächst nicht hier bei uns in den Bauerngärten, sondern in Nepal.«

»Aber ist nicht Eisenhut gleich Eisenhut?«, frage ich, und

die Heilmüller erklärt mir, dass der europäische Eisenhut und sein großer Bruder aus dem Himalaja sich ganz gewaltig unterscheiden, und zwar in der Giftigkeit, und dass der Himalaja-Eisenhut als die giftigste Pflanze der Welt gilt, basta. Das kann ich dann doch nicht ganz glauben.

»Und was ist das Gute an dieser Pflanze? Sie sagen doch immer, alles in der Natur hat zwei Seiten.«

Die Heilmüllerin sieht mich an, als hätte ich sie gefragt, was denn das Umweltschonende an einem Kohlekraftwerk ist. »Da gibt es nicht viel. Früher wurde es als Mittel gegen Lepra eingesetzt, aber die kleinste Überdosierung hat schreckliche Folgen. Muss entsetzlich sein, so ein Tod. Im Mittelalter haben sie Menschen damit hingerichtet, und die haben geschrien, sie hätten Eis in den Adern. Solange sie noch schreien konnten.«

Die Kräuterhexe erzählt aus dem Stand weitere zwanzig Minuten und meint säuerlich, sie freut sich schon sehr, wenn sie mir in Zukunft weiterhelfen kann, es ist immer schön, wenn sich junge Leute so für die Natur interessieren.

Danach ist es fast drei Uhr, und Fritzi sollte eigentlich auf der Wache beim Steff fertig sein. Ich schicke ihr eine SMS, sie soll sich bitte melden und mir erzählen, wie es war. Und sich keine Sorgen machen.

Von der Hängematte aus schaue ich zu, wie die Wolken sich zusammenschieben. Obwohl die Gäste noch beim Mittagswirsing sitzen, sieht es aus, als wäre die Sonne schon untergegangen. Ich warte ungefähr so lang wie eine *Tatort*-Folge, ob die Fritzi sich bei mir meldet. Und mache mich dann auf den Weg.

»Wohin willst du?«, fragt mich die Mama im Biergarten.

»Nach der Fritzi schauen.«

»Ist s' krank, das Dirndl?«

»Ich weiß nicht, sie geht nicht ans Telefon.«

Die Mama stellt sich mir in den Weg und schaut in mein

Gesicht. Dann legt sie mir beide Hände auf die Wangen und schüttelt langsam den Kopf wie ein müdes Kutschpferd.

»Pass auf dich auf, Bub.«

Dann muss sie sich abwenden und die Nase putzen, ausgerechnet in eine von den Stoffservietten, die der Huberwirt eigentlich für Weihnachten unter Verschluss hält.

Auf dem Weg zum Rathaus ignoriere ich den Valentino. Ich kann mir nicht vorstellen, auch nur einen Löffel Eis an dem Knödel vorbeizubekommen, der mir im Hals feststeckt.

Der Steff hängt am Computer und wirft mir einen Blick zu wie ein Mechaniker einer verdreckten Zündkerze. Auf der Besucherseite von seinem Schreibtisch ist noch ein leeres Wasserglas, aber von der Fritzi keine Spur mehr zu sehen.

»Lucky, was machst du hier? Du weißt, ich darf dir nichts sagen, in meiner Eigenschaft als Polizist.«

»Das versteh ich«, meine ich. »Aber als Freund?«

Der Steff steht auf und kommt um seinen Schreibtisch herum. Er zieht mich ins leere Büro vom Dienststellenleiter Döblinger und schließt leise die Tür.

»Also. Ich bin noch einmal durchgegangen, mit wem der Ammetsbichler eine Rechnung offen hatte, und das wird dir nicht gefallen.«

»Was willst du mir damit sagen?«

»Was ich damit sagen will?« Der Steff nimmt einen Kugelschreiber und knipst daran herum. »Ich will damit sagen: Das Alibi von deiner Fritzi stimmt nicht.«

»Das kann nicht sein! Ihr müsst doch nur ihren Supervisor befragen!«

»Natürlich habe ich auch schon den Herrn Hamdacher befragt. Die Sache ist nur, dass er sagt, er war zur Tatzeit nicht bei ihr, sondern in München bei seiner Ehemaligen.«

»Ist ja klar, dass der lügt. Der hat eine Riesenwut auf die Fritzi, weil sie ihn abgesägt hat. Gekränkte Eitelkeit. Aus dem Grund haben sicher schon mehr Männer gelogen.«

»Das mag sein, aber das Problem ist, dass seine Exfreundin in München bestätigt, dass er bei ihr war.«

Ich recke die Hände in den Himmel wie der Herr Pfarrer am Ostersonntag, weil der Steff nicht kapiert, was da gespielt wird.

»Na klar, seine Ex will ihn ja unbedingt wiederhaben! Ist doch klar, dass sie ihn deckt, diesen Haubentaucher, diesen …«

»Lucky, ich bitte dich!«

Ich bin still und lasse die Arme sinken und schaue lange am Steff vorbei in die Ferne. Die Karin kommt und fragt, ob der Herr Döblinger weiß, dass wir in seinem Büro sitzen, und was mit der Brandschutzkontrolle im Festzelt ist.

Der Steff muss also los und kann sich erst morgen anhören, was mir die Heilmüller erzählt hat. Ich stehe nervös, aber ratlos eine Weile auf dem Bürgersteig herum. Und kann mir nicht vorstellen, dass es noch irgendwo auf der Welt eine Polizeiwache mit Geranien vor den Fenstern gibt.

Der Wildmoser freut sich, als ich spontan bei ihm und seinen Gewächshäusern vorbeischaue. Obwohl mir nach dem Besuch bei ihm die Gehirnzellen träge durcheinanderfließen, gewinne ich abends zweimal beim Malefiz. Und die Mama schaut mich an wie damals, als der Herr Pfarrer zu ihr gesagt hat, man kann ein Kind schon mal gewinnen lassen, das wird himmelwärts als Notlüge verbucht.

Kaum liege ich aber in der Waagrechten, gehen bei mir im Kopf wieder die Lichter an. Meine Gehirndisco tobt bis zwei Uhr morgens, dann wird es mir zu dumm, und ich stehe noch einmal auf.

Der Stick mit dem Video der Tierschützer ist in der Tasche meiner Strickjacke. Ich bin natürlich davon ausgegangen, dass es für die Fritzi okay ist, wenn ich mir eine Kopie davon mache.

»Der hat's echt verdient«, sage ich vor mich hin und schaue mir alles noch einmal an. Die schreienden Ferkel, den Ammetsbichler, wie er mit einer Handbewegung die Tierärztin antreibt.

»Liesl?«

Eigentlich sollte ich alle Telefonate auf diese Uhrzeit legen, weil dann alle Leute sehr viel besser zu erreichen sind.

»Lucky? Warum, um Himmels willen, rufst du mich mitten in der Nacht an?«

Als ich der Liesl erzähle, dass ihr Mann früher einen Betrieb hatte, der *Pommernsau* hieß, gähnt sie erst einmal.

»Echt?«

»Weißt du nicht, dass er schließen musste? Wegen tierquälerischer Massentierhaltung?«

»Nein, er hat immer nur gesagt, er wollte etwas Neues machen«, antwortet sie, und ich höre zweimal ein leises Klirren wie von einer Kühlschranktür, die auf- und zugemacht wird.

»Weißt du auch nicht, wer damals für ihn gearbeitet hat? Eine Tierärztin vor allem?«

»Nein, keine Ahnung. Die Arbeiter hier, die hat er alle neu eingestellt. Und wenn der Harry etwas nicht erzählen wollte, dann …«

Eigentlich rechne ich mit dem Rascheln von Schokoladenpapier, aber etwas kracht wie eine rohe Karotte, und die Liesl redet mit vollem Mund weiter.

»… dann war da nichts zu machen.«

Eine ganze Weile schaue ich noch auf das letzte Bild des Videos, dann ziehe ich den Stick aus meinem Computer, gehe zurück ins Bett und warte.

41

Der neue Tag ist neblig. Vom Hausberggipfel ist nichts zu sehen, und der Antonius sieht von Weitem so matt aus wie die Silbergabeln ganz hinten in der Besteckschublade.

Die Angerer und der Chef finden meinen Artikel »Der Lebensretter von der roten Gondel« richtig super. Gipfelkreuz im Hintergrund, Mon Cheri im Vordergrund, alles richtig gemacht, und ich kann am Nachmittag zum Marktplatz.

Die Arbeiter dort sind anscheinend noch früher aufgestanden als ich. Ich fotografiere Tribüne und Festzelt, beides fertig gebaut. Darum herum gibt es nur noch einen schmalen Gang für die Fußgänger.

Der Valentino ist vor seiner Eisdiele und schiebt seine Tische näher an die Hauswand. Die Fritzi hat er nicht gesehen, aber er gibt mir noch einen O-Ton für die *Chiemseewoche*, wie sehr er sich auf die Verleihung freut und dass es viel besser ist, im Sichersten Ort Oberbayerns sein *gelato* zu verkaufen als in Napoli.

Die Karin öffnet mir die Tür zur Wache und hat den Kopf gesenkt wie der Attila, wenn er von der Angerer eins auf den Deckel gekriegt hat. Sie zeigt auf das Büro vom Döblinger und verzieht sich. Denn der Dienststellenleiter hat den Steff bei sich im Büro stehen. Er spricht sehr leise, der Steff dafür umso lauter.

»Durchaus«, höre ich ihn sagen, »ich verstehe, dass wir uns auf dünnem Eis bewegen. Ja, Herr Döblinger. Ich weiß, dass ich Sie von den Vernehmungen am Wochenende nicht informiert habe. Es tut mir leid, dass die Frau Ramsauer sich beschwert … Ja, was soll ich sagen. Gift, angeblich. Ein anonymer Hinweis … Informant kann ich nicht preisgeben … müssen wir trotzdem ernst nehmen. Wie bitte? Ich soll gar nichts mehr …? Gut. Auch der Doktor Kastner ist dieser Meinung? Natürlich. Die Akte geht sofort raus.«

Als der Steff aus dem Büro seines Chefs kommt, zucken seine Mundwinkel wie früher, wenn er der Watschenbaum an der Tafel vorrechnen musste. Er gibt seinem Drehstuhl einen Tritt, bevor er sich hinsetzt.

»Der Döblinger sagt, wenn auch ich jetzt überzeugt bin, dass es Mord war, dann muss der Fall sofort an die Kripo. Hinter seinem Rücken wird hier nicht ermittelt, sagt er.«

»Aber du warst doch mal ein Kriminaler!«

»Ich war, Lucky, ich war. Der gehobene Dienst ist Vergangenheit.« Er nimmt sich einen Kugelschreiber. »Inzwischen bin ich nur noch ein Scheißkleinstadtpolizist.«

Ich höre mir das Geknipse einen Moment an und nehme ihm dann den Stift weg. »Das macht nichts. Ich bin auch nur ein Scheißheimatreporter.«

Der Steff bekommt seine Hand frei, reibt sich übers Gesicht und sieht auf einmal total müde aus. »Und was machen wir jetzt?«

»Hast du die Akte Ammetsbichler noch, oder hat der Döblinger sie schon einkassiert?«

Der Steff zieht seine Schreibtischschublade auf und wirft einen Papierordner auf den Tisch, braun mit einem grünen Haushaltsgummi darum herum.

»Gut! Denn bevor wir die Akte an jemanden geben, sollten wir erst einmal klarstellen, dass eine gewisse Frau Morgenstern mit dem Todesfall nichts zu tun hat.«

»Darf ich nicht mehr. Und du, du musst zugeben, dass du das Herz vom Ammetsbichler in der Eistruhe hast, bevor die

Kollegen in Rosenheim von selbst darauf kommen! Und ich wäre froh, wenn du mich dabei nicht erwähnen könntest.«

Als er nach dem nächsten Stift greift, halte ich ihn am Handgelenk fest.

»Ich gebe nichts zu. Noch nicht. Hör zu«, flüstere ich, während der Steff an seiner Hand zerrt. »Jetzt sagst du dem Döblinger, dass du die Akte in Rosenheim vorbeibringst, weil du die Kollegen persönlich in Kenntnis setzen willst, verlässt damit die Wache, und wir treffen uns gleich bei dir zu Hause.«

Im Bruckner'schen Eigenheim zieht die Babsi gleich die Vorhänge zu, als könnte man vom Wald aus in die Akte Ammetsbichler und die Notizen von der Heilmüllerin schauen.

»Du musst den Fall abgeben, und daran bin ich schuld? Weil du wegen mir nicht mehr bei der Kripo bist?«, meint sie und schiebt ein paar Prospekte mit rosigen Babys vom Couchtisch. »Darf ich den Herrn Bruckner daran erinnern, dass ich nicht die Einzige war, die sich hier niederlassen wollte, weil man hier so schön eine Familie gründen kann?«

»Ich sage ja gar nicht, dass du schuld bist, sondern nur maßgeblich beteiligt«, grummelt der Steff.

»Also schuld«, zischt die Babsi.

Ich schaue von meinem Handy hoch, mit dem ich gerade Seite für Seite die Akte abfotografiere.

»Können wir uns hier mal aufs Wesentliche konzentrieren? Der Steff muss morgen mit der Akte nach Rosenheim, wenn er nicht auffallen will. Ich dachte, du und die Fritzi, ihr seid Freundinnen?«

»Also gut.« Babsi lässt sich zwischen den Steff und mich aufs Sofa fallen. »Natürlich hat die Fritzi mit der ganze Sache nichts zu tun. Oder anders gesagt: Erklärt mir doch mal, wie die Fritzi an das Pseudacetonin gekommen sein soll. Nach allem, was ich herausgefunden habe, wird es als Arzneimittel nicht mehr verwendet, noch nicht einmal mehr extrem verdünnt in der Homöopathie. Zu toxisch.«

»Woher bekommt man diese Knollen dann?«, fragt der Steff. »Klingt, als müsste man wissen, wo man im Himalaja hinlaufen muss. Also ein ortskundiger Bergsteiger sein.«

»Nicht unbedingt, die Heilmüllerin sagt …« Ich suche die Sprachaufnahme und gebe dann der Babsi mein Handy. »… dieser Himalaja-Eisenhut wächst auch in der Steppe.«

»Aber wer, der mit dem Ammetsbichler eine Rechnung offen hatte, war in Nepal?«

»Das kann ich überprüfen«, meldet sich der Steff.

»Nächste Frage: Wie soll sie dem Ammetsbichler das Gift verabreicht haben, hm? Der Bestatter glaubt, sein Magen war leer.«

»Nicht ganz – bis auf einen Kaffee, sagt der Frohberger!«

»Und wo kann er den getrunken haben?«

»Noch zu Hause?«

»Dann kann er nicht vergiftet gewesen sein. Das Gift wirkt zu schnell, sagt die Heilmüller. Nur ein bis zwei Gramm der Pflanzenknolle führen in zehn Minuten zum Tod. Das reicht nicht, um von Nebelöd zum *Gmahde Wiesn* zu fahren!«

Ich blättere vor und zurück, das Vernehmungsprotokoll von Maria Perez in der Hand.

»Die Depiladora sagt nichts davon, dass sie ihm einen Kaffee geholt hat. Macht sie ja sonst öfter, wie bei der Angerer am nächsten Tag. Eine eigene Kaffeemaschine hat sie nämlich nicht.«

»Außerdem hatte der Valentino am 1. Mai um acht noch nicht geöffnet.«

Der Steff schaut mich an, als müsste er mir sagen, dass die Jolly beim Falschparken abgeschleppt worden ist.

»Wohnt nicht die Fritzi höchstens eine halbe Minute vom Studio weg?«

»Wir haben keinen Hinweis darauf, dass er vor dem Waxing bei ihr war! Sie war mit ihrem Freund zusammen, auch wenn der inzwischen das Gegenteil behauptet.«

»Na ja, es sieht ja so aus, als wäre der Ammetsbichler im Studio oder zumindest in der unmittelbaren Umgebung vergiftet worden. So weit einverstanden?«, fragt der Steff vorsichtig. »Eben. Und ich überlege nur ganz unverbindlich, wen der Ammetsbichler in der Umgebung des Studios gekannt hat.«

»Vergiftungen kommen auch kutan vor, wenn man als Gärtner die Knolle nur leicht anfasst«, sagt die Babsi viel zu laut mit den Kopfhörern in den Ohren, mit denen sie sich gerade die Infos von der Heilmüllerin anhört.

»Kutan?«

»Über die Haut. Kann genauso tödlich sein«, sagt die Babsi und nimmt sich die Kopfhörer ab.

»Das Wachs!«, rufen wir alle gleichzeitig.

»Tod durch Hautkontakt mit giftigem Wachs? Vielleicht«, bestätigt die Heilmüller, als ich sie anrufe, Handy auf laut gestellt. »Wenn man aus der Knolle eine Lösung bereitet und die lange genug einwirkt.«

»Aber wenn es heiß ist, verstärkt sich dann die Wirkung?«

»Weiß ich nicht genau«, meint die Kräuterhexe. »Aber verletzte Haut ist anfälliger.«

Ich lege auf.

»Das Wachs klingt unwahrscheinlich, das ist ja nur kurz auf der Haut und wird dann sofort abgerissen.«

»Und hinterlässt lauter rote Punkte«, wirft Steff ein. »Winzige Verletzungen. Aber viele.«

Ich schlage mir mit der flachen Hand an die Stirn.

»Na klar! Das Gift muss in der Flüssigkeit für die Kompressen gewesen sein. Zehn Minuten auf verletzter Haut, das hat gereicht.«

»Wir brauchen einen Durchsuchungsbefehl fürs *Gmahde Wiesn!*«, ruft die Babsi.

»Und wer soll den anordnen? Ich etwa?« Der Steff schnaubt. »Ich darf offiziell nicht einmal mehr in die Akte schauen.«

»Aber wir sollten die Perez nicht noch einmal zu Unrecht verdächtigen.« Nachdenklich reibt sich Babsi den Bauch. »Das Waxing-Studio ist ihre große Chance, da nimmt sie doch ihre Einkommensquelle nicht als Mordwaffe her!«

»Aber warum ist sie selbst nicht daran gestorben, wenn das Zeug so gefährlich ist?«

»Weil sie es kaum angefasst hat. Ihre Haut war unverletzt, und sie hat immer diese pinken Handschuhe an. Aber Moment!«

Ich gehe mit großen Schritten vor der Sitzgruppe hin und her.

»Nicht am 1. Mai! Bei ihrem Stammkunden hat sie es anscheinend nicht für nötig gehalten, welche anzuziehen. Das hätte sie doch nie getan, wenn sie die Kompressen selbst vergiftet hätte.«

»Aber wie kommt das Gift ins Haus?«

»Die Hintertür ist meistens offen«, meine ich. »Und wenn sie behandelt, läuft Musik. Zeit genug, um durch den Hof ins Studio zu gehen und zum Beispiel die Arnikatinktur der Kompressen mit dem Gift zu versetzen.« Ich zucke die Schultern. »Und sie danach wieder durch ungefährliche zu ersetzen. Soweit ich das gesehen habe, sind die Kompressen aus ganz normalen weißen Mulltüchern. Die besorg ich der Mama immer zum Gläserpolieren. Bekommst du in jedem Drogeriemarkt.«

»Moment mal, hast du mir nicht erzählt, dass der Depiladora nach der Tat so schlecht war?«, fragt die Babsi ihren Mann.

»Schon. Der Schock, hat der Notarzt gesagt.«

»Können das nicht auch Vergiftungserscheinungen gewesen sein, weil sie die Kompressen angefasst hat?«, rufe ich auf dem Weg zum Kühlschrank. »Wie lange ist das Gift nachweisbar?«

»Zwei Wochen.«

»Das ist knapp. Wir müssen sofort die Depiladora fragen, ob sie noch was von den Kompressen von diesem Tag hat.«

Die Babsi überlegt kurz und schüttelt dann den Kopf.

»Vergiss es, das Gift ist nicht mehr im Studio. Sonst wären ja die Kunden nach dem 1. Mai ebenfalls vergiftet worden. Eine Blutprobe von der Perez nehmen macht auch keinen Sinn. Es ist ja wahrscheinlich schon zu spät, das Gift noch nachzuweisen. Ich frage trotzdem einmal nach.«

»Bei deinem Toxikologen?«, will Steff wissen und klingt wie saure Knödel.

»Ja, Mauser«, sagt sie. »Bei meinem Toxikologen.«

Die Babsi verschwindet, um zu telefonieren, und ich hole dem Steff ein Bier und mir einen Tetrapack Milch. Wir sitzen noch eine ganze Weile auf seinem Sofa, schauen in den finsteren Wald und sagen nichts.

42

Ich drehe mich eine weitere Nacht in meinem Bett herum wie ein Hendl am Spieß, und als ich am Morgen frisch wie ein Haufen Schneematsch nach unten komme, sitzt die Mama schon am Stammtisch, hat ihre Schürze zusammengefaltet vor sich liegen und trinkt einen Milchkaffee.

»Gehst du wirklich in die Arbeit? Schaust aber nicht gut aus.«

Ich aber mach einen auf fleißigen Heimatredakteur und

fahre direkt zur *Chiemseewoche*. Insgeheim hoffe ich jedoch, dass ich sagen kann, ich hab Kopfweh, und die Angerer für mich einspringt.

Aber in der Redaktion schießt mir der Chef entgegen, als wäre ich sein bester Spezl.

»Stellen Sie sich vor, die Walburga hat sich freigenommen. Spontan! Das ist noch nie passiert in den sechs Jahren, in denen sie jetzt bei uns ist. Wie gut, dass wenigstens Sie die Stellung halten! Im Rathaus ist gleich eine Konferenz zum Ablauf der Verleihung. Da müssen wir unbedingt Flagge zeigen!«

Ich versichere dem Chef, dass ich damit gar kein Problem habe, und drehe auf der Stelle um.

Ich will erst beim Valentino vorbei, überlege es mir aber anders, weil die Angerer gerade über den Marktplatz spaziert. Sie ist nicht allein. Die gelben Sonnenblumen auf ihrem Kleid leuchten um die Wette mit dem orangen Gemeindedienerbeinkleid ihrer Begleitung.

Das Meeting im Rathaus ist mehr ein Umtrunk als eine Konferenz, aber ich sage der Frau Bürgermeister, ich hole mir nur einen Ablaufplan, weil ich bis über beide Ohren in der Vorankündigung des größten Geröllhartinger Events aller Zeiten stecke. Nach zehn Minuten bin ich tatsächlich wieder draußen und muss kurz überlegen, wie es jetzt weitergeht.

Hinter dem Rathaus steht der Gemeindelaster auf seinem Parkplatz, denn der Uwe hat anscheinend einen freien Tag. Normalerweise würde ich jetzt bei ihm eine größere kreative Pause einlegen. Bevor er die Fritzi bei der Polizei angeschwärzt hat. Und bevor ich mir sicher sein konnte, dass oben in seiner Dachkammer nicht die Abteilung Garten & Dorfleben an seiner Shisha saugt.

Weil gerade eine absolut aufdringliche Sonne über die Dächer steigt, muss ich die Augen zukneifen, um zu den Fenstern von Fritzis Wohnung zu schauen. Im Schlafzimmer sind die Vorhänge zugezogen, und außer dem Spiegelbild vom sonnenbeschienenen Antonius ist nichts zu erkennen.

»One, two. One, two«, kommt ein Soundcheck von der Tribüne. Der Steff steht mit einem Haufen Polizisten herum, die ich noch nie gesehen habe, und fuchtelt wichtig in alle Richtungen. Es sieht nicht so aus, als hätte er schon herausgefunden, wer sich in der letzten Zeit im Verbreitungsgebiet der giftigsten Pflanze der Welt herumgetrieben hat.

Während ich unserem Gesetzeshüter nachdenklich auf den Bauch schaue, der dem von der Babsi in nichts nachsteht, sehe ich aus den Augenwinkeln etwas fallen. Es ist eine Gestalt, die abstürzt, direkt vom Dach. Aus Fritzis Fenster. Kübel Eiswasser auf meinen Kopf, so reißt es mich. Ich warte auf einen Aufschlag, einen Aufschrei. Nichts davon passiert, und ich hole ein paarmal tief Luft, bis auch mein Puls kapiert hat, dass da gerade nur das Spiegelbild vom Antonius zur Seite weggekippt ist. Und zwar, weil sich das Fenster bewegt hat.

Jemand hat es geöffnet.

Die Fritzi ist da.

Die letzten Schritte bis zu ihrer Haustür renne ich. Ich läute aber trotzdem nur einmal. Man muss ihn sich ja nicht zu sehr anmerken lassen, den Wiedersehenseifer.

Die Fritzi steht oben in der Tür und schaut mir entgegen, in einer rosa Jogginghose mit ausgebeulten Knien und die Haare in einem fluffigen Pferdeschwanz.

»Du warst aber lange nicht zu erreichen«, meine ich vorsichtig, weil ich mir nicht sicher bin, ob ich sie sofort über den Haufen schmusen oder erst einmal in Ruhe reinkommen soll.

»Ich hab mich nur eingeigelt und nachgedacht. War ganz schön was los in der letzten Zeit.«

Sie sieht mir zu, wie ich nicht nur in Überschallgeschwindigkeit meine Cowboystiefel ausziehe, sondern auch gleich meine Socken. Damit ich es nachher, wenn es darauf ankommt, nicht wieder vergesse. Und dann will ich mich unbedingt sofort mit ihrem Hals beschäftigen, weil der einfach so absolut flaumig ist im Nacken.

»Also, Lucky«, sagt die Fritzi und windet sich aus meinen Armen heraus wie eine Katze. »Du gehst aber ran heute.«

»Was ist denn? Bist du krank?«, frage ich, weil ich merke, dass da vergnügungsmäßig bei der Fritzi nichts zu wollen ist.

»Mm.«

»Müde?«

»Mm.«

»Bist du böse, weil ich an dem einen Morgen einfach gegangen bin?«

»Mm.«

»Machst du dir Sorgen wegen deinem Alibi?«

Die Fritzi studiert die Spitzen von ihren Hausschuhen, sagt aber nichts mehr, auch kein »Mm«. Und dann immer noch nichts. Ich stehe ein bisschen herum, reibe die kälter werdenden Füße aneinander und weiß jetzt, warum es schon Sinn macht, die Socken so lang wie möglich anzubehalten. Die Stille bitzelt wie ein Elektrozaun, der einem jeden Moment auf die Finger funzen kann. Nach einer Weile halte ich es nicht mehr aus.

»Gut. Jetzt reicht's! Ich rufe jetzt bei deinem Marc an! Die Nummer muss ich noch haben, ich hab ihn doch einmal angerufen wegen der Datengeschichte … Warte mal …«

Als ich meine gewählten Rufnummern durchwische, zieht die Fritzi ihren Pferdeschwanz straff, bis ich die Kopfhaut aufschreien höre.

»Du willst mit dem Marc reden? Das will ich nicht!«

»Ich versteh schon, dass dich das nervös macht, wenn ausgerechnet ich ihn anrufe. Aber vielleicht kann ich ihm erklären, dass er dich mit seiner Falschaussage echt in Schwierigkeiten bringt. Und seine Ex da mit reinzuziehen und sie ebenfalls zu einer Falschaussage zu überreden, das geht auch gar nicht. Da steht eine empfindliche Strafe drauf.«

»Aber war er nicht derjenige, der, also, ich meine, er hat nicht …«

Auf einmal sieht die Fritzi aus, als hätte sie in den letzten Tagen eine schwere Kinderkrankheit durchgemacht. Mandeln, Mittelohr und Mumps auf einmal.

»Er hat nicht, ich meine, ich war es!«

»Du warst was?«

»Ich war diejenige, die gelogen hat.«

Ich merke, wie mir die Gesichtszüge einfrieren wie die vom Antonius.

»Wegen des Alibis. Es stimmt, dass Marc nicht bei mir war. Er war in München, angeblich beruflich. Ich habe es damals schon nicht richtig geglaubt, wollte es aber nicht wahrhaben, dass mich mein Freund betrügen könnte. Und darum habe ich mir selber und allen anderen was vorgemacht. Ich war am Morgen des 1. Mai allein. Ich habe kein Alibi.«

»Oh.«

»Ja, oh«, sagt die Fritzi und dreht sich um, um aus dem Fenster zu schauen.

»Was mache ich denn jetzt?«, fragt sie mehr den Antonius als mich.

»Keine Ahnung.« Ich lasse mich auf einen Küchenstuhl fallen. »Das wird sich sicher alles aufklären. Es wird ja noch andere Indizien geben, die deine Unschuld bezeugen. Ich bin dran, zusammen mit dem Steff. Und der Babsi.«

»Wie lange wird das dauern?«

»Weiß ich jetzt noch nicht.«

Ich zeichne eine Weile die Astlöcher auf der Tischplatte nach.

»Sag mal«, meine ich dann, »wenn ich dich jetzt fragen würde, ob du mit einer Pflanze namens Himalaja-Eisenhut etwas anfangen kannst, was würdest du dann sagen?«

»Nichts. Warum?«

»Nur so.«

»Ist das eine Giftpflanze?«

»Mhm.«

»Sag bloß, der Ammetsbichler ist damit umgebracht worden?«

»Mhm.«

Die Fritzi greift sich wieder an den Kopf und steht auf einmal vor mir mit einer Frisur wie ein zerrupfter Heuballen. Sie sieht unwiderstehlicher aus als ein Teller Milchreis mit einer Kruste Zimtzucker.

»Sag bloß, du findest das sexy, dass ich unter Mordverdacht stehe? Tatsächlich, das findest du gut. Ich sehe es dir an!« Sie taucht unter meinen Armen durch. »Woher soll ich denn wissen, dass ich nicht die ganz große Story bin, an der du dran bist?«

»So was würde ich nie tun! Ich bin Heimatreporter durch und durch«, beteure ich.

Die Fritzi ist so weit nach hinten ausgewichen, dass sie an der Küchenwand steht. »Ich glaube, ich kann das nicht. Ich bin gerade menschlich enttäuscht worden und glaube erst mal niemandem mehr etwas.«

Schon blöd, dass die ganze Zeit neben dem Küchentisch ein Rucksack gestanden hat. Er fällt mir erst auf, als die Fritzi ihn auf die Schulter nimmt.

»Ich muss einfach mal hier raus. Beim Verein kann und will ich nicht mehr arbeiten. Wegen Marc und wegen der Namen, die ich rausgegeben habe. Und bis zum Schulbeginn ist in der Schule nur sporadisch etwas zu tun.«

»Wo willst du denn hin?«

»Sage ich nicht.«

»Hier, nimm den Schlüssel, egal, wohin du willst, du kannst mit der Jolly fahren.«

»Dein Auto kannst du behalten! Ich fahre nicht mit so einer unechten Bullenschleuder herum, die in eurer Kleinstadt jeder kennt!«

Und dann ist sie weg. Ich bleibe in ihrer leeren Wohnung sitzen, mit einem Gefühl im Magen, als hätte ich Disteln gegessen, und haue den Autoschlüssel von der Jolly so fest auf den Boden, dass vom schwarzen Plastik ein Stück abspringt und in den Hausschuhen von der Fritzi landet. Das hat mir gerade noch gefehlt. Ich drehe den bunten Wollpantoffel um und schüttle ihn. Die Filzsohle ist noch ziemlich hell, und ich kann die Buchstaben auf dem kleinen Schildchen gut lesen, das in Fersenhöhe angenäht ist.

Es sind drei Wörter.

»Made in Nepal«.

Als ich den Steff telefonisch in der Wache erreiche, habe ich Mühe, beim Sprechen die Lippen auseinanderzubekommen.

»Die Fritzi«, ächze ich. »Steff, die Fritzi!«

»Ja, ich versteh dich, die Fritzi. Was genau ist mit ihr?«

»Sie war in Nepal. Und ihr Alibi stimmt tatsächlich nicht. Sie hat gelogen.«

Der Steff schweigt, und ich kann im Hintergrund das Geknipse von einem Kugelschreiber hören.

»Und wo ist sie jetzt?«

»Weg.«

»Wohin?«

»Keine Ahnung.«

»Das ist jetzt nicht dein Ernst. Und du als unser Kleinstadtsheriff hast sie gehen lassen?«

Der Steff wird ein wenig zu laut für meinen Geschmack, und ich halte das Telefon ein Stück von mir weg.

»Ich kann das alles nicht glauben«, meine ich.

»Reiß dich zusammen«, sagt der Steff. »Überleg lieber, wo sie sein könnte!«

Ich sage dem Steff, ich habe keine Ahnung, wohin die Fritzi verschwunden sein kann, ziehe ihre Haustür hinter mir zu und verbringe den restlichen Tag bis zu meinem Termin beim Gaissmayer mit den zwei Freundinnen, die mir geblieben sind: meiner Hängematte und der Jolly.

43

Am Abend hängt der Hochnebel über dem Ort wie der Qualm über der Fritteuse vom Huberwirt. Das Fitting ist quasi ein Gruppenfitting, denn nicht nur die Angerer ist da, sondern auch noch der Ramsauer und seine Frau.

»Kann nicht sein, dass mir seit der letzten Anprobe die Hose zu eng geworden ist. Die muss eingegangen sein«, motzt unser Pressesprecher gerade.

»Lederhosen gehen nicht ein«, giftet ihn der Gaissmayer an. »Einen rechten Knödelfriedhof haben Sie halt beieinander!«

Er umarmt den Ramsauer wie einen Medizinball, damit er ihm das Maßband um den Bauch führen kann.

»So«, murmelt er und schreibt eine dreistellige Zahl auf einen Notizblock. »Und jetzt, Herr Lämmermeier, komm ich zu Ihnen.«

Er meint dann, zu meiner schlechten gelaunten Visage passt

nur eine Hirschlederne antik, und ich soll schon mal in die Kabine gehen.

»Sagen Sie mal, Lämmermeier, was haben Sie eigentlich gegen Lederhosen?«, dröhnt der Ramsauer von draußen.

»Nichts, nichts.« Ich nehme die Hose in Empfang, die mir der Gaissmayer in die Kabine reicht. Leider reißt er viel zu schnell den Vorhang auf.

»Kommen Sie raus, damit wir Sie in Ihrer ganzen Pracht sehen!«

Irgendwo dudelt ein Radio mit Volksmusik, aber ansonsten wird es plötzlich ziemlich still im Laden. Und dann schiebt der Ramsauer seine Wampe neben mich und betrachtet uns beide im Spiegel.

»Also, gegen die Hirschlederne, da kann man gar nichts sagen. Aber solche Steckerlwaden gibt es eigentlich nur nördlich von Augsburg. Wenn jemand noch einen einzigen Zweifel daran gehabt hat, dass Ihr Vater nicht von hier ist, der hat jetzt den Beweis.«

»Ich weiß gar nicht, was ihr habt«, schimpft der Gaissmayer. »Mit den richtigen Strümpfen sieht das gleich ganz anders aus.«

»Kein Wunder, dass Sie nicht genommen worden sind bei der Polizei«, sagt der Ramsauer mitleidig, als mir auch das kleinste Paar Stutzen auf die Knöchel rutscht.

»Ach komm, Rüdiger«, schaltet sich seine Frau ein, »jetzt verdirb dem armen Herrn Lämmermeier nicht den Abend. Ich weiß schon, was wir da machen.«

Sie dreht uns kurz den Rücken zu, wurschtelt an ihrer Oberweite, bis ihre Dirndlbluse nach vorne klappt. Dann bückt sie sich, damit sie mir zwei handtellergroße Polster hinten in die Strümpfe stecken kann.

»Schauts her«, sagt sie zufrieden, »wir Mädels haben schließlich auch so unsere Tricks.«

»Silikonwadeln!«, jubelt der Ramsauer, und im Laden kommt richtig Stimmung auf. Außer bei mir und der Angerer. Die kommt gerade in einem roten Dirndl aus der Kabine und wird ebenfalls von den Ramsauers begutachtet.

»Polster braucht die Walburga keine. Aber die Haare sind schon arg kurz.«

»Einen Hut vielleicht?«, schlägt der Gaissmayer vor, während die Angerer und ich zwei Hirschen kippen, weil wir eh nichts zu melden haben.

»Nein, Moment!«, ruft die Ramsauerin, rote Flecken am Hals vor Partylaune, steigt die Stufe hoch ins Fenster und zieht kurzerhand der Schaufensterpuppe den dunkelbraunen Pagenkopf vom Schädel. Der Gaissmayer setzt seinen Hut ab, um sich den Schweiß von der Glatze zu wischen, traut sich aber nicht, seiner Stammkundin etwas zu verbieten.

»So. Aufsetzen!«

Und wir schauen zu, wie die Ramsauerin der Angerer die Perücke aufstülpt und ihr die Strähnen in die Stirn zupft.

»Gleich viel weiblicher, gell?«, flötet sie begeistert. »Lucky, was ist los? Finden Sie nicht?«

»Unglaublich!«, erwidere ich und kann die Augen in der Tat nicht von der kolossal verhübschten Angerer wenden.

»Gell«, meint die Ramsauerin, »was Haare so ausmachen!«

»Das können Sie laut sagen.« Ich muss mich auf den Kuhfellhocker setzen, der gleich neben den Umkleidekabinen steht.

»Ach komm, Lämmermeier, jetzt können Sie aber auch wieder aufhören, die Wally so anzustarren, die weiß ja schon gar nicht mehr, wo sie hinschauen soll«, meint der Ramsauer. »Jetzt trinken Sie noch einen Schnaps und machen ein Foto von Ihnen beiden in Tracht. Zum Beispiel für Ihren Chef, der freut sich.«

»Unbedingt«, sage ich und gehe mit dem Handy in der

Hand um die Angerer herum, die unter der Perücke verschämt lächelt wie ein Firmling.

Es blitzt, und keine Minute später verschwindet das Foto im Äther. Der Ramsauer nickt zufrieden.

44

Obwohl ich mich von hinten in den Huberwirt schleiche, laufe ich nach dem Fitting direkt der Mama in die Arme, die zwischen dem Leergut vom Doppelbock und der Hausbergquelle herumkruscht.

»Gut, dass du kommst, Wiggerl«, sagt sie und stellt ein paar Kästen wieder aufeinander. »Ich vermisse zwei Sachen. Du hast nicht zufällig die Tafel mit den Eissorten gesehen? Die ist nämlich seit ein paar Tagen aus der Wirtsstube verschwunden. Wenn wir die nicht haben, wird keiner mehr ein Steckerleis wollen, wo doch die Truhe so weit ab vom Schuss steht.«

Ich pflichte der Mama bei, dass es Wahnsinn ist, was die Touris alles so als Souvenir mitgehen lassen, und verspreche ihr, mich um eine neue Tafel zu bemühen, sobald mir mein Beruf nach der Verleihung ein Zeitfenster lässt.

»Und weißt du, was ich auch schon lang nicht mehr gesehen habe?«, fragt die Mama und macht gar keine Anstalten, mich vorbeizulassen. »Die Fritzi! Kommt die wieder?«

»Vielleicht.«

»Aber – das wünschst du dir doch, oder? Dass sie wiederkommt?«

»Schon.«

»Mei, Bub, und was willst du jetzt machen?«

»Das würde ich mir gerne jetzt überlegen, wenn du mich lässt.«

»Am Wochenende ist Vollmond, da bekommen wir das Universum auf unsere Seite!«, ruft die Mama, aber ich mache mich zum Aal, um an ihr vorbeizukommen.

Als ich endlich oben bin, schicke ich dem Steff eine SMS, weil ich heute nicht mehr bei ihm vorbeikomme. Wegen einem schlagartigen Erkenntnisgewinn, der mich beim Trachtenfitting ereilt hat und der erst einmal verarbeitet werden muss.

Um vier Uhr morgens liege ich immer noch in meiner Hängematte. Die Lichter der Gondel verschwinden in der Schlechtwetterfront. Es ist so still, dass ich nur das Ächzen der Karabiner über mir höre, aber mein Puls geht nicht vom Gas, seit ich vom Gaissmayer nach Hause gekommen bin. Und als die schwarze Nacht langsam hellgrau wird, weiß ich, was zu tun ist. Und obwohl ich die Haarwolke von der Fritzi und den toten Ammetsbichler vor mir sehe, nicke ich kurz ein. Nach einer halben Stunde fahre ich hoch, als hätte mir jemand einen Eimer kaltes Wasser über den Kopf geschüttet, und ich mache mich an die Arbeit

45

Die Mama ist saufroh, dass ich mich nicht wieder in meinem Zimmer vergraben habe. Sie wuselt um mich herum wie ein Schwarm Chiemseemücken, lässt mich aber in Ruhe arbeiten. Der Huberwirt ist vom Konzept meiner Reportage »Wickerl und Wammerl für den Herrn Minister: Wie sich Geröllharting am Tag der Feierlichkeiten kulinarisch präsentiert« anfangs eher mittelprächtig begeistert. Aber dann zieht er sich sogar eine neue Kochjacke an, für optimale fototechnische Performance. Den Artikel hacke ich direkt am Stammtisch in meinen Laptop und schicke ihn an den Chef, die Angerer und den Layouter. Damit keiner mehr einen Zweifel daran haben kann, dass ich direkt vom Puls der Ereignisse berichte. Kurz vor dem Mittagessen bin ich mit der Arbeit fertig. Danach fahre ich zum Marktplatz, stelle mich auf dem Parkplatz von der Frau Bürgermeister, weil zu dem die Zufahrt noch nicht gesperrt ist, und rufe den Steff an.

»Du musst kommen. Ich kann das nicht auf der Wache mit dir besprechen. Es ist zu wichtig.«

Ich höre den Steff am Telefon atmen. Hoffentlich überlegt er, wie er an der Karin und seinem Chef vorbeikommt. Er grunzt etwas, ob »Ja« oder »Nein«, kann ich nicht sagen, und legt auf. Ich stütze die Arme aufs Lenkrad und betrachte den Uwe, der hoch über dem Brunnen im Korb einer Hebebühne steht und am Antonius herumpoliert. Und überlege, was ich mache, wenn der Steff mir nicht hilft. Der Uwe ist mit dem Kopf fertig und versucht, den Heiligenschein zu erreichen, aber anscheinend ist der Korb in maximale Höhe ausgefahren. Als ihm der Putzlappen wie ein bunter Schmetterling nach unten segelt, höre ich ihn schimpfen, aber ich bleibe sitzen. Mit dem Uwe bin ich fertig.

Nach fünf Minuten ist der Steff immer noch nicht da, und ich greife nach dem Zündschlüssel, um mich allein auf den Weg zu machen.

Kurz bevor ich fertig ausgeparkt habe, klopft jemand auf meinen Kofferraumdeckel.

»Ich hoffe, du hast einen guten Grund«, sagt der Steff und lässt sich auf den Beifahrersitz fallen.

»Hab ich«, meine ich, schalte auf der Hauptstraße zum Beschleunigen in den Zweiten, drehe die Anlage auf und schweige bis zum See. Die Jolly macht ein paar Quadratmeter Schilf platt, bevor sie zum Stehen kommt.

»Hast du meine Nachricht gestern bekommen?«, frage ich dann, klappe meinen Laptop auf und stecke den Stick mit der Kopie von Fritzis Festplatte ein. »Ruf bitte das Foto im Anhang auf!«

Ich fahre das Undercovervideo von *Tiere sind Familie* ab, und der Steff schaut zwischen seinem Handy und meinem Computer hin und her.

»Oha«, sagt er. Und dann noch einmal: »Unglaublich. Was für ein Mordmotiv.«

Und ich nicke.

»Wie machen wir weiter – sollen wir die Kollegen von der Kripo anrufen?«

»Also«, sagt der Steff und fummelt an seiner Mütze herum. »Das können wir schon machen. Aber dann können wir nicht mehr kontrollieren, was passiert. Wenn die Kollegen in Rosenheim die Akte durchgehen, werden sie nach unserem anonymen Tipp fragen, und dann müssen wir das Herz rausrücken. Wir wissen jetzt sicher, dass das Gift vom Himalaja-Eisenhut innerhalb von zwei Wochen zerfällt und nicht mehr nachweisbar ist. Nur im Herz noch, weil es tiefgekühlt ist.«

Er schaut mich an.

»Gut. Wir müssen es also ohne Herz beweisen«, meine ich und lasse das Fenster wieder hoch, weil die Schilfwedel ins Innere drängen und mich an der Wange kitzeln. »Aber dann ist unsere einzige Chance, dass der Täter noch einmal aktiv wird.«

»Bist du verrückt? Noch ein Giftmord?«

»Genau. Aber nur beinahe. Wir stellen dem Täter eine Falle, wenn du verstehst, was ich meine.«

»Ehrlich gesagt nicht die Bohne«, erwidert der Steff und sagt nicht Nein, als ich ihm meine Entspannungszigarette herüberreiche. Ich muss unbedingt ein paar Umdrehungen runterschalten, um klar denken zu können. Weil ich langsam verstehe, dass die nächsten Tage für mich brandgefährlich werden könnten.

Eingehüllt in blauen Rauch, hören der Steff und ich erst auf zu reden, als wir einen Plan für die nächsten achtundvierzig Stunden haben. Als die Jolly im Rückwärtsgang zwei neue Spuren in den Schilfgürtel fräst, ist es fast dunkel. Es geht los.

46

Der Attila hört mich in dem verwilderten Garten herumstolpern und bellt drinnen wie verrückt. Anscheinend poliert unser Gemeindediener immer noch am Geröllhartinger Heiligen herum, denn die Angerer macht mir die Tür auf und ist alleine zu Hause.

»In der Redaktion war niemand mehr«, meine ich und mache mir nicht die Mühe, den Dackel abzuwehren. »Aber ich wollte die Verleihung noch mit Ihnen durchsprechen.«

Die Angerer sieht mich freundlich an.

»Kommen Sie doch rein. Haben Sie sich bei dem Fitting auch gefühlt wie ein Lamm auf der Schlachtbank?«

»Eher wie ein Spargel im Kürbisbeet.«

Die Angerer verschwindet in der Küche und kommt mit zwei Gläsern Hirschbrand wieder. »Warum wollen Sie denn so spät noch arbeiten?«

Ich nehme einen winzigen Schluck und schwenke den Rest im Glas herum.

»Ich muss mich ablenken. Ich hab Stress, Sie wissen schon, mit meiner neuen Freundin.«

»Die Hübsche vom Stammtisch? Und jetzt schon Stress?«

Ich nicke.

»Stress ist eigentlich der falsche Ausdruck. Aber ich kann eigentlich nicht darüber sprechen.«

Ich beiße auf meiner Unterlippe herum, bis es wehtut. Die Angerer legt mir die Hand aufs Knie, und ich lasse mir die Erleichterung anmerken, dass ich endlich mit jemanden reden kann.

»Sie ist nämlich die Verdächtige in einem Mordfall.«

»In einem Mordfall? Um Gottes willen, wie meinen Sie das denn?«

»Es hat etwas mit dem verstorbenen Ferkelzüchter zu tun.«

»Niemals«, ruft die Angerer. »Der ist doch schon längst begraben! Das war doch, warten Sie – Herzversagen?«

Ich hole tief Luft und schütte der Angerer mein ganzes Herz aus, angefangen von meinen Gesprächen mit dem Bestatter bis zu meinem letzten Streit mit der Fritzi.

»Es sieht nicht gut aus für sie. Die Indizien sind erdrückend, und Alibi hat sie auch keins.«

Die Angerer rubbelt sich über die Igelfrisur und schüttelt den Kopf. »Sie haben aber auch wirklich kein Glück.«

»Weder im Beruf noch in der Liebe«, erwidere ich leise und halte dem Attila die Hand hin, damit er sie ableckt. Die Angerer sieht mir bestimmt an, dass ich sonst in Tränen ausbrechen würde.

»Glauben Sie denn, dass sie unschuldig ist?«

»Natürlich! Aber damit stehe ich ziemlich allein da. Also muss ich alles dafür tun, dass der wahre Schuldige gefasst wird.«

»Haben Sie denn schon einen Verdacht?«

»Ja. Aber von dem habe ich niemandem erzählt, mir glaubt man ja ohne Beweise sowieso nichts. Sie wissen schon, der selbst ernannte Sheriff von Geröllharting, und so weiter.«

»Trotzdem, gratuliere zu Ihrem Scharfsinn. Und wer war es Ihrer Meinung nach?«

»Darf ich natürlich nicht sagen. Aber eine Titelseite wird das allemal«, meine ich und zwieble dem Attila mit allen zehn Fingern das Fell. »Das wird mein großer Durch… aber, Moment, was hat der da?«, frage ich und befühle eine Stelle an seinem Rücken. »Ein Knubbel! Hier!«

Ich schaue der Angerer zu, wie sie dem Attila mit ein paar Handgriffen den Rücken abtastet.

»Ich habe gelesen, dass Dackel immer diese Tumore an den Wirbeln kriegen«, meine ich äußerst besorgt. »Erst nicht mehr laufen können und dann sterben. Diskopathie heißt das, richtig?«

»Quatsch. Bei Diskopathie handelt es sich um Dackellähme, nicht um Krebs.« Der Attila winselt, weil die Untersuchung anscheinend nicht besonders sanft ist. »So. Und der Attila hat weder das eine noch das andere.«

»Ach, da bin ich ja froh, dass Sie so Bescheid wissen.« Ich stelle den Hund mit Schwung auf den Boden. »Feines Frauchen hast du!«

Die Angerer meint, dass sie schließlich den Attila liebt, und da liest man sich so manches an. Ich bedanke mich, weil es gutgetan hat, mich auszusprechen, und obwohl sie und vor allem der Attila unbedingt wollen, dass ich noch ein wenig bleibe, fahre ich wieder in den Ort. Bevor ich Richtung Hausberglift abbiege, schaue ich in den Rückspiegel. Ganz am Ende der Straße steht immer noch die Angerer im Schein einer Straßenlaterne und sieht mir nach.

»Was hast du denn mit dem Steff gemacht?«, fragt mich die Babsi mit einem Gesicht wie Milch von vorgestern, als ich am Forsthaus auftauche. »Er hat sich sofort hingelegt, als er nach

Hause gekommen ist. Dabei wollte er noch in den Baumarkt, Farbe fürs Kinderzimmer besorgen. Der schläft sonst nie untertags.«

»Der ist nur aus der Übung.« Ich gebe ihr eine durchsichtige Plastiktüte mit grauschwarzem Staub. »Weck ihn auf. Er ist sogar einverstanden, dass das noch einmal an das Labor von deinem Toxikologen geht.«

47

Die Angerer ist vormittags auf Auswärtstermin, und der nächste Tag vergeht wie auf Schienen. Als mein Handy mir anzeigt, dass die Heilmüllerin von ihrer Giftrecherche anruft, ist es zwei Uhr nachmittags, und ich sitze in der Vorbesprechung für den morgigen großen Tag. Ich lege die Hand auf den Magen, schau den Chef bittend an und verschwinde, um in der linken Klokabine ans Telefon zu gehen.

»Sie hatten recht!«, quasselt die Kräuterhexe los. »Im Apothekergarten Rosenheim hatte ich kein Glück, aber der Botanische Garten in München hat eine Giftpflanzenabteilung, und da gibt es ihn tatsächlich! Ich stehe direkt davor. Der hiesige Eisenhut, *Aconitum napellus*, und daneben der Himalaja-Eisenhut, *Aconitum ferox*. Unglaublich, wie ähnlich sich diese Pflanzen von der Blüte her sind. Der Himalaja-Eisenhut ist nur etwas kleiner, aber die Blüten sind ebenso blau, und …«

Auf einmal ist es so still, dass ich das Tropfen von einem Wasserhahn hören kann.

»Frau Heilmüller, sind Sie noch dran?«

»Aber ja, ich musste nur gucken, ein paar Blütenstängel beginnen hier, braun zu werden.«

»Gehen sie ein?«

»Na ja, die Bedingungen sind hier eigentlich ideal, aber es kann natürlich sein, dass da ein Stück von der Knolle beschädigt ist. Oder ein Stück fehlt.«

»Schauen Sie genau, das ist wichtig!«

»Warten Sie mal ... Ich muss hier mit einem Taschentuch arbeiten, ich kann ja die Knolle nicht direkt berühren. Stimmt. Da fehlt ein großes Stück Wurzelknolle, ich kann die Stelle sehen, wo sie aus dem Erdreich entnommen worden ist. So was, auch die giftigste Pflanze der Welt kann man doch nicht einfach verstümmeln. Ich muss hier dringend mit den Gärtnern reden. Damit die ein wenig mehr in Einklang ...«

Gut, dass ich sitze.

»Frau Heilmüller, wer hat Zugang zu diesem Giftgarten?«

Meine Stimme hallt in dem gefliesten Ambiente wie in einer Höhle.

»Im Prinzip jeder. Man muss sich nur an der Pforte in eine Liste eintragen, aber niemand scheint das zu kontrollieren.«

»Und wer war heute vor Ihnen da?«

»Weiß ich doch nicht!«

»Lassen Sie sich was einfallen! Reden Sie nicht mit dem Gärtner, besorgen Sie mir diese Liste!«

Ich muss das Echo meiner letzten Worte mit der Spülung übertönen, denn die Tür zum Gang geht auf, und dem anschließendem Strullern nach zu schließen, ist gerade der Chef reingekommen.

»Geben Sie uns eigentlich noch einmal die Ehre, Lämmermeier, oder dauert Ihre Sitzung hier länger?«, fragt er durch die geschlossene Tür. »Die Frau Angerer wäre jetzt zurück, und wir diskutieren gerade, wer von der Presse morgen den Herrn Minister begleiten darf. Eigentlich hatte ich Sie im Visier, weil Sie sich doch in letzter Zeit so hervorgetan haben, und die Frau Angerer sagt, das kann sie nur unterstützen.«

»Das klingt echt toll, Chef«, antworte ich und scheppere mit dem Klopapierhalter. »Bin gleich bei Ihnen. Ich bin nur so aufgeregt wegen morgen, Sie wissen schon, so ein großer Tag für unsere Stadt, das reinste Lampenfieber!«

Der Chef geht dann doch schnell zurück in den Konfi, und ich kühle meine Stirn an der Fliesenwand, bis die Heilmüllerin wieder anruft.

»Heute war vor mir erst eine Person hier«, sagt sie außer Atem.

»Wie heißt … nein, Moment, lassen Sie mich raten. Es war …« Ich verlagere das Gewicht nach vorne wie der Attila vor einem Rattenloch. »… eine Frau Fritzi Morgenstern!«

»Woher wissen Sie das?«, fragt die Heilmüllerin beeindruckt.

»Tja«, sage ich und lehne mich wieder zurück. »Ich kann hellsehen. Leider. Aber ich suche noch einen anderen Namen. Ich muss wissen, wer sich vor dem 1. Mai etwas von dieser Knolle geholt haben kann. Dazu brauche ich die Namensliste der letzten vier oder lieber fünf, sechs Wochen.«

»Die soll ich Ihnen alle vorlesen? Da sind ganze Schulklassen dabei.«

»Nein. Sie fotografieren die Liste mit dem Handy ab und schicken mir die Bilder.« Ich zwicke die Knie zusammen, weil mein Körper gerne das erledigen würde, wofür dieses Örtchen eigentlich gemacht ist.

»Hm«, macht die Heilmüllerin lustlos. »Ich bin nicht so firm mit dem Mobiltelefon.«

»Dann lernen Sie es. Wenn Sie in unserer Zeitung Ihre eigene Kräuterhexenrubrik haben wollen, müssen Sie mit den modernen Medien zurechtkommen.«

Die Heilmüllerin ist total von den Wollsocken, dass ich ihr in Aussicht stelle, bald in ihrem eigenen Namen etwas zu veröffentlichen, und verspricht mir, die nächsten zwanzig Minuten in Einklang mit ihrem Mobiltelefon ihr Bestes zu geben.

Nach der Konferenz fängt mich die Angerer ab und flüstert: »Und – gibt es etwas Neues?«

»Ja«, flüstere ich zurück. »Es sieht sehr schlecht aus für die Frau Morgenstern. Aber es sieht auch so aus, als könnte ich den echten Mörder bald überführen.«

»Wer weiß denn von Ihrem Geheimnis, dass Sie den wahren Täter kennen?«

»Nur ich. Alle anderen würden gerne die Frau Morgenstern verhaften.«

Ich schaue unserer Expertin für Garten & Dorfleben sehr ernst in die Augen. Und sie nickt und kneift die Lippen zusammen.

Der Gaissmayer hat meine Lederhose fertig und schenkt mir die gepolsterten Stutzen mit dazu, mit einem schönen Gruß von der Frau Ramsauer. Mit der Trachtentüte in der Hand schaue ich beim Steff vorbei. Der steht an der Garderobe und bürstet an seiner Uniformjacke herum.

»Bist du bereit?«

Er nickt.

»Die Babsi hat alles eingeschickt. Kann aber sein, dass es mit den Laborergebnissen verdammt knapp wird!«

»Da hilft nur hoffen«, meine ich, während der Steff weiter am Schirm seiner Mütze herumpoliert, der bereits glänzt wie ein Mistkäfer. »Hoffen und warten.«

Am Hausberg sind nach Sonnenuntergang neue Lichter zu erkennen. Auch am Gipfel ist der Frühling endgültig angekommen, und alle Hütten sind wieder bewirtschaftet. Ich stelle mich auf den Balkon und bügle der Mama für morgen noch zwei Festtagsschürzen, die rotseidene und die dunkelgrüne, und schaue auf die hellen Punkte. Genau dorthin will ich mit der Fritzi wandern. Wenn alles vorbei ist.

48

Der 18. Mai beginnt mit einem kühlen Sprühregen und so glamourös wie ein Gang zum Urologen. Weil ich ohne Decke in meiner Hängematte eingeschlafen bin, brauche ich eine Ladung heißes Wasser, bis ich meine Knie wieder vernünftig beugen kann. Der Huberwirt hat an diesem Samstag geschlossen, weil er in Sachen Verpflegung beim Festakt zu tun hat, und weder die Mama noch ein Frühstück sind irgendwo zu sehen.

Für den Weg zum Marktplatz nehme ich mir ganze neun Minuten Zeit und gehe in Gedanken noch einmal alles durch. Ich parke die Jolly auf dem regennassen Bürgersteig der Ludwig-Ganghofer, lege das Presseschild vorne in die Scheibe, hänge mir die Kameratasche um und laufe den Rest zu Fuß zum Marktplatz.

»Was pressiert's denn so?« Der Ramsauer schaut mir durch den Regen entgegen, einen Gefrierbeutel überm Gamsbart. »So engagiert hab ich Sie ja noch nie gesehen.«

»Heute ist schließlich ein großer Tag für uns alle«, rufe ich ihm zu und stelle mich an dem roten Teppich in Position, vor dem die schwarze Limousine mit dem Münchner Kennzeichen halten wird.

Der Marktplatz ist zweigeteilt – Festzelt auf der einen Seite, Tribüne auf der anderen. Neben dem Antonius ist eine Leinwand aufgebaut zwecks Public Viewing für alle, die auch von weiter weg den Herrn Minister sehen wollen. Zwischen Antoniusbrunnen und Tribünenrand sehe ich den Steff stehen, aber er schüttelt den Kopf, und so muss ich erst einmal meinen Job machen.

Nur zwei Autos dürfen an dem roten Teppich halten: Aus dem ersten, einem praktischen Kastenwagen, hebt sich Staatsanwalt Doktor Kastner mit zwei Griffen in seinen Rollstuhl.

»Haben Sie sich endlich darauf besonnen, womit Sie eigentlich Ihr Geld verdienen?«, will er wissen, nachdem ich ihm für ein Statement zum Sichersten Ort Oberbayerns ein Mikrofon unter die Nase gehalten habe.

»Selbstverständlich, Herr Doktor Kastner, ich bin sehr froh, dass sich die Rosenheimer Kripo jetzt um den Fall Ammetsbichler kümmern wird.«

Ich helfe der Zirngibl, den Staatsanwalt über die schmale Rampe zur Ehrentribüne zu rollen, und es kommt mir nur ganz kurz der Gedanke, den Rollstuhl nach links abstürzen zu lassen.

Der Steff steht weiter regungslos auf seinem Posten.

Aus dem zweiten Wagen steigt der Herr Minister aus.

»Zu mir, zu mir! Ein Foto«, rufe ich, »für unsere Heimatzeitung!«

Die Frau Bürgermeister und der Herr Minister folgen mir auf die Tribüne, damit ich ein Foto von ihnen mit dem heiligen Antonius im Hintergrund machen kann.

»Und jetzt noch einmal die Aktentasche nach vorne halten bitte, da ist die Urkunde drin, nicht wahr?«

Alle zwei Minuten schaue ich hinüber zum Steff. Nichts Neues, und ich gehe die Treppen zur Tribüne hoch, der Blaskapelle nach, bestehend aus zwölf Trachtlern und einem Hiwi, der einen Schirm über die Tuba hält.

Die Menge macht »Oh« und »Ah«, als der Himmel sich wie auf Bestellung aufklart und ein kräftiger Bergwind innerhalb von wenigen Minuten ein Weiß-Blau herzaubert, bei dem selbst das eingefleischteste Nordlicht automatisch die bayerische Nationalhymne pfeift. Der Föhn drückt die dunklen Wolken nach Norden, und vor den Augen der begeisterten Gesellschaft wölbt sich erst einer und dann ein zweiter Regenbogen über den Dächern der Altstadt.

»Das ist unser Geröllharting!«

Der Ramsauer klemmt die Daumen in seine bestickten Hosenträger, zwischen denen sein Trommelbauch hervordrängt wie ein Luftballon zwischen zwei Zaunlatten. Und die Frau Bürgermeister wächst ein paar Zentimeter, als hätte sie die Himmelserscheinung persönlich an den Horizont gepinselt.

Die Zuschauer verteilen sich an die Tische und auf die Bänke, ein paar Kinder sausen auf die Bühne und fangen an, sich auf die Schuhsohlen und Oberschenkel zu klatschen. Der Festakt hat offiziell begonnen

»Wir haben uns die Junioren von den Schuhplattlern aus Traunstein ausleihen müssen, weil bei uns der Nachwuchs fehlt, aber das muss ja der Herr Minister nicht wissen«, raunt mir der Chef vergnügt zu, einen Krug Hausberger Festbier in der Hand. Auch er trägt Lederhose und Hosenträger. Wahrscheinlich weil sein Herz so polyglott schlägt, hat er sich dazu eine Trappermütze aufgesetzt, deren Waschbärschwanz ihm über die Backe hängt wie ein totes Eichhörnchen.

Der Steff steht da, wo er seit zwei Stunden steht, aber als ich mich wieder zu ihm umdrehe, hat er das Handy am Ohr. Als sich unsere Blicke treffen, nickt er leicht und legt auf. Nach ein paar Sekunden stehe ich neben ihm.

»Wie erwartet«, flüstert der Steff, den Mund starr wie ein Bauchredner. »Bei dem verbrannten Material handelt es sich um Baumwolle und Leder.«

»Können es die Kompressen gewesen sein?«

»Ja.«

»Und ein Jutebeutel und Gartenhandschuhe?«

»Ja.«

»War Pseudacetonin darin?«

»Nach zwei Wochen und nach der Verbrennung wie erwartet nicht mehr nachweisbar.«

»Dann geht jetzt die Falle auf?«, frage ich, während sich zwischen meinen Schulterblättern ein Schweißtropfen löst und die Wirbelsäule hinunterläuft.

»Sie geht auf«, nickt der Steff und rückt seine Mütze zurecht.

49

Dass die Frau Bürgermeister und der Herr Minister von den Ammetsbichler Zwillingen gerade zwei Blumensträuße überreicht bekommen, ist die Steilvorlage für ein Superfoto, und ich gehe vor der Szene in die Knie. Der Herr Minister hat sich heute ein Charivari umgeschnallt. Es ist nur vom Feinsten: ein Murmeltierbart, Hirschgrandeln und in der Mitte ein winziges Raubtiergebiss.

»Oberkiefer vom Marder«, erklärt mir der Minister stolz, und ich bekomme es direkt vor die Linse.

»Meine Speicherkarte ist voll!«, rufe ich, öffne meine Kamera und winke dem Käsner Karl. »Tragen Sie die doch bitte zur Frau Angerer und sagen ihr außerdem, sie soll ihre Mails checken, ich habe ihr schon einmal ein paar Bilder für die erste Berichterstattung geschickt.«

Die Angerer steht in der Nähe des Ausschanks und ist in ihrem roten Dirndl und der Igelfrisur nicht zu übersehen. Sie klopft dem Karl auf die Schulter, als er ihr die Speicherkarte überreicht und auf mich zeigt. Ich hebe mein Handy hoch und winke damit, und sie versteht und zieht ihres unter ihrer

Schürze heraus. Sie wischt und tippt, und ich weiß, dass sie jetzt in diesem Moment meine Mail öffnet und sich das Video ansieht.

»Wiggerl, da bist du ja! Hast du schon gesehen?«

»Nicht jetzt, Mama!«, rufe ich und versuche, an der Mama vorbei auf die Angerer zu schauen, aber sie packt mich am Kinn und dreht meinen Kopf Richtung Brunnen.

»Ich habe extra eine Eingabe gemacht beim Universum! Und jetzt schau mal, wer gekommen ist!«

Ich versuche erst, meinen Kopf zu befreien, aber dann entdecke ich die blonde Haarwolke, rund wie ein Sonnenball. Meine Arme strecken sich automatisch aus, überlegen es sich dann aber anders und hängen bleischwer herunter.

»Was machst du denn hier?«

»Nun«, meint die Fritzi, stellt sich vor mich und schaut zu mir hoch. Ihre Haare kitzeln mich am Kinn. »Gleich zwei Frauen haben bei mir angerufen und mir erzählt, was für ein feiner Kerl du bist.«

Ich schaue zur Mama.

»Genau, die Rosi.«

»Und wer noch?«

»Deine Kollegin, die Frau Angerer, die Walburga, besser gesagt. In den höchsten Tönen hat sie von dir gesprochen. Und sie hat auch gesagt, du bist ein super Heimatreporter und nicht mehr auf billige Sensationen aus wie noch vor ein, zwei Monaten.«

»Das mag schon sein, aber …«

»Und darum hab ich gedacht, ich bring dir das hier mit.«

Sie stellt sich auf die Zehenspitzen und hängt mir etwas um. Es ist ein Lebkuchenherz, und ich drehe es, um die Schrift aus Zuckerguss besser lesen zu können. »Pfundskerl« lese ich. Das Herz ist handtellergroß und in Plastikfolie eingeschweißt. Und es sieht unwiderstehlich aus für jemanden, der gern Süßes isst und kein Frühstück gehabt hat.

»War das deine Idee?«, frage ich.

»Ja! Als Entschuldigung, dass ich dich so sitzengelassen habe, aber du hast ja das Gleiche getan, und vielleicht können wir jetzt noch einmal von vorne …«

»War das Herz wirklich deine Idee?«

»Ja! Ist das so wichtig?«

»Wo hast du es gekauft?«

»Da vorne, am Stand vom Bäcker Schubert. Es gab auch noch ›Spatzl‹, aber ich dachte, ›Pfundskerl‹ passt besser.«

»Bist du sicher, dass nur du mit diesem Herz etwas zu tun hast?«

Die Fritzi geht einen Schritt von mir weg und zieht sich einen Haargummi vom Handgelenk über die Haare. Ich kenne sie jetzt lange genug, um zu wissen, dass das kein Zeichen von guter Laune ist.

»Ja, okay, deine Kollegin hat mich darauf gebracht, dir als Zeichen meiner Zuneigung ein Lebkuchenherz zukommen zu lassen«, sagt sie langsam und deutlich. »Sie sagt, das macht man hier so in den Provinzstädten.«

Sie kommt wieder ein bisschen näher und legt mir eine Hand auf die Brust, zwischen dem dritten und vierten Hemdknopf, da, wo ein ziemlicher Radau hinter meinen Rippen herrscht. »Also, wenn man auf jemanden steht und es einem noch nicht so direkt gesagt hat.«

Die Mama ist damit fertig, sich neben uns den Schürzenknoten zu lockern.

»Jetzt redets nicht so viel, jetzt feierts doch einfach mal ein bisserl miteinander!«

»Stimmt, die Rosi hat recht. Und du auch, dass ich mir keine Sorgen machen muss. Wenn du sagst, alles wird gut, dann wird es das sicher auch. Und wir können uns jetzt einfach einen schönen Tag machen.«

»Das ist jetzt aber ganz blöd. Ich kann nämlich nicht.«

»Und warum nicht?«

»Ich muss ins Festzelt. Der Herr Minister spricht gleich.«

»Hat das nicht ein bisserl Zeit?«, mischt die Mama sich ein. »Du reißt dir doch sonst nicht beide Haxen aus für so einen Heimatevent.«

»Nein, sag ich!«

Die Fritzi hängt sich ein. »Ach, das macht nichts, wenn du so im Stress bist. Ich komme einfach mit.«

Ich ziehe meinen Arm weg.

»Aber da drinnen ist es voll.«

»Voll ist gut. Ich war jetzt genug für mich alleine. Und außerdem kann ich mich ja mit zu dir an den Tisch setzen.«

Ich flüstere sehr dringlich: »Aber das geht nicht – in meiner Nähe ist es gefährlich.«

»Ich weiß«, sagt die Fritzi und hat so ein Schnurren in der Stimme, »aber damit müssen wir bis heute Abend warten.«

»Nein, ich meine gefährlich wie in Gefahr, verstehst du?«

Die Fritzi schaut den Schuhplattlern hinterher, wie sie für die Hausberger Gebirgsschützen in ihren hellblauen Strümpfen und den Nelken am Hut Platz machen.

»Also, diese Jungs sehen so bedrohlich aus wie Hundebabys.«

»Bitte, Fritzi!«

»Na gut, dann eben gefährlich, wie du meinst. Wie findest du es, wenn ich einfach warte, bis du mit der Arbeit fertig bist?«

Der Steff macht mir ein Zeichen, als würde er ein Kutschpferd antreiben. Ich schaue hinter die Fritzi. Der Stehtisch neben dem Ausschank ist leer.

»Scheiße!«, entfährt es mir.

»Scheiße?«

Die Fritzi sieht allmählich ein bisschen missmutig aus.

»Das ist ja eine charmante Reaktion. Weißt du was? Ich gebe auf. Manchmal möchte man meinen, du bist des Zwischenmenschlichen nicht mächtig«, sagt sie in allerbestem Lehrerinnendeutsch, und die Mama schimpft: »Ein rechter Depp ist er, der Wiggerl, sag's ruhig! Fritzi, komm, du setzt dich jetzt mit mir an den Personaltisch, und dann schauen wir, ob der Herr Lämmermeier das Universum weiter so herausfordern will.«

Ich schaue meiner Flamme und meiner Mutter nach, und in meinem Brustkorb fühlt sich etwas an wie ein zu stramm gezogener Schürzenknoten.

»Ich bring das wieder in Ordnung, heute Abend!«, rufe ich ihnen hinterher.

Aber keine von beiden dreht sich noch einmal zu mir um.

50

Ich entdecke die Angerer am VIP-Tisch, neben dem Ramsauer und seiner Frau, und gehe schnell zu ihr. Als sie mich sieht, stellt sie ein Tablett mit Schnapsgläsern ab und streckt die Finger aus.

»Hach, was haben Sie denn da? Von Ihrer Süßen? Warten Sie, da ist ja noch der Preis dran, der muss ab!«

Mit einem großen Schlenker nimmt sie mir das Herz ab. Anscheinend steigt sie gleichzeitig dem Attila ganz gewaltig auf die Pfote, jedenfalls quietscht der auf wie eine alte Kerkertür, und ich gehe zu ihm in die Knie. Der arme Hund zittert und hält mir die Vorderpfote hin. Der ist ungefähr so mit den Nerven fertig wie ich.

»Jetzt lassen Sie den Hund und nehmen Ihr Herz wieder«, meint die Angerer und zieht mich an der Schulter hoch.

Ich nehme ihr das Lebkuchenherz aus der Hand, lege es vorsichtig auf den Tisch und suche etwas in meiner Hosentasche. Leider ist die Lederhose noch ziemlich starr, und ich finde nicht sofort, was ich suche.

»Wollen Sie es nicht umhängen?«

»Ach nein, ich bring es lieber in Sicherheit. Schließlich hat mir jemand damit ein großes Geschenk gemacht.«

»Wie meinen Sie das jetzt?«, fragt die Angerer und ruckt an der Schürze herum wie sonst die Mama. Ich ignoriere die Frage und gehe so nah wie möglich an ihr Gesicht. Die Falte zwischen ihren Augenbrauen sieht aus, als hätte jemand mit einem dicken Filzer ein umgedrehtes V gezeichnet.

»Haben Sie meine E-Mail bekommen? Den Screenshot des Tierschutzvideos und das Foto, das ich von Ihnen beim Trachtenfitting gemacht habe?«, frage ich leise. »Verblüffende Ähnlichkeit, oder? Ich wusste gar nicht, dass Sie einmal als Tierärztin gearbeitet haben.«

»Ist ja auch schon eine Weile her«, sagt sie und bewegt sich ein wenig rückwärts von mir weg.

Ich folge ihr und hebe dabei die Füße kaum vom Boden, damit ich dem Attila nicht auf die Pfoten steige. Ich kann nicht sehen, wo er ist, weil ich nicht aufhöre, seinem Frauchen ins Gesicht zu starren.

»Sie haben sich ganz schön verändert. Ich habe Sie erst mit der Perücke erkannt.«

»Ich habe mit der Frau von früher nichts mehr zu tun.«

»Nachdem das Kastrationsvideo aufgetaucht ist, haben Sie da nicht weiter als Tierärztin gearbeitet?«

»Nie wieder. Ich war erledigt. Harry hat mir gekündigt, weil er sagte, es war meine Schuld, dass sich jemand vom Tierschutz im Stall einschleichen konnte.«

Sie nickt mit eingekniffener Unterlippe wie die Mama, wenn

ihr die Leberknödelsuppe an der Durchreiche kalt geworden ist.

»Eigentlich kann man fast sagen, er hat mich davongejagt.«

»Haben Sie ihn denn nicht vermisst, Ihren Job?«

Ich lege ihr die Hand auf die Schulter und drücke sie leicht. Es sieht nicht so aus, als wäre meiner Kollegin das unangenehm. Im Gegenteil.

»Und wie«, seufzt sie. »Ich wollte doch schon mit fünf Jahren Veterinärmedizin studieren. Glauben Sie mir, ich war gar keine so schlechte Tierärztin.« Sie senkt den Kopf. »Es tut direkt gut, darüber zu sprechen.«

Für mich ist es Zeit, die Hand wieder von ihrer Schulter zu nehmen und etwas strenger zu fragen: »Warum haben Sie dann den Ferkeln ohne Betäubung den Bauch aufgeschnitten? War das Ihre Vorstellung von einer guten Tierärztin?«

Die Angerer bleibt stehen, weil sie mit dem Hintern unsanft an den letzten Tisch gestoßen ist, aber die Geröllhartinger sind viel zu sehr mit ihren Maßkrügen beschäftigt, um auf uns zu achten.

»Ich habe in Leipzig studiert und gleich nach der Uni bei der *Pommernsau* angefangen. Harald hat gesagt, auch die Ferkelkastration gehört zu meinem Beruf, und wenn ich es nicht mache, macht es eben jemand anderes. Weil das Fleisch bei unkastrierten männlichen Jungtieren nicht mehr schmeckt. Und Geschmack beim Endprodukt ist schließlich das, was zählt in der Branche.« Sie zuckt die Achseln. »Ich hätte damals alles getan, was Harald von mir wollte.«

Obwohl sie so groß ist wie ich, kommt es mir vor, als würde ich von weit oben auf sie herunterschauen.

»Sie waren dem Ferkelzüchter Harald Uhlig hörig? Glaubt man gar nicht, wenn man Sie so sieht.«

Die Angerer lacht bitter. »Sie sehen auch nicht aus, als würden Sie noch bei Ihrer Mutter wohnen.« Sie macht eine Pause. »Obwohl …«

»Die Mama tut jetzt nichts zur Sache. Mich würde mehr interessieren, ob Sie gerne seine Frau geworden wären? Haben Sie sich deshalb als Frau Uhlig in die Liste im Botanischen Giftgarten eingetragen, als Sie sich vor vier Wochen die giftigen Knollen besorgt haben?«

Sie schnaubt. »Ich weiß nicht, wovon Sie sprechen!«

Ich habe keine andere Antwort erwartet, und es ist jetzt total wichtig, was ich weiterfrage. Aber als ich kurz zum Personaltisch schaue, schaltet mein Ermittlergehirn auf Stand-by. Die Fritzi bekommt nämlich gerade Besuch. Männerbesuch. Sie schaut erst grimmig hoch, aber dann lächelt sie. Erst leicht und dann so einladend, dass der Typ sich glatt ihr gegenüber auf die Bierbank pflanzt. Jetzt sehe ich von der Fritzi nichts mehr, von ihm dafür die komplette breite Rückseite. Vor allem seine rauhaardackelbraunen Dreadlocks.

»Kommen Sie.« Die Angerer hat sich wieder etwas gefangen. »Lassen wir doch die alten Geschichten ruhen, trinken Sie lieber einen mit mir. Inzwischen wissen wir ja eine ganze Menge voneinander, nicht wahr, Lämmermeier?«

Ich gebe ziemlich Gas, um ihr zurück zum VIP-Tisch zu folgen. Einmal, damit mir meine Kollegin nicht entkommt, und zweitens, weil ich dort etwas vergessen habe.

»Wo ist der Pfundskerl? Das Lebkuchenherz! Ich habe es hierhin gelegt!«

»Das hab ich konfisziert!«

Der Ramsauer grinst und hebt das Zuckergebäck von seinem Bauch hoch. Er hat inzwischen Backen wie ein Blutmond, kugelrund und rot leuchtend.

»Wenn Sie es sich sowieso nicht umhängen wollen …«

»Geben Sie es mir sofort zurück!«

»Ich gebe Ihnen das Doppelte dafür, und Sie holen sich ein Neues, ja? Ist ja nicht weit bis zum Schubert!«

»Das ist nicht lustig, Herr Ramsauer!«

»Pfundskerl passt doch viel besser zu mir als zu Ihnen, Sie Spargeltarzan!«

»Herr Ramsauer!«

Ich bemühe mich jetzt nicht mehr so intensiv um Höflichkeit. »Pfundskerl müssen Sie im übertragenen Sinn verstehen. Weil ich ein Supertyp bin, und Sie sind einfach nur ein fetter ...«

Ich zerre an dem Herz, aber es hängt bombig am feisten Nacken vom Ramsauer fest. Es ist nur die Verpackung aus Plastikfolie, die ich auf einmal in der Hand halte.

»Achtung!«, rufe ich und reiße die Hände hoch. »Den Teig nicht anfassen! Es ist vergiftet!«

Die tiefroten Backen vom Ramsauer bekommen auf einen Schlag ein paar dunkellila Flecken. »Vergiftet?«, poltert er los. »Lämmermeier, Sie sind und bleiben ein paranoider Nestbeschmutzer, ein paranoider! Sogar heute lassen Sie nichts unversucht!«

Ich wende mich an die Angerer, gegen die der heilige Antonius gerade direkt lebendig wirkt.

»Stehen Sie nicht herum, als hätte Sie der Schlag getroffen! Reden Sie mit ihm, Frau Kollegin, oder wollen Sie tatsächlich einen zweiten Mord begehen?«

Ich kann den Steff nicht mehr sehen, die Karin hat ihn abgelöst. Ich hoffe, er weiß noch, was er jetzt gerade zu tun hat.

»Sie haben nur nicht gedacht, dass es so einfach sein würde, oder, das erste Mal? Und so schnell gehen würde! Wollten Sie wirklich das erste Mal die giftigste Pflanze der Welt erwischen oder den hiesigen Eisenhut daneben? Haben Sie sie verwechselt, die beiden Giftpflanzen, im Botanischen Garten? Himalaja-Eisenhut ist auf verletzter Haut innerhalb von zehn Minuten tödlich!«

Die Angerer ist so blass, dass das Rot ihres Dirndls wie eine Flamme leuchtet.

»So tödlich, dass Sie selbst davon überrascht waren. Es wäre Ihnen doch sicher lieber gewesen, Harry Uhlig wäre zu Hause gestorben, oder? Im Kreise seiner Lieben?«

Die Angerer starrt weiter auf das Herz auf dem Bauch vom Ramsauer und redet, als würde sie in einen Telefonhörer sprechen. »Harald sollte nicht zu Hause sterben. Nicht vor den Kindern. Sondern im Auto. Auf dem Heimweg vom Waxing-Studio. Es hat wirklich viel zu schnell gewirkt.«

Die Angerer streckt die Hand Richtung Ramsauer aus.

»Ich hatte vieles nicht so geplant. Aber kann ich jetzt das Herz wiederhaben?«

Der Ramsauer lacht los, dass ihm der Bauch zwischen den Hosenträgern auf- und abspringt.

»Mensch, Walburga, fangen Sie jetzt auch noch damit an?«

Er nimmt einen sehr tiefen Schluck vom Festbier, stößt kurz auf und schaut von oben auf das Herz. Sein Bauch steht so weit vor, dass er ohne Weiteres davon abbeißen könnte. »Wollen Sie wissen, was ich mit Ihrem vergifteten Herz mache?«

»Nein, Herr Ramsauer, das machen Sie nicht«, sage ich ruhig. Aus den Augenwinkeln sehe ich, dass der Steff auf dem Weg ist zu mir. »Glauben Sie mir, das wäre wirklich ein großer Fehler.«

Der Ramsauer zögert. Er schaut erst mich an, dann die Angerer und trommelt mit den Fingern kurz nachdenklich auf seine Wampe. Dann nimmt der Geröllhartinger Pressefuzzi das Herz an der Schnur, zieht sie sich über den Kopf und reicht es seiner Frau.

»Hier, Schneckerl«, sagt er. »Nimm du es. Ich hab heut so Sodbrennen.«

Die Angerer versucht, ihm das Herz aus der Hand zu schlagen, aber die Ramsauerin beißt bereits ab. Sie legt den Kopf in den Nacken, bis ihr der falsche Zopf an die Schulterblätter stößt, und kippt einen doppelten Hirschen hinterher.

»Was habt ihr denn?«, meint sie und lächelt in die Runde. »Ich spür nix!«

Es entsteht eine kurze Pause, in der ich die Ramsauerin fassungslos anstarre, ihr Göttergatte zufrieden grinst und der Herr Minister vorne aufs Podium steigt. Die Tuba furzt einen Tusch, damit die Menge ihm die gebührende Aufmerksamkeit widmet.

Der Steff drängt sich an den Tisch, der Doktor Sprengel und die Babsi mit einer Infusion in der erhobenen Hand zwei Schritte hinter ihm.

»Lucky? Hast du abgebissen?«

Ich schüttle den Kopf und deute nur stumm auf die Ramsauerin.

»Sofort Adrenalin«, schreit der Doktor Sprengel. »Sie müssen erbrechen!«

Die Ramsauerin ist die Ruhe selbst und zuckt noch nicht einmal bei der pfeifenden Rückkoppelung zusammen, die es gibt, als der Minister ans Mikrofon tritt.

»Ich spuck doch nicht den guten Schnaps aus.«

»Sie haben Ihre Frau vergiftet, Sie Volldepp!«, schrei ich den Ramsauer an, und der holt aus, als wollte er mir auf die Rübe hauen.

»Lämmermeier, halten Sie endlich das Maul! Was, wenn der Herr Minister das hört?«, zischt er, die Hand drohend über mir. »Ich sorge dafür, dass man Sie rausschmeißt. Bei der *Chiemseewoche* und aus diesem Festzelt und aus dem Ort. Jetzt ist das Maß voll!«

Ungerührt schiebt die Ramsauerin sich die Ärmel ihrer lila

Trachtenjacke hoch, damit sie ihr halbes Hendl besser mit den Fingern essen kann. »Ihr seid ja alle total hysterisch. Jetzt setzt euch alle wieder hin und seid ruhig, der Herr Minister will etwas sagen.«

Der Steff und ich schauen uns an.

»Bist du sicher, dass das Herz toxische Substanzen enthält?«, fragt der Steff leise.

»… ist es für mich als Minister eine große Ehre, heute anwesend zu sein an diesem großen Tag für Geröllharting, dem Kleinod in den Chiemgauer Bergen …«

Die Frau Bürgermeisterin wippt auf dem Podium mit den Trachtenschuhen auf und ab, die Urkunde im goldenen Rahmen in der Hand. Die silberne Kette vor ihrem Rock hüpft auf und ab, und daran der Unterkiefer mit den kleinen Fangzähnen. Das Gebiss an ihrem Charivari ist genau das Gegenstück zu dem vom Herrn Minister.

»… das Nein sagt zu allem Bösen und Ja zur Sicherheit!«

So wie der Herr Minister das herunterbetet, klingt es fast wie ein Glaubensbekenntnis, und der Ramsauer applaudiert so wild, dass ihm der Gefrierbeutel vom Gamsbart rutscht.

»Macht nichts, Rüdiger«, sagt seine Frau, »den brauchen wir sowieso nicht mehr, jetzt, wo die Sonne scheint.«

»Und deshalb verleiht das Bayerische Ministerium für Wirtschaft und Tourismus Geröllharting den Titel Sicherster Ort Oberbayerns …«, trompetet der Minister, und der Chef stellt sich vor der Tribüne auf die Zehenspitzen, weil er sich sicher fragt, warum ich nicht vor ihm stehe, um diesen denkwürdigen Moment in Wort und Bild festzuhalten.

Die Ramsauerin lächelt, erst stolz, dann aber plötzlich etwas verkniffen.

»Warum ist mir aber so kalt, wenn es nicht mehr regnet?«, fragt sie ungläubig. Sie schaut erst zu ihrem Mann, dann zu mir und dem Steff. In ihren Backen zucken auf einmal die Muskeln, als würden sie kleine Stromschläge bekommen. Und dann ballen sich ihre Finger so stark zur Faust, dass der Hendlknochen in ihrer Hand in der Mitte auseinandersplittert.

»Kalt!«, schreit sie in einer komischen Stimme, weil ein Krampf ihr die Lippen nach hinten zieht wie in einem Windkanal. Der Rest ist nur noch ein Gurgeln, und ihre Fingernägel hinterlassen blutige Striemen auf dem Dirndldekolleté.

Die Leute an den Biertischen ringsherum stehen auf und gaffen, wie die Babsi und Doktor Sprengel der Ramsauerin die Arme festhalten und sie auf den Boden legen. Ich schnappe mir eine weiß-blaue Serviette vom Tisch, hebe damit das unterm Tisch liegende Lebkuchenherz auf und gebe es dem Steff. Und sehe, dass niemand mehr neben ihm steht.

»Steff, pass doch auf! Wo ist die Angerer?«

Ich entdecke ihr rotes Dirndl schon fast am Ende des Durchgangs, und mit einem Satz, den ich meiner Kollegin nie zugetraut hätte, schwingt sie sich über den Biertisch, der den Durchgang blockiert.

»Haltet sie auf, sie ist eine Mörderin!«, schreie ich, und auch der letzte Ehrengast dreht sich vom Herrn Minister weg.

Der Attila rast neben seinem Frauchen her, schnappt begeistert nach ihren Knöcheln, bekommt einen Tritt in die Seite, wird weggeschleudert, und diese Sekunde Verzögerung reicht, damit der Rollstuhlfahrer, der zwecks mangelnder Barrierefreiheit einfach neben die Ehrentribüne gestellt worden ist, die Bremse löst und nach vorne rollt.

Der Steff ist als Erstes bei der Angerer, um sie vom Schoß des Staatsanwalts zu ziehen. Seine Kollegen rennen zu ihm, aber irgendwie wünsche ich mir, dass es seine Handschellen sind, die unsere Garten-&-Dorfleben-Spezialistin angelegt bekommt.

»Meinen Sie nicht, dass es langsam an der Zeit ist, die Veranstaltung hier abzusagen?«, frage ich den Ramsauer und sehe dem grünen Treiben zu.

»Ich kann nicht«, winselt er mit hängendem Gamsbart. »Ich muss mit zur Ramona in den Heli!«

»Also darf ich?«

Er nickt.

Ich pfeife dem Attila, gehe mit ihm zusammen auf die Tribüne und nehme dem Herrn Minister das Mikrofon aus der Hand.

51

»Sehr verehrte Damen und Herren, liebe Festgemeinde, sehr geehrter Herr Minister.«

Die Mama steht an der hinteren Zeltwand wie angewurzelt, vier Maßkrüge in den Händen, in denen der Schaum nur noch eine dünne weiße Linie ist.

»Zu meinem Bedauern muss ich Ihnen mitteilen, dass unser schöner Ort Schauplatz eines heimtückischen Gewaltverbrechens geworden ist.« Mit den Fingernägeln vom rechten Daumen und Zeigefinger ziehe ich ein Stück Haut vom linken Handrücken hoch und zwicke maximal fest zu, damit ich nicht aus Versehen zu grinsen anfange. »Die Entscheidung, ob die Auszeichnung zum Sichersten Ort Oberbayerns weiterhin gerechtfertigt ist, liegt selbstverständlich beim Statistischen Bundesamt und beim Minister für Wirtschaft und Tourismus. Herr Minister, wie sieht's denn aus, meinen Sie, dass Geröllharting trotzdem … ?« Ich mache eine Pause und drehe mich um, zum Herrn Minister. Der hat sich am Rand der Tribüne möglichst weit hinten an die Zeltwand gedrückt, und als er sich angesprochen fühlt, lässt er das Taschentuch sinken, mit dem er gerade seine Stirn abwischt, und schüttelt so heftig den Kopf, dass das Mardergebiss am Charivari einen kleinen Tanz aufführt.

»Gut, danke, Herr Minister, dann denke ich, dass es in aller Sinne ist, wenn ich Ihnen hiermit noch einen schönen Tag wünsche – und natürlich auf Wiedersehen!«

Ich bin schon zwei Schritte vom Mikrofon weg, da kehre ich noch einmal um und füge hinzu: »Und selbstverständlich halten wir Sie in der am besten informierten Zeitung der Region auf dem Laufenden, der *Chiemseewoche!*«

Diese Ansage war für mich eine seelische Brotzeit vom Allerfeinsten, und ich wäre jetzt so weit, meinen Erfolg zu feiern, aber der Personaltisch ist leer bis auf den Käsner Karl, der mit dem Helm seines Mofas auf dem Kopf dasitzt und einem Ausdruck im Gesicht hat, als würde ihm gleich der Himmel über Geröllharting auf den Kopf fallen. Schade. So wie es aussieht, hat die Fritzi das große Finale verpasst.

»Wartet!«, rufe ich und renne dem Steff hinterher, der gerade der Angerer an den Oberarm greift, um sie aus dem Zelt zu ziehen. »Wo ist das andere Herz? Den zweiten ›Pfundskerl‹, bitte!«

»Welches Herz?«, fragt der Steff, ohne die Angerer loszulassen. Er hebt sein rechtes Bein mit der ausgebeulten Seitentasche. »Das ist hier drin für die Spusi.«

»Ich meine das, das mir die Fritzi geschenkt hat. Die Angerer hat es gegen das vergiftete ausgetauscht, als ich mich nach dem Attila gebückt habe, und sie muss es irgendwo versteckt haben.«

Die Angerer wedelt hinter ihrem Rücken mit den leeren Händen wie ein Kind, das die geklauten Kekse längst gegessen hat. Aber ich klappe ihre blaue Schürze zur Seite. Die angenähte Tasche darunter ist ungefähr so groß wie mein Laptop und mit einem Reißverschluss gesichert.

»Wusste gar nicht, dass der Gaissmayer auch Dirndl mit Geheimfach näht«, meint der Steff beeindruckt. »Frau Angerer, ich nehme Sie fest wegen …«

»… wegen Mordes in einem und versuchtem Totschlag mit eventueller Todesfolge in einem anderen Fall«, ergänzt der Doktor Kastner. Er streicht sich mit den Händen die Anzughose glatt. Und nickt mir zu, bevor ihm die Zirngibl die Rampe nach unten hilft.

»Der Herr Doktor Kastner fragt, ob du zur Vernehmung gleich mitkommen willst? Es wäre ihm eine Ehre, sagt er, sich mit dir unterhalten zu dürfen«, fragt mich der Steff eine halbe Stunde später, als das Zelt sich fast geleert hat, der Herr Minister samt heulender Bürgermeisterin in seine Limousine gestiegen ist und der Huberwirt angekündigt hat, dass es bei ihm in der Wirtschaft heute Abend Leberkäs und Hendl zum Spezialpreis geben wird.

»Nein«, erwidere ich und schiebe mir die Waffel von meinen zwei Kugeln Himbeervanille auf einmal in den Mund. »Ich muss noch was klären. Ich würde lieber jetzt mit der Angerer sprechen. Darf ich?«

Der Steff nickt und ratscht die Tür des Rosenheimer Polizeibusses auf, damit erst der Attila und dann ich uns zur Angerer auf die Rückbank setzen können.

»Na, Lucky, jetzt hast du deine Mörderin und sitzt auch noch mit ihr im Zeiserlwagen«, sagt die Angerer und lässt sich vom Attila die Hände in den Handschellen ablecken. »Ich schätze mal, das hat dir ziemlich den Tag gerettet.«

Wo sie recht hat, hat sie recht, die Walburga, und ich schaue auf den breiten Rücken vom Steff, der draußen ein Schwätzchen mit dem Valle hält, und genieße den Moment. Ich registriere deshalb erst auf den zweiten Blick, dass die Beifahrerin des blauen Kombis, der sich gegenüber von uns aus einer Parklücke schiebt, Haare hat wie Zuckerwatte.

»Dafür schaut es so aus, als würde dir dein Mädel gerade davonfahren«, stellt die Angerer fest. Sie duzt mich wieder, und das macht auch irgendwie Sinn, so wie wir gerade nebeneinander in dem Polizeibus sitzen.

»Man kann nicht alles haben«, meine ich und muss trotzdem schlucken wegen plötzlicher Wüste Gobi im Mundbereich. »Immerhin lebe ich noch. Hast du dich eigentlich darauf verlassen, dass der Doktor Sprengel bei mir auch Herzversagen attestiert, als Verlegenheitsdiagnose, so wie es hier im Ort üblich ist?«

»Ich war mir nicht sicher.«

Die Angerer lehnt den Kopf an die Autotür und schließt die Augen. Sie sieht müde aus, aber im Gegensatz zu vorher fast entspannt. »Aber dann ist die Fritzi sowieso ins Visier geraten, und ich dachte, wenn der Verdacht eh auf sie fällt, dann kann sie den Mord an dir auch noch mit übernehmen. Wenigstens so lange, bis ich woanders Fuß gefasst habe. Nachdem du neulich mit geplatzter Augenbraue aus ihrer Wohnung gekommen bist, war ja bekannt, dass ihr keine unkomplizierte Beziehung hattet.«

»Und deshalb warst du unter ihrem Namen im Giftgarten. Nachschub holen vom Himalaja-Eisenhut.«

Sie nickt.

»Und dann hast du sichergestellt, dass sie heute hierherkommt und mir ein Lebkuchenherz mitbringt.«

Die Angerer nickt wieder.

»Und dann hast du eines präpariert, und es hätte so ausgesehen, als hätte ich es von der Fritzi geschenkt bekommen.«

»Ich weiß doch, dass du dich nicht zurückhalten kannst, wenn es um Süßigkeiten geht. Du hättest bald hineingebissen, vielleicht zu Hause. Oder vielleicht sogar bei deiner Freundin.«

Der Steff ratscht kurz die Tür auf und schaut nach uns. Wenn mich nicht alles täuscht, hat er Schlumpf-Pfefferminz auf seiner Waffel, und ich frage mich, wie jemand mit so einem so schlechten Geschmack überhaupt die leiseste Chance hatte, mir die Babsi auszuspannen.

»Ich weiß nicht, was ihr gerade besprecht. Aber dir ist klar, Lucky, dass eine Tonbandaufnahme vor Gericht keine Gültigkeit hat.«

»Ist egal«, sagt die Angerer und winkt mit beiden Händen auf einmal ab, wegen der Handschellen. »Ich erzähl gerne alles noch einmal. Ich bin froh, dass es vorbei ist.«

»Ich habe irgendwie geahnt, dass du mir eine Falle stellen wirst«, sagt sie, als die Tür wieder zugegangen ist. »Und dann bin ich auch noch auf deinen Test mit der Dackellähmung reingefallen.«

Sie krault dem Attila die Lendenwirbel, weil er sich nämlich auf uns beide verteilt hat: Kopf auf meinem Oberschenkel, Hinterbeine bei der Angerer, und er klopft sacht mit dem Schwanz auf ihre Dirndlschürze.

»Natürlich musste ich dann versuchen, dich zu stoppen. Aber ich glaube, ein Teil von mir wollte, dass es vorbei ist. Ich wollte sowieso von hier weg. Jetzt muss ich wenigstens nicht mehr überlegen, wohin.«

»Was ist mit dem Chef?«

Sie zuckt die Achseln. »Der ist doch ein Hanswurst.«

»Und der Uwe?«

»Schon besser, dein Freund. Als der Harry endlich tot war, wäre ich bereit gewesen für etwas Neues, darum hab ich mich ja auch bei *Liebe und Leben* angemeldet.«

»Soll ich dem Landlbauer erzählen, dass er mir eine Mörderin handverlesen hat?«

»Kalt, eiskalt sind sie geworden ...«

Der Steff muss noch einmal die Tür aufmachen und sagen, dass die Leute schon stehen bleiben wegen dem Gejohle im Zeiserlwagen und was das für einen Eindruck macht.

Die Angerer wird wieder ernst. Sie seufzt. »Egal. Ich dachte, ich kann erst wirklich von vorne anfangen, wenn es den Harry nicht mehr gibt. Jetzt wird es wohl noch ein paar Jahre länger dauern.«

»Bist du denn extra hierhergezogen, um den Harry zu erledigen?«

»Aber ja. Ich hätte auch als Klofrau hier angefangen, aber die Stellenanzeige bei der *Chiemseewoche* hat der Himmel geschickt. Gott, habe ich diesen Job gehasst. Aber er war für mich wie ein Wink des Schicksals, die Sache ein für alle Mal zu Ende zu bringen.«

»Und ich dachte, du bist die geborene Garten-&-Dorfleben-Königin.«

»Ja, das solltet ihr auch alle denken. Aber die Frau, die da in der *Chiemseewoche* gearbeitet hat, das war nicht wirklich ich. Ich habe schon mit zwei Jahren Regenwürmern ein Pflaster aufgeklebt. Weil ich Tiere eigentlich immer heilen wollte. Dass Harry mir die Freude an meinem Beruf versaut und mich danach auch noch vor die Tür gesetzt hat, ach was, aus seinem Bett geschmissen hat, das hab ich ihm nie verziehen.«

»Aber wenn ihr im gleichen Ort gelebt habt – hat er dich nie hier gesehen?«

»Schon, aber das war ihm egal. Der hat einfach durch mich hindurchgeschaut, wenn wir uns über den Weg gelaufen sind. Harry Uhlig war keiner, den das berührt hat, wenn er Existenzen zerstört hat. Und man darf nicht vergessen – ich war ja nicht unschuldig daran, dass es so weit gekommen ist. Ich habe es ja auch getan. Ich habe die Ferkel gequält. Harry hat gesagt – tu es, das ist jetzt dein Job, und ich habe es getan.«

Sie schaut links aus dem Fenster, obwohl dort nur eine Ziegelwand zu sehen ist.

»Als ich ihn immer wieder gesehen habe, mit seiner Frau, die das Haus nicht mehr verlassen hat … und gemerkt habe, dass er freitags immer nach Salzburg gefahren ist … bis die Liesl seine Lieblingsnutte sogar hierhergeholt hat … das war einfach unerträglich.«

Der Attila hebt erstaunt den Kopf, weil er anscheinend das gleiche Geräusch gehört hat wie ich. Ein dumpfes Schaben. Als ich mich zur Angerer drehe, sehe ich, wie sich ihre Kiefer aufeinander bewegen. Sie knirscht mit den Zähnen, bis sie es schafft weiterzusprechen.

»Ich wollte, dass er aufhört … Ich wollte ihn stoppen. Weil er die Frauen in seinem Umfeld immer dazu bringt, etwas zu tun, was sie nie machen wollten.«

Ich nicke langsam wie ein Stammesältester und zähle an den Fingern ab: »Erstens: Du hast für ihn die Ferkel gequält.«

Die Angerer macht weiter: »Zweitens: Liesl Ammetsbichler redet sich wegen ihm ein, dass es in Ordnung ist, den Mann mit einer Geliebten zu teilen. Maria Perez empfängt drittens den Harry weiter wie einen Sexkunden, obwohl sie sich eine neue Existenz aufbauen wollte mit ihrem Waxing-Studio.«

»Viertens: Fritzi Morgenstern lässt sich von ihm erpressen. Er droht ihr, seine Kinder von der Schule zu nehmen, sie gibt ihm die Mitgliederdaten heraus, riskiert ihren Job und ihre Stellung beim Tierschutzverein.«

»Harald hat uns Frauen dazu gebracht, er konnte das. Und es ist gut, dass das Arschloch nicht mehr lebt. Es hat lange gedauert, bis die richtige Gelegenheit für mich kam. Jahre. Aber das war gut, denn anfangs hatte ich noch Zweifel … aber mit der Zeit wurde ich mir immer sicherer, dass er nicht mehr leben darf, wenn ich meinen Frieden finden soll …«

»Tut's dir nicht leid?«

»Dass ich ihn umgebracht habe?«

Die Angerer schaut mich an. Die Falte zwischen ihren Brauen ist verschwunden. Ihre Augen sind größer geworden. Und sie fixieren mich auf einmal wie eine Würgeschlange ein Kaninchen.

»Nein, das tut mir nicht leid!«

»Und dass du beinahe mich erledigt hättest?«

»Auch das nicht. Und wenn du mich jetzt fragst, ob mir die Fritzi leidgetan hätte, wenn sie dafür statt meiner in den Knast gegangen wäre, kannst du dir meine Antwort denken.«

Ich habe auf einmal eine unglaubliche Sehnsucht nach Milchreis mit Zimt und Zucker, einer Partie Malefiz und meiner Hängematte.

»Das ist ganz schön krass.«

»Ja. Aber es ist so.«

Wir schweigen, und ich überlege, wie es sein kann, dass mancher Mensch den Tieren näher ist als seinesgleichen. Als die Angerer sich räuspert, zucke ich zusammen, als wäre neben mir ein Schuss losgegangen.

»Kannst du trotzdem den Hund nehmen?«

»Na klar.« Ich nehme den Dackel in beide Arme und klopfe mit dem Ellbogen an die Tür, damit mir der Steff von außen öffnet.

»Der Attila bleibt bei mir. Wenn's sein muss, lebenslang.«

52

Beim Huberwirt haben sie dem Steff und mir zwei Plätze frei gehalten, und die Mama streicht mir im Vorübergehen jedes Mal vorsichtig über die Wange.

»Ausgerechnet die Walburga«, sagt der Chef erschüttert und hält sich den Waschbärschwanz aus dem Gesicht, damit er ihm nicht ins Bierglas hängt. »Und ich dachte, die steht auf mich.«

»Das hat sie sicher nur vorgetäuscht, weil sie nach dem Tod vom Ammetsbichler sauber durch den Wind war«, fachsimpelt der Steff. »Wegen Liebeskummer fertig aussehen ist besser, als zu sagen: Ich habe schlaflose Nächte, weil ich einen Mord begangen habe.«

Ich wische mir mit den Händen ein paarmal übers Gesicht und klopfe dann mit den Knöcheln auf die Tischplatte.

»Apropos schlaflose Nächte, ich fahr jetzt mal in die Redaktion.«

»Willst du nicht erst der Presse ein Interview geben, Zeckerl?«, fragt die Mama, und der ganze Stammtisch bricht zusammen vor Lachen. Zeckerl hat die Mama mich nämlich nicht mehr genannt, seit ich ein properes Kleinkind war. Und das hat sich ja bekanntermaßen ausgewachsen.

»Presse?«, frage ich, als das Schenkelgeklopfe endlich aufgehört hat.

»Ja, die stehen draußen, weil der Huberwirt sie nicht reingelassen hat. Aber sie würden sehr gern mit dir sprechen.«

Fünf Minuten später ist die Hausbergstube ausgeleuchtet von zwei mannshohen Scheinwerfern, und vor mir auf dem Tisch steht eine Batterie Mikrofone in allen Farben. »Was war denn das Aufregendste für Sie?«, fragt mich ein Typ mit Streberscheitel und Hornbrille.

»Dass ich nicht wusste, was und wann sie etwas von mir vergiften wird. Ich wollte, dass es heute passiert. Polizei, Arzt, alle waren auf Stand-by, und ich habe deshalb versucht, sie auf dem Fest noch unter Druck zu setzen, indem ich ihr zu verstehen gegeben habe, dass ich weiß, dass sie die Tierärztin aus dem Skandalvideo ist. Aber das hätte auch danebengehen können.«

»Ist ja auch danebengegangen«, meint der Huberwirt. »Vielleicht hört die Ramona Ramsauer grad in dem Moment die Engerl singen!«

»O ja«, seufze ich. »Hätt ich beinahe vergessen. Tragisch, ganz tragisch!«

»Und was war Ihr erster Verdachtsmoment?«

»Als ich gesehen habe, dass ihr Garten so verwildert ist. Obwohl die Person doch unsere Gartenspezialistin war.«

»Als solche hat sie sich auch bei uns beworben. Die Frau Angerer hat es geschafft, sich innerhalb von kürzester Zeit absolut unentbehrlich zu machen«, ereifert sich der Chef von hinten, aber keiner beachtet ihn.

»Und dass in dem Feuertopf hinter dem Haus etwas verbrannt worden ist. Genau. Das ist mir auch komisch vorgekommen. Außerdem ist die Walburga … die Tatverdächtige immer mit einem grünen Jutebeutel herumgelaufen, und der war auf einmal weg nach dem 1. Mai. Im Nachhinein haben wir herausgefunden, dass sie damit die vergifteten Kompressen ins Waxing-Studio gebracht und wieder geholt hat. Sie hat sie darin verbrannt, um sicher zu sein.«

»Aber Luigi, was ist mit die Eiskaffee?«, kräht der Valentino.

Ich sehe sein Gesicht nicht, weil die Scheinwerfer so hell sind, dass die Hausbergstube hinter den Journalisten in tiefstem Schwarz versinkt.

»Aber ja, der Herr Valentino hat recht. Am Tag nach der Tat ist sie ganz offiziell zum Waxing und hat sich von der Depiladora etwas aus der Eisdiele holen lassen, das extralange dauert. Das hat sie wahrscheinlich getan, damit sie mehr Zeit hatte, die tödlichen Kompressen aus dem Müll zu holen.«

Unter den heißen Scheinwerfern geht es mir wie einer Schlange in der Sonne – obwohl ich vorher fast unter den Stammtisch gefallen wäre vor Müdigkeit, habe ich auf einmal ein ziemlich geschmeidiges Gefühl.

»Stimmt es, dass die Polizeischule einen Topermittler wie Sie abgewiesen hat?«, ruft eine Frau in weißer Bluse, die bisher noch nichts gefragt hat.

»Na ja …« Ich schlurfe mit den Cowboystiefeln. »Wenn Sie das sagen, wird es schon so sein.«

»Was machen Sie, wenn die jetzt wieder auf Sie zukommen und Sie ausbilden wollen?«

»Keine Ahnung«, antworte ich und pule mir was Schwarzes unter dem Fingernagel hervor. »Ich meine, also, ganz ehrlich«, sage ich dann und schaue in die Dunkelheit, Richtung Zapfanlage. »Ich kann doch die Mama nicht allein lassen.«

»Danke! Ist im Kasten!«, ruft der Reporter neben der Hornbrille, der sein Mikro ganz vorne hingestellt hat. Er streckt mir eine Hand hin, die sich anfühlt wie eine aufgeweichte Semmel. »Gratuliere! Ihre Story wird morgen der Aufhänger, deutschlandweit.«

»Ja, da kann Ihre Frau Mama gleich mal gucken. Unsere Agentur liefert an die *BamS, Welt am Sonntag, Focus online* … suchen Sie sich was aus!«

»Wieso morgen und deutschlandweit? Morgen ist Sonntag!«

Ich habe auf einmal das Gefühl, dass mir ein gewaltiger Strudel Treibsand die Cowboystiefel von den Füßen zieht.

»Ich wollte doch auch … Sie dürfen das nicht bringen! Nicht ohne meine Erlaubnis! Bevor ich nicht am Montag in der *Chiemseewoche* …«

Die Hornbrille lässt mich gar nicht erst ausreden. »Und was willst du dagegen tun, du Schluchtenscheißer? Dass ihr immer meint, ihr könnt gegen die Großen anstinken! Da sieht man mal, dass Berge echt den Horizont einengen.«

Er verstaut das Mikrofon in seiner Schultertasche, von der Frau in der weißen Bluse ist schon nichts mehr zu sehen.

»Verklag uns doch, du Provinzknecht!«, ruft der Schmierige noch, steckt die Scheinwerfer aus, und während sich meine Augen noch an die normalen Lampe über dem Stammtisch gewöhnen, kann ich draußen schon mehrere Autos gleichzeitig starten hören.

»Das ist doch toll«, jubelt der Chef, »dann brauchen wir uns darum nicht mehr sorgen. Und Sie, Lämmermeier, können sich in Ruhe um die Berichterstattung von der Urkundenverleihung kümmern. Jetzt, wo ich Ihnen die Abteilungsleitung für Garten und Dorfleben gebe.«

Hinter der Bar steht ein Kühlschrank, und ich nehme eine Flasche Milch heraus und setze sie an.

»Es gab keine Verleihung. Der Minister hat die Urkunde wieder mitgenommen.« Ich wische mir den Mund am Ärmel ab. »Schon vergessen?«

»Ach so, stimmt«, sagt der Chef. »Schade.«

»Ich glaube, ihr müsst mich jetzt alle mal entschuldigen«, verabschiede ich mich. »Ich muss mal mit dem Hund raus.«

53

Der Attila freut sich, als er den Mann sieht, der am Zaun vom Biergarten auf uns wartet. Ich bin mir allerdings nicht so sicher.

»Wollt mal sehen, was so geht«, sagt der Uwe und hält mir seinen Joint hin. Ich lehne mich neben ihn an den Stamm einer

Kastanie. Schweigend betrachten wir die Lichter am Hausberg, und es ist nur das leise Knistern zu hören, wenn sich die Glut weiter in die Tabakmischung frisst.

»Schöner Abend«, meint der Uwe dann und schabt sich mit der Mütze über den Kopf. »Normalerweise wär ich ja jetzt zu zweit. Aber du hast meine Alte ins Gefängnis gebracht.«

»Und du warst kurz davor, mit meiner das Gleiche zu tun.«

»Jetzt sind sie beide weg.«

Ich nicke langsam.

»Ja. Weg sind sie.«

»Biste mir böse?«

»Nein, ich würde eher sagen: Wir sind quitt.«

Ich stecke meine Daumen zwischen Lederhosenbund und Hemd und schau vor mich hin. »Wenn du mir einen Gefallen tust.«

»Ja?«

»Du bringst mit mir morgen das Herz vom Ammetsbichler zurück zum Frohberger. Und wir sorgen dafür, dass es eine zweite kleine Urne bekommt.«

Der Uwe saugt mit spitzen Lippen den letzten Rest in seine Lungen.

»Geht klar.« Er nickt unterm Ausatmen, wirft den Stummel weg und sagt nach einer längeren Pause: »Ich hab morgen außerdem einen Termin beim Wildmoser. Schauen wir danach *Tatort?*«

»Klingt gut«, nicke ich. »Morgen Abend dann bei dir.«

Die Rücklichter vom Gemeindelaster verschwinden in der Hausbergstraße. Ein Geräusch wie von einem wütenden Hornissenschwarm kommt näher, und nach einer Weile fährt der Käsner Karl mit seinem Moped vor und bockt es vor mir auf.

»Ist da noch was los, Herr Lämmermeier?«

»Schauen Sie halt selber. Als Ihr neuer Chef kann ich schon erwarten, dass Sie in der Lage sind, sich selbst ein Bild der Lage zu machen«, meine ich und deute mit dem Kopf Richtung Eingang. Dann pfeife ich dem Hund, und wir gehen ein ziemlich langes Stück. Der Attila bleibt die ganze Zeit bei Fuß und markiert nur ausgiebig den Bus von der Spurensicherung, als wir am *Gmahde Wiesn* vorbeigehen.

Am Marktplatz machen wir Pause. Der Attila bellt zum Antonius hoch. Und ich schau den Jungs von Festzelte Gürtler zu, wie sie die Tische und Bänke vom Festakt zusammenlegen und auf die Laster laden.

In der Ludwig-Ganghofer fällt mir ein, dass ich etwas vergessen habe, und wir gehen noch einmal zurück zum Marktplatz.

Und dann pinkeln wir gemeinsam in die Rabatte: der Attila auf die Maßliebchen und ich auf die Vergissmeinnicht.

Bayerische Begriffe

Aufbohren: auffrisieren, pimpen

Austraghäusl: Weil auch der gechillteste Bauer nicht ein Leben lang mit den Eltern jeden Streit unter einem Dach austragen will, bekommen die Alten auf dem Hof ein kleines Austraghäusl.

Brettljause: eine kernige wurst- und specklastige Brotzeit mit veganen Komponenten, nämlich der Essiggurke am Rand und dem Holzbrett, auf dem sie angerichtet wird

Brezensalzer: bayerischer *Under achiever*

Charivari: silberne Kette mit diversen Trophäen, die eigentlich über dem Latz der Lederhose getragen wird

derbröseln: zusammenbrechen

Fünferlfanny: käufliche Lady

grübig, griabig: Steht für das warme Wannenbad der Zwischenmenschlichkeit, ein grübiger Kerl ist daher ein angenehmer Zeitgenosse.

Haarspitzenkatarrh: Überempfindlichkeit der Nervenenden, oft als Begleiterscheinung einer Mordserkältung oder einer After-After-Hour

Hustenguadl: Hustenbonbon, hier ein Synonym für einen sehr kleinen Kleinwagen

Kiberer: Ösi-Bulle

Odelgrube: Jauchepool

Potschamperl: Nachttopf

Preisplattler: Preisträger in der Kategorie oberbayerischer Stammestanz

Sanker: Krankenwagen

Schafkopf: Kartenspiel, für das man klüger sein muss, als der Name vermuten lässt

Schäsen: heruntergekommenes Vehikel

Schmuser: Heirats- und vor allem Mitgiftvermittler, früher vor allem eingesetzt für die Ladenhüter verlassener Bergdörfer

Schnadahüpfl: improvisiertes vierzeiliges Liedchen. Ein *tighter* Reim auf Alpenländisch

Trutschen: in Eleganz und Grazilität eher herausgefordertes weibliches Exemplar

U-Hakerl: Projektil aus einem eng gefalteten Stück Papier. Am Haushaltsgummi und in der Hand eines Watschengesichts absolut augenlichtgefährdend

unkommod: gemütlich ist anders

verzupfen: sich verdünnisieren

Zeiserlwagen: vergitterter Polizeibus

Danksagung

Lucky Lämmermeier hätte nicht ermitteln können ohne die Unterstützung durch den Piper Verlag, danke, Kerstin von Dobschütz und Julia Eisele, dass Ihr immer an das Thema geglaubt habt. Immer an meiner Seite war meine Agentur Copywrite mit Georg Simader, der der Einzige ist, der »Alles wird gut, Hohnerchen« zu mir sagen darf, mit Felix Rudloff und den Manöverkritikerinnen Lisa Volpp und Caterina Kirsten. Christine, du bist der beste Coach und die beste Freundin gewesen, die man sich wünschen kann, wie gut, dass wir im Hof »Zahn am Bach« unsere Schreibtische aufstellen konnten. Ohne Dr. Norbert Felgenhauer von der Toxikologie am Klinikum Rechts der Isar und ohne Sieglinde Buchner-Hohner wären Staatsanwälte und Eisenhut weiter graue Theorie geblieben. Und mein größter Dank geht an H und meine Jungs, die mir jeden Tag beweisen, dass die schönsten Geschichten das Leben schreibt.